本书获得教育部国别和区域研究培育基地——
西南科技大学拉美研究中心出版资助

极简风格下的
文学思考与政治书写

——亚历杭德罗·桑布拉小说研究

郑雯◎著

四川大学出版社
SICHUAN UNIVERSITY PRESS

图书在版编目（CIP）数据

极简风格下的文学思考与政治书写：亚历杭德罗·桑布拉小说研究 / 郑雯著． — 成都：四川大学出版社，2023.6
ISBN 978-7-5690-6078-2

Ⅰ．①极… Ⅱ．①郑… Ⅲ．①亚历杭德罗·桑布拉—小说研究 Ⅳ．① I784.074

中国国家版本馆CIP数据核字（2023）第 077515 号

书　　　名：	极简风格下的文学思考与政治书写——亚历杭德罗·桑布拉小说研究
	Jijian Fengge xia de Wenxue Sikao yu Zhengzhi Shuxie—Yalihangdeluo Sangbula Xiaoshuo Yanjiu
著　　　者：	郑　雯

选题策划：	刘　畅
责任编辑：	王心怡
责任校对：	刘　畅
装帧设计：	墨创文化
责任印制：	王　炜

出版发行：	四川大学出版社有限责任公司
地　　址：	成都市一环路南一段 24 号（610065）
电　　话：	（028）85408311（发行部）、85400276（总编室）
电子邮箱：	scupress@vip.163.com
网　　址：	https://press.scu.edu.cn
印前制作：	成都完美科技有限责任公司
印刷装订：	成都新恒川印务有限公司

成品尺寸：	170 mm×240 mm
印　　张：	10
字　　数：	176 千字

版　　次：	2023 年 6 月 第 1 版
印　　次：	2023 年 6 月 第 1 次印刷
定　　价：	52.00 元

本社图书如有印装质量问题，请联系发行部调换

版权所有 ◆ **侵权必究**

扫码获取数字资源

四川大学出版社
微信公众号

目　录

绪　论 …………………………………………………………（ 1 ）
第一章　桑布拉小说：极简文风 ……………………………（ 19 ）
　第一节　极简主义：从绘画到文学 ………………………（ 19 ）
　　一、绘画艺术：极简主义起源 …………………………（ 19 ）
　　二、极简主义文学创作：海明威与卡佛 ………………（ 21 ）
　　三、桑布拉小说：后现代语境下的极简风格 …………（ 26 ）
　第二节　《盆栽》：从诗歌到小说 …………………………（ 27 ）
　　一、《盆栽》：诗歌渊源 …………………………………（ 27 ）
　　二、极简开场：暴露结局的开篇 ………………………（ 32 ）
　　三、简约式人物关系：从群体到个体 …………………（ 35 ）
　　四、轻度叙事：细节的隐匿 ……………………………（ 37 ）
　第三节　"盆栽"的隐喻：禁锢之美 ………………………（ 42 ）
　　一、"盆栽"喻爱情：被束缚的爱 ………………………（ 42 ）
　　二、"盆栽"喻写作：被禁锢的美 ………………………（ 45 ）

第二章　文学创作：多元视角与主题 ………………………（ 48 ）
　第一节　人物设定：作家的投射 …………………………（ 48 ）
　　一、女主人公：核心人物 ………………………………（ 48 ）
　　二、男主人公：作家身份 ………………………………（ 49 ）
　第二节　情节转换：多重叙事 ……………………………（ 52 ）
　　一、视角的切换：从儿童视角到成人视角 ……………（ 52 ）
　　二、内容的曲折：多样主题 ……………………………（ 54 ）
　第三节　故事延展：时间与空间的切换 …………………（ 56 ）
　　一、时间：跳跃的时间 …………………………………（ 56 ）

二、空间：变换的空间 …………………………………………（ 59 ）
　　三、设计理念：弹窗式结构 ……………………………………（ 63 ）

第三章　小说的艺术：虚构中的虚构 ………………………………（ 65 ）
第一节　互文性：故事与故事的交错 ……………………………（ 65 ）
　　一、阅读构成的互文：文本演绎文本 …………………………（ 65 ）
　　二、同名故事间的互文：故事的交错 …………………………（ 67 ）
　　三、桑布拉小说间的互文：文本的重叠 ………………………（ 69 ）
第二节　叙事策略：从建构到解构 ………………………………（ 72 ）
　　一、叙事议论：打破真实与虚构的界限 ………………………（ 72 ）
　　二、小说文本：建构即解构 ……………………………………（ 78 ）
第三节　小说：生活的变形 ………………………………………（ 80 ）
　　一、男孩"我"：虚构与记忆 ……………………………………（ 80 ）
　　二、小说家"我"：虚构与生活 …………………………………（ 87 ）

第四章　社会的问责：迷惘的一代 …………………………………（ 94 ）
第一节　童年阴影：独裁的映射 …………………………………（ 94 ）
　　一、隐形的伤痛：晚辈的故事 …………………………………（ 94 ）
　　二、置身事外：父辈的故事 ……………………………………（ 99 ）
第二节　写作：回家的方式 ………………………………………（105）
　　一、归家主题：家的意义 ………………………………………（105）
　　二、回家的"路"：记忆中的归乡 ………………………………（110）
　　三、不能忘却的记忆：地震的隐喻 ……………………………（113）
第三节　桑布拉一代：无果的追寻 ………………………………（114）
　　一、意义的找寻：以爱为名 ……………………………………（114）
　　二、社会的问责：亲情与友情的缺失 …………………………（118）
　　三、迷惘中的挣扎：青年人现状 ………………………………（121）
第四节　桑布拉小说："文学爆炸"的继承与反叛 ………………（126）
　　一、桑布拉：拉美本土作家代表 ………………………………（126）
　　二、拉美文学的希望：超越"文学爆炸" ………………………（132）

结　语 …………………………………………………………………（138）
参考文献 ………………………………………………………………（142）

绪 论

独具特色的智利文学

智利位于南美洲西南端,是世界上地形最狭长的国家。智利拥有丰富的渔业、森林、矿产等资源,是南美洲综合实力最强的国家之一。当今的智利拥有稳定的政治环境,民主化程度较高。作为拉丁美洲教育水平最高的国家之一,该国注重文化发展与传播,有着悠久的文学传统,两位诺贝尔文学奖获奖诗人卡夫列拉·米斯特拉尔(Gabriela Mistral)和巴勃罗·聂鲁达(Pablo Neruda)令世人瞩目。智利曾以"诗人的国度"[1] 著称,先锋派运动代表人物维森特·维多夫罗(Vicente Huidobro)作为创造主义的奠基人,主张抛弃模仿,力求创造。维多夫罗和他的创造主义超越了西方思想范畴,而趋向于东方玄学的精神境界。[2] 他在诗歌上的创新精神将拉丁美洲的先锋派运动推向了高潮。米斯特拉尔1945年获得诺贝尔文学奖,是第一位获此殊荣的拉美作家。她那富于强烈感情色彩的抒情诗歌,使她的名字成了整个拉丁美洲理想的象征。[3] 另一位获得诺贝尔文学奖的诗人聂鲁达的诗歌作品,如《二十首情诗和一支绝望的歌》(*Veinte*

---

[1] 笔者译,Kohut, Karl. "Generaciones y semblanzas en la literatura chilena actual". *Literatura chilena hoy: La difícil transición*. Madrid: Frankfurt/Main, 2002, p. 9.

[2] 赵德明等,《拉丁美洲文学史》,北京大学出版社,2001年,第397页。

[3] 赵振江,《柔情似水,壮志如山——米斯特拉尔的生平与创作》,卡夫列拉·米斯特拉尔,《卡夫列拉·米斯特拉尔诗选》,赵振江译,河北教育出版社,2003年,第1页。

poemas de amor y una canción desesperada，1924)、《漫歌》(*Canto general*，1950) 是中国读者耳熟能详的佳作。1950 年他的诗作《让那伐木者醒来》(*Que despierte el leñador*) 由英文转译成汉语，是新中国出版的第一部拉美文学汉译作品。①

虽然两位诺贝尔文学奖得主均是诗人，但智利小说也有自身的发展特色，同样是拉丁美洲辉煌文学创作的一部分。首先要提及的是智利女作家玛利亚·路易莎·邦巴尔 (María Luisa Bombal)，她 1935 年发表的《最后的雾》(*La última niebla*) 是一部小说佳作，是当时法国超现实主义运动在拉美的投射。另一部小说《穿裹尸衣的女人》(*La amortajada*，1940) 不仅采用了超现实主义的梦境、意识流等技巧，还在情节设计上进行大胆尝试。女主人公死后的灵魂世界与其生前的现实生活交织在一起，打破了生与死的界限。这样的创作手法启迪了拉丁美洲文学史上一部重要的先锋主义作品《佩德罗·巴拉莫》(*Pedro Páramo*，1955) 的创作。本书着重研究的智利青年作家亚历杭德罗·桑布拉 (Alejandro Zambra) 在接受采访时对邦巴尔称赞有加，认为她的创作与众不同，带有很强的心理学特质。② 邦巴尔的小说虽然逃脱不了当时欧洲盛行的文学运动的影响，但她勇于在小说创作中大胆尝试，打破传统叙事方式，其追求创新的精神是难能可贵的。虽多次与智利国家文学奖擦肩而过，但无法否认她带给智利文坛的启迪意义。

何塞·多诺索 (José Donoso) 于 1990 年获智利国家文学奖，是"文学爆炸"时期的重要作家。他的创作具有强烈的实验色彩，作品试图通过描写资产阶级上层生活揭露资本主义的本质。多诺索有着承上启下的作用，他在西班牙语美洲作家开始享有世界知名度的时候，作为智利小说创作的代表脱颖而出，其作品为日后智利叙事文学的蓬勃发展奠定了基础。智利，在 20 世纪 60 年代被认为是"没有小说家"的国家，但毫无疑

---

① 滕威，《"边境"之南——拉丁美洲文学汉译与中国当代文学 (1949—1999)》，北京大学出版社，2011 年，第 7 页。

② Libertella, Mauro. "El tono le permite todo". *Clarín*. 19 de mayo de 2014. Consultado el 21 de marzo de 2017. http://www.clarin.com/ficcion/alejandro-zambra-entrevista_0_BJSrVG65Pmx.html.

问，是诗人的国度。① 诺贝尔文学奖颁发给了两位智利诗人足以证明这个国家的诗歌传统，而小说创作从多诺索开始走进了公众的视线并赢得世界声誉。

1973年9月11日智利发生军事政变，民选总统萨尔瓦多·阿连德（Salvador Allende）被暴力推翻，奥古斯托·皮诺切特（Augusto Pinochet）领导的军政府开始了长达数年的独裁统治。智利文学创作以此为节点，涌现出大量反独裁统治的小说，也催生了智利流亡文学的发展。"文学爆炸"时期主将之一的阿根廷作家胡里奥·科塔萨尔（Julio Cortázar）曾把智利文学定义为一种在流亡和被迫的沉默、疏远和死亡之间摇摆的文学。② 军事政变发生初期，迫于军政府的高压政策，在严苛的出版审查制度下，很多直接描写或映射独裁统治的作品无法在智利发表，但是作家们却没有停止此类主题的文学创作。女作家、记者伊萨贝尔·阿连德（Isabel Allende）是被军政府推翻的总统萨尔瓦多·阿连德的侄女。她最重要的一部作品是1982年发表的第一部长篇小说《幽灵之家》（*La casa de los espíritus*），是她在政变发生后流亡国外期间创作的。这是一部将魔幻与现实融合在一起的作品，带有新闻纪实体风格的写作让读者看到了智利在军事政变前后的不同，是一部智利人民追求民主、反对独裁统治的抗争史。

20世纪80年代末，军政府独裁统治晚期，智利出版界逐渐复苏。1989年帕特里西奥·埃尔文（Patricio Aylwin）代表基督教民主党在大选中获胜，智利开始了从独裁统治到民主自由的过渡时期。这是一段漫长的过程，皮诺切特的势力仍有残余，新政府的态度又是妥协、暧昧的。民众对新政府表现出怀疑与不信任，他们渴望民主但又惶恐、矛盾的心理也反映在文学作品中。这样的政治文化环境不禁让人们怀疑：智利真正的民主何时才能到来？今天的智利究竟得到了多大改变？垮台的独裁政府给现今的智利文化生活及人们的思想留下了多少创伤和阴影？从过渡时期开始，智利的叙事文学创作开始凸显个人色彩，小说题材不拘泥于某种形式

---

① 何塞·多诺索，《文学"爆炸"亲历记》，段若川译，云南人民出版社，1993年，第6页。

② 胡里奥·科塔萨尔，《阿根廷模式》，朱景东译，林贤治，《我们的时代——流亡者文丛·散文卷（B）》，贵州人民出版社，1999年，第138页。

而趋于多元化，"新小说"在智利悄然兴起。一些作家以独裁、流亡为主题继续创作，博洛迪亚·泰特尔鲍姆（Volodia Teitelboim）、恩里克·拉福卡德（Enrique Lafourcade）、阿里埃尔·多尔夫曼（Ariel Dorfman）等是其中的代表作家；另一些在小说叙事形式上开始新的尝试，寻找新的文学视角，追求新的美学主张，其代表人物有路易斯·塞普尔维达（Luis Sepúlveda）、女作家迪亚梅拉·埃尔蒂特（Diamela Eltit）等。

如今智利文学依然不断涌现出新的作家和作品，他们在小说创作中寻求内容与形式的双重突破。罗伯特·波拉尼奥（Roberto Bolaño）毫无疑问是当代拉丁美洲最具国际影响力的作家之一。2003年在西班牙塞维利亚举办的拉丁美洲作家大会上，阿根廷作家罗德里格·弗莱桑（Rodrigo Fresán）指出波拉尼奥是无可争议的当代作家的领袖。[1] 著名杂志《星期》（Semana）于2007年在其创刊25周年之际，评选出自1982年以来创作的100部最佳西班牙语小说，其中波拉尼奥的两部作品《荒野侦探》（Los detectives salvajes）和《2666》（2666）分列第三、四位。各国媒体争相报道，文学评论界也给予他高度的评价。有人说："《荒野侦探》让《百年孤独》黯然失色。"[2] 还有评论认为从《荒野侦探》开始，他的作品成为不止一代人的膜拜对象。也有人说他是诺贝尔文学奖的有力竞争者。[3] 波拉尼奥是拉丁美洲当代小说创作最具代表性的人物之一，也是获得诸多国际认可的当代拉丁美洲作家，虽然对于他的成就也存在争议，但是谈论智利当代叙事文学创作，不能不提及波拉尼奥。

本书研究的作家桑布拉曾被诸多评论家称为继波拉尼奥之后智利最出色的青年作家。[4] 桑布拉出生在智利军事政变发生两年后，独裁统治伴随他整个童年、青少年时期。以智利独裁统治为背景的文学创作很多，作者

---

[1] Herralde, Jorge. *Para Roberto Bolaño*（I edición）. Barcelona：Acantilado，2005，p. 27.

[2] Tarifeño, Leonardo. "Bolaño：la construcción de un mito". *La Nación*. 19 de septiembre de 2009. Consultado el 31 de enero de 2017. http://www.lanacion.com.ar/1174729-bolano-la-construccion-de-un-mito.

[3] Maristain, Mónica. "La última entrevista a Roberto Bolaño：Estrella distante". *Playboy México*. 23 de julio de 2003. Consultado el 5 de mayo de 2012. http://www.elortiba.org/bolano.html.

[4] 郑楠，《因为如此，过去从未过去》，《书城》，2016年第1期，第118页。

多为 20 世纪 70 年代已经进入创作成熟期的作家。迫于智利当局的压力，他们大多流亡海外，描写智利社会现实的文学作品只能在国外出版，这也让智利文学在特定的历史时期在海外开花结果。然而，在众多以独裁统治时期为背景的作品中却唯独缺少桑布拉这一代人的声音。父辈们认为他们当时还只是小孩子，不懂得政治也没有资格评论历史。在独裁统治时期成长的这一代青年处于尴尬境地，桑布拉的小说记录了他那一代人的真实生活，有对父辈的不满和抱怨，但也渴望宽容与和解，同时带有对晚辈的期许。

拉丁美洲新生代作家代表——亚历杭德罗·桑布拉

亚历杭德罗·桑布拉 1975 年 9 月 24 日生于圣地亚哥，是智利诗人、小说家。2007 年在哥伦比亚波哥大城举行的国际书展上他被选为拉丁美洲 39 位 39 岁以下最优秀的作家之一。主办方的目的一方面是推广对年轻作家作品的阅读，另一方面希望能推动新的拉丁美洲"文学爆炸"。这次选出的来自 17 个国家的作家包括长篇及短篇小说家，所占比例最多的是阿根廷、哥伦比亚、古巴和墨西哥作家。将近 100 位候选人先由出版商、文学代理、作家及读者共约 2000 人次投票选出。最终的评审团成员包括哥伦比亚知名作家皮耶达·波奈特（Piedad Bonnett）、埃克托·阿巴德·法西奥林塞（Héctor Abad Faciolince）、奥斯卡·科亚索（Óscar Collazos）等。评选出的作家被认为是该年龄段最具代表性的作家，他们中有一些人已经获得了国内乃至国际的认可。评审人之一法西奥林塞说，在读了这些候选作家的作品后，他确信小说在拉丁美洲是鲜活的。[①] 2010 年桑布拉被英国著名文学杂志《格兰塔》（Granta）西班牙文版评为 35 岁以下的 22 位最佳西班牙语青年小说家之一。该名单中仅有四位作家也同时获得了"波哥大 39"的提名，桑布拉便是其中之一。

桑布拉的童年及青少年都是在智利本土度过的，他的父母是工薪阶

---

① "Los mejores escritores menores de 39 años". 28 de abril de 2007. Consultado el 29 de septiembre de 2017. https://tigrepelvar.com/2007/04/28/los-39-mejores-escritores-menores-de-39-anos/.

层，5岁时全家移居到圣地亚哥的迈普小镇。父亲是家中的顶梁柱，努力工作养家。然而在独裁统治期间，智利的经济状况十分不稳定，对个体家庭造成了不小的冲击。父亲在职场上小心谨慎，尤其是不参与任何政治斗争，这样的立场也让这个家庭在复杂的社会环境中得以生存。对童年及家庭生活的描写时常出现在桑布拉碎片式的文字中。让全家引以为傲的是，桑布拉从小学习成绩优异，考入了智利最好的国立中学。作家在青少年时期和父亲有不少冲突，家人并不支持他学习文学的想法，因为对并不十分富裕的家庭来说，这不是一个完美的选择，最终他向家人妥协，决定学习新闻专业。20世纪90年代初，智利处于民主过渡时期，国家尚在新旧体制的交替中，领导阶层存在大量贪腐问题，成群结队的记者试图揭露真相却根本得不到采访机会。看到新闻行业的艰难，父亲同意桑布拉进入大学学习他心仪的文学。

桑布拉就读于智利大学，曾获国家总统奖学金并取得西班牙语文学学士学位。1997年获得奖学金资助赴西班牙马德里求学，在那里获得文学硕士学位。在此期间他与一位设计师结婚，但很快离婚。桑布拉的创作中女性角色通常在小说中占有重要位置，与女性的交流与接触、男女关系及夫妻关系是他作品中的常见话题。从西班牙回到智利后桑布拉继续求学，在智利天主教大学获得文学博士学位，随后在智利迭戈·波塔利斯私立大学教授文学。他在写作之余，还在智利国内报纸杂志撰写文学评论文章。他的文风犀利，对智利畅销书作家发出批评的声音，认为一些作品刻意吸引、取悦读者。他对波拉尼奥十分欣赏，说最初读到波拉尼奥的作品时感到非常惊讶，被他的小说深深吸引，认为其小说有着独特的叙述节奏——诗歌的韵律，带有波拉尼奥式的独特声音。[1]

桑布拉20岁便离家独立生活，为了生计他四处打工，从事过接线员、邮递员、停车场值班人员等工作。他的文学实践最初是从诗歌开始的，那时他自认为是诗人，和一同写诗的文学青年享受诗歌的乐趣。1998年他发表了第一部诗集《无用的海滩》（*Bahía inútil*），2003年出版了第二部诗

---

[1] Basavilbaso, Teodelina. "El chileno Alejandro Zambra escribe la novela que creía que no escribiría". *Fronterad*. 19 de junio de 2014. Consultado el 9 de abril de 2017. http：//www.fronterad.com/? q＝chileno-alejandro-zambra-escribe-novela-que-creia-que-no-escribiria.

歌作品《移动》(Mudanza)。他的诗集在评论界反响平平①,随后开始撰写有关诗歌创作批评的散文。他的这些批评辛辣又带有讽刺意味,因为他所批评的诗人的那一套,正是自己曾经实践的。他的批评带有自嘲的姿态,采访中他曾表示幸亏没有再继续走诗歌创作的道路。② 尽管如此,我们依然会发现在桑布拉的小说中夹杂着诗歌片段,同时小说的语言与结构也带有诗歌的痕迹。

　　桑布拉的首部小说《盆栽》③(Bonsái)在智利本土的出版并不顺利,曾被多家出版社拒绝。他抱着尝试的心态将书稿发给了波拉尼奥的生前好友——西班牙出版社阿纳格拉玛的创始人埃拉尔德。值得一提的是,波拉尼奥的作品大部分由该出版社出版。读到《盆栽》初稿的时候,埃拉尔德坦言被这部小说吸引,说桑布拉讲述的故事冷酷、忧伤,让人脊背发凉。④ 2006 年《盆栽》在该出版社出版后立即获得了成功,无论是评论界还是读者都给予了好评,获得了当年智利文学批评家奖及国会图书奖的最佳小说奖。该部小说已被翻译成多种文字,并被改编成电影,于 2011 年在戛纳电影节上放映。《盆栽》中文版于 2016 年由人民文学出版社出版,由"群体""坦塔利亚""借物""富余的"和"两张图"五个章节组成,故事围绕男女主人公胡里奥与埃米莉亚展开。两位主角在聚会中相识,他们过着大部分智利青年所过的生活,但是他们又因共同的阅读爱好而与众不同。他们曾因阅读构筑共同话语,却又因阅读的分歧而分道扬镳。分手后的埃米莉亚去了西班牙,沉迷于毒品,最后自杀身亡;胡里奥则在拮据的生活中继续撰写小说。《盆栽》这部小说故事简单,没有复杂的人物关系,但是叙述中掺杂了回忆、梦以及其他文学作品的故事情节等

---

① "Los mejores escritores menores de 39 años". 28 de abril de 2007. Consultado el 29 de septiembre de 2017. https: // tigrepelvar.com/2007/04/28/los-39-mejores-escritores-menores-de-39-anos/.

② Fluxá N, Rodrigo. "Formas de entender a Zambra". revista *Sábado* de *El Mercurio*. 16 de julio de 2011. Consultado el 2 de marzo de 2017. http: // diario. elmercurio. com/detalle/index. asp? id= {826d1698-030f-439c-9d25-b7fcb1d3f8b6}.

③ 亚历杭德罗·桑布拉,《盆栽》,袁仲实译,人民文学出版社,2016 年。本书涉及该书的引文除特别说明外,均采用此中文翻译。

④ Tomás, Maximiliano. "Alejandro Zambra: 'Bolaño desordenó la literatura chilena'". *Terra Magazine*. 21 de abril de 2008. Consultado el 8 de marzo de 2017. http: // www. ec. terra. com/terramagazine/interna/0,,OI2762674-EI8870, 00. html.

内容。同时，小说男主人公的作家身份与他编造的加斯穆里的小说手稿交织在一起，让读者辨不清真实与虚构。独特的叙事手法是桑布拉第一部小说的创作基调，在此后的小说创作中他将这种手法运用得愈加娴熟。

2007年出版的《树的隐秘生活》①（*La vida privada de los árboles*）由"温室"和"冬日"两章组成，故事围绕男主人公胡利安与女主人公维罗妮卡，以及女方和前夫所生的女儿丹妮拉展开。胡利安为了哄小女孩入睡，给她讲述他自己编的与小说同名的故事"树的隐秘生活"，与此同时，他焦急地等待去上绘画课的维罗妮卡归来。胡利安不断臆测维罗妮卡未归的原因，时而自言自语时而陷入自己的假设。值得一提的是，与《盆栽》相似，胡利安同样是位作家，他构思的小说情节与桑布拉笔下的小说合二为一，构成了故事中的故事、小说中的小说。《树的隐秘生活》的叙述形式秉承了第一部《盆栽》的多层叙述风格，在内容上除了有对智利年轻人生活现状的描写，还加入了此前没有过多涉及的政治事件，如独裁统治时期的家庭生活等内容，将智利青年的现状与特定的历史时期相联系，引出了作家对政治与社会的思考。

桑布拉的第三部小说《回家的路》②（*Formas de volver a casa*）于2011年发表，获得当年的阿尔塔索尔年度最佳小说奖、国会图书奖最佳小说奖及2013年荷兰颁发的克劳斯亲王奖。《回家的路》由"配角""父辈的故事""晚辈的故事""我们都好"四部分组成。小说以桑布拉童年生活的迈普小镇为故事发生地，全篇以第一人称叙述。1985年智利圣地亚哥发生了八级地震，在避难的人群中男孩结识了女孩珂罗蒂雅。故事在男孩"我"的视角下展开，讲述了一段童年的冒险经历。随着珂罗蒂雅一家搬离迈普小镇，男孩与珂罗蒂雅的故事告一段落。随后小说家"我"透露了男孩与珂罗蒂雅的故事正是"我"正在构思的情节。随着剧情的发展，珂罗蒂雅再次出现在故事中，多年之后她从美国回智利为病逝的父亲奔丧，此时的家已经面目全非。小说中"回家"的主题即源自珂罗蒂雅艰难

---

① 亚历杭德罗·桑布拉，《盆栽》，袁仲实译，人民文学出版社，2016年。本书涉及该书的引文除特别说明外，均采用此中文翻译；文中夹注标记为（《树的隐秘生活》：49—123页）。

② 亚历杭德罗·桑布拉，《回家的路》，童亚星译，人民文学出版社，2016年。本书涉及该书的引文除特别说明外，均采用此中文翻译。

的归家历程。《回家的路》这部小说是桑布拉对于智利独裁统治最直接描述的一部作品,从小说的题目能看到其中的隐喻。作家在《回家的路》结尾处谈及智利又一次被大地震袭击,男主人公独自走在街上,看到陌生人们惊恐的样子,孑然一身的他感到非常孤独。那时桑布拉刚好离婚独居两年,整部小说带着这段失败婚姻的回响。

2014年桑布拉发表的短篇小说集《我的文档》[①]由三部分共计11篇短篇小说构成,荣获当年圣地亚哥城市文学奖的最佳短篇小说奖。这些短篇故事有些记录了作家的童年、家庭生活,有些则记录了作家的文学创作心得,另外还包括几篇文学虚构作品。桑布拉在智利国立中学的求学经历在《我的文档》中有着重描写。当时学校有军政府派驻的主任,校规格外严苛,很多学生被迫退学。桑布拉这个从小镇到圣地亚哥求学的孩子,看到的并不是本该多元化的学校,而是教育对底层人的歧视。独裁统治时期对于学校的控制,让很多孩子远离了书籍,但是桑布拉却在中学时期阅读了大量经典文学作品。中学时代也让桑布拉前所未有地感受到独裁统治的威力。年少时对时局的懵懂、对父母政治态度的观察,以及成年后的反思是桑布拉作品的重要内容。他小说的中心人物便是与他同龄的这一代人。

2014年出版的《多项选择》(*Facsímil*)是一部实验性质的小说。"Facsímil"一词源自智利"学术能力测试",相当于现今的"大学入学测试"。这部作品以1994年前使用的"词汇能力测试"的结构为基础,共分为五个部分,作家设计了题干及可选答案。这部小说是作家在文学创作形式上的新尝试。桑布拉曾经在中学短暂代课,他最擅长也最受学生欢迎的课程正是大学预科班的课程。他自己就是"大学入学测试"的高分专家,深谙其诀窍。桑布拉将这项测试的模式引入文学创作中。《莫读书》(*No leer*,2010)是一部探讨文学的杂文集,包含上百篇桑布拉本人对于写作、作家、作品的评论,有对世界文学及拉丁美洲作家的评价,涉及题材广泛。

作为智利青年小说家代表,桑布拉已经取得了不菲的成绩,其作品获得了国际范围的认可,被翻译成英语、法语、中文、意大利语、葡萄牙

---

① 亚历杭德罗·桑布拉,《我的文档》,童亚星译,人民文学出版社,2016年。本书涉及该书的引文除特别说明外,均采用此中文翻译。

语、希腊语、土耳其语、荷兰语、丹麦语、挪威语、罗马尼亚语、希伯来语、塞尔维亚语、日语、韩语等多种语言。《盆栽》《树的隐秘生活》《回家的路》及《我的文档》的中文译本均已由人民文学出版社出版。桑布拉的其他作品还有短篇小说集《幻想集》（Fantasía，2016）和2016年以《我的文档》改编的电影脚本《家庭生活》（Vida de familia）。该片于2017年初在智利上映。自从桑布拉的小说成为畅销书后，他不断受到世界各地的邀约，在拉美地区参加过智利及阿根廷的书展，在欧洲曾到访西班牙和法国宣传作品。2016年桑布拉参加了北京书展，在北京、上海等地参与了多场新书发布的宣传活动，并与中国作家进行互动，讨论与其小说相关的家庭及成长问题。2011年曾引进波拉尼奥作品的美国出版社出版了《回家的路》的英文版。对于自己在英语国家受到的关注，桑布拉感到很惊讶，他认为自己的小说十分智利本土化。同时，他把功劳归于小说英译本的翻译家梅根·麦克道尔（Megan McDowell），她从《树的隐秘生活》开始就一直担任桑布拉作品的英译工作。此外，麦克道尔还翻译了其他众多智利作家的作品。2015年纽约公共图书馆为桑布拉提供资金邀请他到纽约从事研究工作。在此期间，他计划撰写一部名为《私人墓地》（Cementerios personales）的作品，内容与世界知名作家的私人图书馆有关。在美国停留期间，桑布拉结识了现任妻子墨西哥散文家哈兹米娜·巴雷拉（Jazmina Barrera），随后他们定居墨西哥城。近年来，桑布拉的作品在欧洲及美国的众多杂志上刊载，得到了评论界特别是美国评论界的好评。2016年《多项选择》的英译本（Multiple Choice）由美国知名的企鹅出版集团发行，这也预示了他的作品在美国将会得到更多的关注。

桑布拉小说研究意义

目前，国内对智利当代叙事文学的研究集中在少数作家与作品上，主要针对阿连德的魔幻现实主义历史小说、豪尔海·爱德华兹（Jorge Edwards）的反独裁小说及安东尼奥·斯卡尔梅达（Antonio Skármeta）的流亡小说等，而对于新崛起的智利小说家尚缺乏全面、系统的研究。智利当代叙事文学在世界范围的影响力日益增长，一些智利作家已为我国读者所知晓。但目前国内对于智利文学了解有限，本书从某种意义上讲具有探索性。一方面可以让读者了解当代智利作家对新小说创作的执着与坚守，另一方面有助于我国外国文学研究界进一步了解继"文学爆炸"后，智利国内的文学创作潮流，以及输出的众多享有世界声誉的作家和作品，同时为解读当代经典文学作品和繁荣当代中国作家的创作提供有价值的借鉴与参考。本书所研究的桑布拉的大部分小说已翻译成中文出版，这也说明继拉丁美洲"文学爆炸"之后，在中国市场依然有拉美文学的一隅之地，本研究也将为繁荣国内外国文学出版市场做出一定的贡献。桑布拉是拉丁美洲文学创作具有代表性的新一代作家，他的作品除在拉美本土出版外，欧洲、美洲、亚洲等均有出版，近些年他还依然活跃在文学创作领域，不断发表新作品。因此，对桑布拉作品的研究拥有极大的可持续探索的空间，也可以提供对拉丁美洲当代文学研究的新视角。

对拉美国家当代小说的研究同样有着重要的社会现实意义。2015 年 5 月 18 至 26 日，李克强总理出访巴西、哥伦比亚、秘鲁和智利四个拉美国家。2015 年 5 月 22 日，在哥伦比亚首都波哥大举办了中国—拉丁美洲人文交流研讨会，李克强总理和哥伦比亚总统桑托斯共同出席了活动。我们所熟知的拉丁美洲文学代表作家、1982 年诺贝尔文学奖得主加西亚·马尔克斯（García Márquez）就是哥伦比亚籍作家。这是一场中国与哥伦比亚文学交流的研讨会，中方与哥方均派出实力作家出席。新华社评论这是一个中拉文化邂逅、文明碰撞的时刻。[①] 智利是李克强总理拉美四国行的最后一站。智利是第一个与新中国建交的南美国家，也是拉美第一个与中国签署双边自由贸易协定的国家，中国和智利建立了战略伙伴关系。智利是中国在拉美的第三大贸易伙伴、第二大进口来源国和第三大出口市场。[②] 2017 年 5 月 14 日至 15 日，北京举行了"一带一路"国际合作高峰论坛。拉丁美洲诸国处于"丝绸之路经济带"和"21 世纪海上丝绸之路"的倡议框架内。阿根廷总统毛里西奥·马克里（Mauricio Macri）、智利总统米歇尔·巴切莱特（Michelle Bachelet）出席了论坛，表达了与中国交流合作的愿望。文学研究是增进彼此了解的一个重要领域，有关智利当代小说的研究将贡献中国比较文学与世界文学领域跨文化研究者的视角与方法，也

---

① 《李克强出访拉美四国》，新华网，http://news.xinhuanet.com/video/sjxw/2015-05/18/c_127814959.htm，检索日期：2018 年 5 月 1 日。

② 同上。

将对世界拉美文学研究有所补遗。

国内对拉美小说的译介居多，而文学研究仍有较大空间待开拓。2013年《拉丁美洲"文学爆炸"后小说研究》[①] 由商务印书馆出版，该书由北京外国语大学西葡语系教授郑书九等撰写，是国家社科基金后期资助项目。陈众议先生在书的代序中表示，这部著作填补了我国拉丁美洲文学研究的空白。著作书写了拉丁美洲小说的变迁及"文学爆炸"后一代的创作方法、价值取向和审美特征，也写出了"多元"语境中拉丁美洲作家的追求与持守、创新与传承（其审美价值和借鉴意义均不减当年）。该著作以拉丁美洲叙事文学在"文学爆炸"后的发展为主要研究对象，涉及哥伦比亚、秘鲁、阿根廷、智利及中美洲的当代小说研究。该书以区域国别为主线，分析了"文学爆炸"后拉丁美洲重要文学大国的小说创作，其中包括转折期的代表作家创作、"文学爆炸"主将的新作品及新一代小说家的创作。其中有关智利文学的一章"反独裁与流亡题材的传承与创新——'文学爆炸'后智利小说发展趋势"，以军事政变发生后的流亡文学与反独裁文学为例，具体分析了作为反独裁小说代表的《幽灵之家》，以及以流亡为主要题材的斯卡尔梅达的小说，同时还对智利新小说创作进行了归纳与总结。此部专著中分析列举的作品全部为"文学爆炸"后到2000年的创作。这一时期，流亡与反独裁是主要的创作题材，而本书谈及的作家和作品虽然也带有对独裁的描写，但其核心内容已不再集中于该主题。对智利新一代作家的研究是本书的着力点，也是大胆创新的地方。

2010年王彤的著作《从身份游离到话语突围——智利文学的女性书写》[②]，以智利三位有代表性的女作家米斯特拉尔、邦巴尔和阿连德为例，分析了智利女性创作从失语状态到从沉默中爆发的过程。该书将米斯特拉尔的诗歌创作归纳为几个阶段：最初是爱情主题，而后发展到对生命的哲学思考，最后深入到对拉美大陆的热爱与关怀。另一位女作家邦巴尔是智利超现实主义文学创作的先行者，她的小说是梦境中的现实，似真似幻。她把一个女人的爱情悲剧夹杂在小说创作中，凸显了其对小说叙事形式的追求。邦巴尔对于女性身份的探寻及打破权威话语权的态度在当时的

---

① 郑书九，《拉丁美洲"文学爆炸"后小说研究》，商务印书馆，2013年。
② 王彤，《从身份游离到话语突围——智利文学的女性书写》，巴蜀书社，2010年。

智利乃至整个拉美都带有先锋特征。另一位至今还活跃在当代文坛的智利女作家阿连德则是属于"文学爆炸"后的一代作家。该书分析了其长篇小说《幽灵之家》描写的流亡与独裁主题，以及小说带有的魔幻现实主义创作手法。赵振江教授在这本著作的序言中认为，王彤以这三位作家为立足点，可谓高屋建瓴，纲举目张，然后纵横捭阖，旁征博引，放眼智利、拉美乃至世界文坛，论述女性作家"从身份游离到话语突围"的社会背景和发展过程。这是一部以智利为对象的国别文学研究成果，也是一部难得的研究拉美文学，特别是以女性文学为主的专著。

《西方社会危机意识的文学图像——智利作家罗贝托·波拉尼奥长篇小说〈2666〉解析》①是北京外国语大学西葡语系晏博撰写、郑书九教授指导的博士学位论文。该论文以波拉尼奥的遗作《2666》为研究对象，阐释了其作品在所处的时代背景与社会现实中作家独特的世界观与创作观。论文用后现代主义理论分析了小说营造的后现代语境，如多向度、弹性化的叙事时间、流动的叙事空间以及碎片化的叙事结构等。后现代叙事手法反映出作家对现实的疑惑、反思与对抗。波拉尼奥是在去世后影响仍不断扩大的作家，他的作品被译成中文是近些年的事，国内对于他的作品深入细致的研究不多，这篇博士学位论文可以帮助我们从一个侧面对波拉尼奥的创作进行了解。

随着波拉尼奥去世后国际知名度的提高，国内关于他的文章报道也逐渐增多。北京大学教授戴锦华认为，波拉尼奥打碎了现代主义，可能同时打碎了后现代主义，所以他才能做到对新的现实的再现，我们才能在他的作品中再一次遭遇现实。② 陈众议先生在《中华读书报》上发表的文章《〈2666〉是与非》中评论，《2666》的主要内容也许是反写实的写实、反阐释的阐释，甚至是为了解构宏大叙事的宏大叙事。③ 除了对波拉尼奥作品的肯定，关于他的"神话制造论"在国内也有讨论。波拉尼奥热潮在世

---

① 晏博，《西方社会危机意识的文学图像——智利作家罗贝托·波拉尼奥长篇小说〈2666〉解析》，北京外国语大学博士论文，2015年。
② 戴锦华，《戴锦华谈波拉尼奥：我们自认生活在小时代，还洋洋自得》，观察者，http://www.guancha.cn/Dai-Jin-Hua/2014_08_06_253481.shtml，检索日期：2017年9月2日。
③ 陈众议，《〈2666〉是与非》，中国作家网，http://www.chinawriter.com.cn/2012/2012-03-16/121448.html，检索日期：2017年9月1日。

界范围内仍未褪去，中国有关这位作家的评论也好，译介也罢，依然层出不穷。无论是宣扬其拉美文学新偶像地位，或是质疑其作品，我们从中都可以看出这位已故智利当代小说家在世界上的影响，以及在我国文学读者与研究者心中的分量。

对于桑布拉，国内已有一些文章介绍他的作品。《书城》2016年1月号发表了郑楠的文章《因为如此，过去从未过去》。文章谈到桑布拉的作品、创作轨迹及他所代表的年代作家在作品中反映的智利政治生活的独特之处。2016年北京青年报、凤凰网、澎湃新闻等媒体对桑布拉参与的文化活动进行了报道，其中对他的专访为本书提供了有价值的素材。显然，对于这位智利作家的深入研究目前在国内基本空白。本书的创新之处在于系统地分析桑布拉的多篇小说作品，以极简风格为切入点，剖析其小说形式及内容的诸多特征，并得出结论。国内提及极简主义的文学作品评论，多集中在对美国短篇小说家卡佛及其同时代的有着极简风格的美国作家的研究上，在拉丁美洲文学评论领域，还没有与极简主义相关的专著。目前国内有关桑布拉的研究成果很少，这为本书的研究及撰写留下了继续挖掘与思考的空间。

国外对智利文学的研究视角更加开阔。2002年卡尔·科胡特（Karl Kohut）和何塞·莫拉莱斯·萨拉维亚（José Morales Saravia）共同编著了《智利当代文学——艰难的过渡时期》（*Literatura chilena hoy: la difícil transición*）①。两位编者分别是德国艾希施达特天主教大学的教授和讲师。该著作收录了31篇智利作家和批评家，以及德国及其他国家学者的有关智利当代文学分析的论文。这些论文通过不同的角度阐释了智利当代文学的重要内涵。《七部小说，一段历史》（*Siete novelas para una historia: El caso chileno*）② 通过对智利七部小说的分析，反映了智利1970年后30年间的历史变迁。著作首先以文学理论为切入点，谈及虚构与现实的关系，进而谈到了文学与历史的关系。作者通过分析这些小说中的人物及作家对于这段历史的叙事，对智利的历史进行了回顾，展现了一

---

① Kohut, Karl y Morales Saravia, José. *Literatura chilena hoy: La difícil transición*. Madrid: Frankfurt/Main, 2002.

② Valle Aparicio, José Eliseo. *Siete novelas para una historia: El caso chileno*. Valencia: Tirant Lo Blanch, 2005.

种作家笔下的集体视角——通过文学完成历史的重建。克里斯蒂安·欧帕索（Cristián Opazo）[①] 撰写的有关智利当代小说的文章，谈及独裁统治后出现的一系列怀旧风格的社会小说，他把这些作家或是作品中的人物称作"灰色人物"，并就这一系列的文学作品进行深入的剖析。欧帕索认为，这些作品的撰写风格有别于时下流行的"新先锋派"等新的文学趋势。它们的作者多属于中产阶级，抵制当下的全球化及向民主的过渡，而怀念20世纪三四十年代的政治制度。伊雷内·桑切斯·维拉斯科（Irene Sánchez Velasco）撰写的以"智利当代新侦探小说"[②] 为题的博士学位论文对西班牙语美洲的侦探小说创作做了梳理。卡蕾伊·卡纳雷斯（Garay Canales）撰写的题为《流亡德国的智利作家的记忆与流亡：1973—1989》[③] 的博士学位论文把视线集中在流亡德国的智利作家创作中的流亡、身份、他者及记忆这四个主题，论述了流亡与文学创作的关系，以及流亡文学引申出来的跨文化文学研究的发展。

有关桑布拉作品的研究多集中于《盆栽》与《回家的路》两部作品中。希尔维娜·弗里耶拉（Silvina Friera）[④] 认为桑布拉是拉美最具代表性的青年作家，他的小说通过幽默与讽刺的口吻描写出那一代年轻人特有的忧郁。玛卡莲娜·席尔瓦（Macarena Silva C.）[⑤] 的论文分析了《盆栽》的叙事手法。智利《信使报》[⑥] 文学评论专栏以桑布拉的短篇小说《回家

[①] Opazao, Cristián. "Anatomía de los hombres grises: Rescrituras de la novela social en el Chile de postdictadura". *Acta Literaria* 38 (2009): 91—109.

[②] Sánchez Velasco, Irene. "El neopolicial chileno de las últimas décadas: teoría y práctica de un género narrativo". Ph. D. Madrid: UAM, 2010.

[③] Garay Canales, Sol Marina. "Memoria y exilio a través de la obra de escritores chilenos exiliados en Alemania (1973—1989): una apertura al otro". Ph. D. Madrid: UAM, 2011.

[④] Friera, Silvina. "Aprendimos que no hay que confiar tanto en los libros". *Página* 12. 5 de junio de 2007. Consultado el 16 de marzo de 2017. https://www.pagina12.com.ar/diario/suplementos/espectaculos/4-6551-2007-06-05.html.

[⑤] Silva C., Macarena. "La conciencia de reírse de sí: Metaficción y parodia en *Bonsái* de Alejandro Zambra". *Taller de letras* 41 (2007): 9—20.

[⑥] "La novela de Zambra", *El Mercurio*, 22 de mayo de 2011, consultado el 12 de marzo de 2017. http://diario.elmercurio.com/2011/05/22/al_revista_de_libros/critica/noticias/F1F970BC-CE38-4387-8CBB-1AEDF3E05E06.htm?id={F1F970BC-CE38-4387-8CBB-1AEDF3E05E.

的路》为例,剖析其爱情主题仅仅是一个侧面,写作才是真正的核心故事。瓦莱里娅·德·罗斯·里奥斯(Valeria de los Ríos)① 关于《回家的路》的论文梳理了小说中作家有关几代人的智利记忆。巴拉萨(Barraza)和布兰卡尔特(Plancarte)② 共同撰写的针对《回家的路》的论文,探讨了作家通过身体、空间、写作三方面展现的迷失主题。"1973 年—2013 年军事政变 40 年智利文学发展研讨会"上,波缇奈利(Bottinelli)③ 的论文探讨了桑布拉的几部小说中展现的年轻一代作家的创作特征。冈萨雷斯(González)④ 发表在《文学与语言学》杂志上的文章通过桑布拉小说中的"配角"视角分析了他的创作中对智利的政治、历史的记忆。别科·威廉(Bieke Willem)⑤ 和桑托斯·欧卡西欧(Nathalia Santos Ocasio)⑥ 都将视角定格在桑布拉三部小说中"家"的概念,分析了"家"在小说中的含义及它所指代的深层次的引申意义。阿雷科·莫拉莱斯(Macarena Areco Morales)⑦ 的文章对三位智利作家作品中的水族馆或鱼缸的形象进行了空间理论分析。桑布拉的小说《树的隐秘生活》中曾出现男主人公观察在鱼缸中游动的鱼的场景,这样的描写表达了作家通过鱼被囚禁于鱼缸中的恶

---

① De los Ríos, Valeria. "Mapa cognitivo, memoria (im) política y medialidad: contemporaneidad en Alejandro Zambra y Pola Oloixarac". *Revistas de Estudios Hispánicos* 48 (2014): 145−160.

② Barraza Caballero, Luisa Fernanda y Plancarte Martínez, María Rita. "Memoria y naufragio en Formas de volver a casa de Alejandro Zambra". *Perífrasis: Revista de Literatura, Teoría y Crítica*. 7, 13 (2016): 99−112.

③ Bottinelli W., Alejandra. "Narrar (en) la 'Post': La escritura de Álvaro Bisama, Alejandra Costamagna, Alejandro Zambra". *Revista chilena de literatura* 92 (2016): 7−31.

④ González, Daniuska. "Personajes secundarios sembrando un Bonsái relatos minúsculos de la historia y la memoria en la narrativa de Alejandro Zambra". *Literatura y Lingüística* 34 (2016): 11−33.

⑤ Willem, Bieke. "Metáfora, alegoría y nostalgia: La casa en las novelas de Alejandro Zambra". *Acta Literaria* 45 (2012): 25−42.

⑥ Santos Ocasio, Nathlia. "Salir de casa para volver a casa: Lectura de la genética autoficcional de Alejandro Zambra (2006 − 2011)". M. A. Université de Montréal. 2016.

⑦ Areco Morales, Macarena. "Imaginario especial en la narrativa chilena reciente: El acuario como representación de la intimidad en relatos de Contreras, Zambra y Bolaño". *Alpa* 38 (2014): 9−22.

劣生存环境来暗指小说中人物的真实处境。相较于国内有关智利文学及桑布拉小说的研究,国外的研究成果更显丰富。但是,鉴于桑布拉属于新生代作家,2006年才有第一部小说面世,无论是国外还是国内对其作品的研究还处于萌芽阶段,因此笔者在本书撰写过程中依然不断关注最新的研究进展。

桑布拉的文学创作特色鲜明,小说篇幅虽短,但作家的精心设计使小说具有丰富的层次感。他的小说在叙述中常同时并行多个看似不相关的故事,却又能让读者捕捉到其中蛛丝马迹的牵连。《盆栽》以诗歌创作为基础,短小精悍,没有任何多余的话。男女主人公强烈的个性代表了智利当代青年的群体特征。《树的隐秘生活》碎片式的情节加剧了作品的极简风格,但同时多种写作技巧让这部小说呈现出作家对文学创作的更深层思考。《回家的路》故事嵌套故事,情节互相交织、穿插,小说的主线若隐若现。故事虽恰好发生在智利军事政变后,但这又不是一部完全关于独裁的小说。其中亲密关系也是着重探讨的话题,但是这部作品又不单纯描述爱情。实际上,这是一部有关作家成长的小说。桑布拉属于智利"独裁后"一代作家,1975年他出生时,智利刚刚进入独裁统治时期,当时特有的政治氛围影响了家庭生活。在这段波澜起伏、血腥残酷的时期,桑布拉还只是个牙牙学语的孩童,但这并不代表他们这一代不了解独裁。桑布拉曾说:"最容易的事情就是闭嘴不说话,这也是我们那一代人最大的问题。"[1] 父辈的故事和晚辈的故事是桑布拉小说的重要主题,从中我们看到作家对社会的思考,他对小说形式与内容的创新则是他对文学创作的思考。

桑布拉的小说带有后现代主义特色和先锋元素,在创作手法的革新上有自己独特的一面。智利当代小说的一大特征就是在叙述方式上不断创新,看似已经枯竭的叙事形式在年轻一代作家的笔下仍被不断打破。这也就是为什么波拉尼奥和桑布拉这样的作家不愿意过多谈论"文学爆炸"时期的作家和作品。事实上,拉美"文学爆炸"距今已有50年,拉丁美洲需

---

[1] Basavilbaso, Teodelina. "El chileno Alejandro Zambra escribe la novela que creía que no escribiría". *Fronterad*. 19 de junio de 2014. Consultado el 9 de abril de 2017. http://www.fronterad.com/?q=chileno-alejandro-zambra-escribe-novela-que-creia-que-no-escribiria.

要新的创作声音、新的面孔及新的叙述方式。这正是当代智利作家所期望且不断尝试的。创新的写作方式表达了作家们在回顾历史与反思的同时，还带有对文学创作的思考，通过文学手段回应对文学的看法和话题。

　　本书将着重论述、分析桑布拉的《盆栽》《树的隐秘生活》《回家的路》这三部小说。本书共分四章，第一章从极简主义入手，首先阐明极简主义艺术的起源与发展，突出极简主义在文学中的应用。作为文学极简主义的鼻祖与大师，海明威与卡佛在文学创作中突出"少即是多"的创作原则。极简主义在文学领域更多属于一种创作风格，第一章以《盆栽》为例，从这部小说的诗歌化语言、简约的人物设计及轻度叙事几方面阐释其极简特征。以极简主义为切入点是本研究的创新之处。此外，本书还将挖掘极简风格背后小说题目所承载的隐喻，即"盆栽"象征爱情，也象征作家对作品语言、形式、内容等方面的人为设计。第二章着重分析促成桑布拉极简风格的多视角与多主题创作特征。他的几部小说在男女主人公设计上有共通之处。男主角的作家身份帮助小说在极短的篇幅中制造了多重叙事层次，丰富了小说的内涵。以《树的隐秘生活》为例，第二章将通过儿童视角与成人视角的切换分析作家的叙事手法，并挖掘这部小说多主题平行延展的叙事特征。第三章将分析桑布拉小说中真实与虚构的关系。互文性、叙事议论、碎片化是其小说创作的常见手法，这类后现代叙事特征在建构文本的同时又不断地解构文本。以《回家的路》为例，作家用男孩"我"与小说家"我"两个第一人称叙事诠释了虚构与现实生活的关系。

　　前三章是针对桑布拉小说叙事形式的分析，其中儿童视角剖析、多种互文关系解析及弹窗式设计都是本研究的创新之处。第四章则侧重于发现、挖掘形式背后的内容。桑布拉的小说除了人物设计简单、故事简洁、语言简练之外，还有突出的社会现实意义。他的几部小说都有对智利独裁统治的描写，《回家的路》更是直接讲述了作家那一代人的童年遭遇。两条线索从童年到成年的无缝衔接道出了桑布拉这一代人的成长经历。桑布拉从儿童视角讲述懵懂的童年生活，又从成人视角批判了父辈对政治的漠不关心。第四章还把笔墨集中在《回家的路》中隐藏的多种回家"方式"的分析上。国外研究者更多挖掘桑布拉小说中"家"的含义，笔者则认为桑布拉的小说谈论的实为回家的"方式"，这也是本研究的一大亮点。从桑布拉的三部小说中我们看到了作家对当代智利青年的关注，他对教育的抨击、对政治的批判表现了其强烈的社会责任感。

第一章

桑布拉小说：极简文风

第一节 极简主义：从绘画到文学

一、绘画艺术：极简主义起源

极简主义（Minimalism）兴起于20世纪60年代，最初表现于绘画创作中，在雕塑艺术中的成果尤为突出，后在更多艺术范畴得以体现。极简主义是在美国兴起的本土艺术，属于现代艺术的分支，尤指盛行于20世纪60年代到70年代初的美国视觉艺术，该流派在20世纪80年代末依然在各个领域蓬勃发展。美国艺术家索尔·莱维特（Sol LeWitt）、唐纳德·贾德（Donald Judd）、罗伯特·莫里斯（Robert Morris）等被认为是极简主义艺术的创始人，他们在其他多种艺术流派，如概念艺术、行为艺术、地景艺术、过程艺术中均有建树。极简主义源自抽象表现艺术，但又是对其的反叛，被归为前卫艺术一类。极简主义力求"减法"，画面常见以几何图形构成的平面空间结构，崇尚单色或原色。极简主义试图通过这些艺术手法表达客观的、不受主观情绪左右的、直达本质的艺术效果。在雕塑中则追求最简单的几何造型，摒除繁复的元素，追求简单、直接的艺术表达。以美国画家、雕塑家、版画家弗兰克·斯特拉（Frank Stella）为例。他是极简主义代表人物之一，早期创作受到抽象主义的影响，随后逐渐创立极简主义艺术风格。他曾展出一系列名为"黑暗画"的作品，画面由规则的黑色线条组成，体现了极简主义的绘画风格，与他自己曾经提出的"画作就是在平面上的图画，就这么简单"的理念相吻合。1971年，美国艺术评论家罗伯特·平卡斯-威腾（Robert Pincus-Witten）提出"后极简主义"概念①，该理论受到极简主义的影响，是对"极简主义"的超越与发展，在视觉艺术和音乐领域有所延展，但是更倾向于一种趋势而未形成独特的艺术运动。

随着第二次世界大战后的经济复苏，西方社会进入高度发展阶段。在资本主义发展时期产生的极简主义带有工业社会机器时代的特征，是一种硬朗、中性的艺术。工业文明的鼎盛状态燃起了西方艺术的创新、突破与反叛，也激起了人们对资本主义社会的担忧。极简主义不仅仅存在于绘画、雕塑等视觉艺术中，在设计、建筑、时尚、音乐、电影、戏剧、文学等领域都有表现。极简主义建筑反对烦琐的设计，主张简洁，突出功能性；在音乐方面，极简主义力求歌词简短，善用重复；在电影创作中，极简可以体现为单纯的故事情节，不夹杂过多旁支，人物设定简单，形象简洁等；文学领域中美国著名作家海明威与卡佛均有极简风格的佳作；近年来极简主义生活理念也十分流行，体现在服饰、家居、日常生活等诸多方面。极简生活主张简单、实用的生活理念，反对物欲的膨胀。

有评论认为，极简主义相关作品的大部分概念都暗示这种艺术不仅缺乏表现力，甚至近乎幼稚。极简主义在 20 世纪 60 年代常常被认为是还原性的（或简化的）而受到忽略，在 20 世纪 80 年代则被认为是不合时宜的，这两种抨击都过于极端了。② 也有评论批评极简主义为刻意减少内容而进行的艺术实践。"简"虽然代表了极简主义的部分内涵，但是我们所谈及的极简主义的现实意义不仅仅是一味减少至失去内涵，空洞无物，而是秉承"少即是多"的原则，在极简中蕴含着深刻。"少即是多"最初是由德国现代建筑大师密斯·凡·德·罗（Mies Van De Rohe）提出的建筑设计理念，他崇尚将细节精简到极致，摒弃雕刻装饰，挖掘建筑的结构实质。随后，约翰·巴思（John Barth）将"少即是多"归纳为文学创作中

---

① Chilvers, Ian and Glaves-Smith, John. *A Dictionary of Modern and Contemporary Art*. Oxford and New York: Oxford University Press, 2009, p. 569.
② 哈尔·福斯特，《实在的回归：世纪末的前卫艺术》，杨娟娟译，江苏凤凰美术出版社，2015 年，第 45 页。

的极简主义宗旨。①

二、极简主义文学创作：海明威与卡佛

极简主义风格在文学创作中的表现可以追溯到海明威（Ernest Hemingway）发表于1932年的《午后之死》中有关"冰山理论"的论述。这是一部纪实性文学作品，小说以第一人称讲述，叙述者在谈论西班牙斗牛的种种细节的同时，还与一位老太太交谈并探讨文学创作。叙述者通过对话将小说的创作过程暴露出来，形成了元小说的写作特征，有关极简主义的论述也是在这样的对话中袒露的。通过对话做出对文学创作的评论再自然不过，这是海明威这部小说创作的独到之处。把对极简主义文风的阐释放在描写斗牛的文学作品中也是恰到好处，斗牛干净、利落的风格与海明威强调的简洁不谋而合。海明威在阐述省略在文学中的作用时曾说过，要是一名散文作家足够懂得他写的内容，他可能会把他懂的东西略去。他要是十分真实地写作的话，读者依然能够强烈地感觉到那些东西就好像作家已经写出来了一样。一座移动着的冰山显得高贵，是由它那浮出水面的八分之一决定的。② 他的话揭示出在文学创作中被隐藏的、未被讲述的内容同样重要。"冰山理论"最初由精神分析学派创始人西格蒙德·弗洛伊德（Sigmund Freud）用来阐释意识与无意识的关系。他认为人的有意识层面只占人格的一小部分，犹如露在海面的冰山，而藏在海底不为人所知的无意识则占绝大部分。海明威说冰川浮出水面的八分之一是指在文学创作中要懂得取舍，要让读者通过这少部分的文字体会深层的、没有直接用文字表述的含义。我国古代思想家及文学评论家曾提出过相近的文学理论，如庄子的"得意而忘言"即"言不尽意"，司空图论诗歌意境的"味外之旨"所要表达的"言外之意"等，都是对"言有尽而意无穷"的阐释，指出文学创作中超出表层文字含义所激发的更深层次的意境。

雷蒙德·卡佛（Raymond Carver）被誉为极简主义小说大师。与他属

---

① Barth, John. "A Few Words about Minimalism". *New York Times Book Review*. 28 Dec, 1986, p.1. Consultado el 24 de marzo de 2017. https://archive.nytimes.com/www.nytimes.com/books/98/06/21/specials/barth-minimalism.html?_r=2.

② 海明威，《午后之死》，殷德悦译，河南文艺出版社，2012年，第227页。

同一代且同样带有极简主义标签的作家还有一众美国短篇小说家，如鲍比·安·梅森（Bobbie Ann Mason）、弗雷德里克·巴塞尔姆（Frederick Barthelme）、托拜厄斯·沃尔夫（Tobias Wolff）、安·贝蒂（Ann Beattie）、玛丽·罗宾逊（Mary Robinson）和埃米·汉佩尔（Amy Hempel），他们的创作带动了美国短篇小说的复兴与发展。卡佛的小说创作是对海明威"冰山理论"的发展与突破。作为短篇小说家、诗人，他开创了独特的极简主义文风。卡佛自己也曾说海明威是对他有影响，并且他十分钦佩的作家。[1] 除了极简主义的标签，他的小说还常被冠以"肮脏现实主义"（Dirty Realism）的称号，即小说中常描写生活中粗陋不堪的一面。卡佛被公认为20世纪后半期最著名的美国短篇小说家之一，具有鲜明的创作特色。1981年出版的《当我们谈论爱情时我们在谈论什么》是卡佛小说创作评论最集中的短篇集，其中《洗澡》是其极简主义写作风格的代表性作品。"周六下午，母亲开车去了购物中心的那家面包店。"[2]《洗澡》由此开始叙述，故事中的母亲在给即将过生日的儿子斯科蒂订蛋糕。略显古怪的面包师记下了母亲的电话号码，为故事埋下伏笔。然而，斯科蒂在生日当天遭遇车祸，父母在医院陪同昏迷不醒的男孩。父亲回家洗澡换衣服期间接到了面包师打来的电话，让他取走16块钱的蛋糕，但父亲却说不知道有这回事。两人的对话简短、生硬，读者可以感受到双方的不悦。电话不断打来，增添了使人烦躁的气氛。然而卡佛并没有对此进行过多的解释，继续冷静地叙述着医院的情况。对医生、护士、医院病人和家属的描写看起来是无关紧要的细节，但是文字中却弥漫着焦虑的气氛。小说结尾处，回家洗澡的母亲再一次接到了电话，作家没有交代是谁打的，但是显然是面包师，故事在两人对话中重复的"和斯科蒂有关"中结束。《洗澡》的故事叙述中留有大量空白，那些作家没有交代的情节、跳跃的空间转换、人物诡异的行为与对话让故事充满悬念。这篇故事无论是人物、事件、空间跨越都带有极简风格。文本给读者留下了大量的疑问，作家并没有给出答案，结尾的处理也增加了故事的悬疑色彩。但过度的删减也给卡

---

[1] 美国《巴黎评论》编辑部，《巴黎评论 作家访谈1》，黄昱宁等译，人民文学出版社，2012年，第181页。

[2] 雷蒙德·卡佛，《当我们谈论爱情时我们谈论什么》，小二译，译林出版社，2010年，第57页。

佛带来了批评的声音。留白虽突出了紧张的氛围，渲染了威胁的存在，但卡佛的"极简主义"手法使人物失去了可信度，仿佛他们不是现实生活中的人，而是作者操控来实现某种艺术目的的木偶人。①

1983年卡佛的另一部短篇集《大教堂》中名为《好事一小件》的故事像是对《洗澡》中精简过度的叙事风格的矫正。《好事一小件》可以看作《洗澡》的加强版，两则故事脉络大致相同，作家不仅增加了小说的篇幅，对人物的描写也更加具体。故事开头女主人公维斯夫人与面包师交谈中流露出的心理活动是作家试图让故事丰满、变得有血有肉的尝试。过生日的男孩仍是在周一遭遇了车祸，父亲回家洗澡时接到了面包师的电话，剧情没有大的改变，但是小说对其他人物的描写比《洗澡》更具体。无论是医生还是护士都是有温度的人物，邻居也有了名字，这些小细节让小说中人与人的关系不再那么冰冷。至于故事的结局，作家也做了详尽的交代。男孩死了，不知情的面包师继续打电话催促取蛋糕，最终，小说在面包店中结束。男孩的父母一起到了面包店，从一开始和面包师的冲突与误解到最终坦白真相后的和解，卡佛都做了清晰的交代："他们一直聊到了清晨，窗户高高地投下苍白的亮光，他们还没打算离开。"②

从《洗澡》到《好事一小件》，小说变得饱满但也已经"面目全非"。虽一眼便能从剧情辨认出此前的故事，但读者却无法想象《洗澡》刻意经营的留白会发展成一个"完美"的结局。因此，有评论认为这种完美的结局缺少了《洗澡》那种特有的冷峻和揪心揪肺之感。③ 如果说《洗澡》是卡佛对海明威的八分之一"冰山理论"最好的诠释，《好事一小件》的叙事风格显然有了重大变化。将藏在水下的八分之七展现出来，达到了让小说丰满的效果，但同时也削弱了原版故事的悬疑色彩。卡佛曾五次获得欧·亨利短篇小说奖，1983年他凭借《好事一小件》获此殊荣，显然他带有人文关怀的小说新风获得了评论界的认可。《洗澡》与《好事一小件》孰优孰劣虽存在着不同的看法，但不可否认，极简主义仍然是卡佛创作的

---

① 唐伟胜、李君，《"极简主义"的叙述困境及其解决：〈洗澡〉与〈一件好事儿〉比较》，《当代外国文学》，2010年第1期，第145页。

② 雷蒙德·卡佛，《大教堂》，肖铁译，译林出版社，2009年，第96页。

③ 李公昭，《论卡弗短篇小说简约中的丰满》，《当代外国文学》，2005年第3期，第125页。

重要艺术风格。这不仅让他在美国小说界享有极高声誉，也吸引了大批忠实的读者。极简作为卡佛创作的标签，除了篇幅简短、人物设定简单及作者擅长叙述留白之外，他在小说语言的运用上也是简约的。叙述中常常使用简单句而非从句、复合句，用词也避免修饰与比喻。村上春树曾评价说卡佛的创作是把程式化的语言和不必要的修饰全部去除。① 在讲述故事的时候，卡佛也尽量做到冷静、客观，不投入过多的心理或情感描写，而将这些创作手法应用到讲述美国底层小人物的生活琐事，也体现了内容与形式的相辅相成。

加拿大女作家爱丽丝·门罗（Alice Munro）是2013年诺贝尔文学奖得主，曾被评论界认为带有极简主义创作风格。门罗在短篇小说创作中具有革新性，叙事中对时间的应用有独到之处，擅长转换时空打破回忆与现实的界限。《激情》是其2004年出版的小说集《逃离》② 中的一篇，短故事中记忆像被打乱的拼图，需要重新拼装，但先拼哪片后拼哪片，凭的是记忆的直觉。③ 格蕾丝是小说女主人公，故事从她重回渥太华峡谷试图寻找特拉弗斯家的避暑别墅讲起，引出了一段40年前的往事。从整体来看，《激情》的叙事节奏由快变慢，时间在门罗的笔下，有时绵绵伸展，有时紧紧压缩。④ 将几十年的回忆压缩在短短几句话的概括中体现了门罗极简主义的叙事风格，但是她又着重笔墨描写女主人公与尼尔之间的纠葛。小说叙事节奏快慢相间，作家在几十页的短篇中留下了大量的疑惑与空白给读者思考、探究。

对于极简主义评论界存在不同的看法。极简主义在绘画领域崭露头角之时，曾被批评认为它极易令作品以惊奇效果代替艺术审美，让创作者以为找到了一条捷径，没有以"极简"的手法抵达事物的"本质"，只迎来哗众取宠的短暂喧哗。⑤ 极简主义在小说创作中也被称为"大超市现实主

---

① 村上春树，《雷蒙德·卡佛：美国平民的话语》，雷蒙德·卡佛，《大教堂》，肖铁译，译林出版社，2009年，前言第2页。
② 爱丽丝·门罗，《逃离》，李文俊译，北京十月文艺出版社，2009年。
③ 杨晓霖，《〈激情〉的极简主义空间叙事》，《山东外语教学》，2015年第5期，第77—78页。
④ 同上，第77页。
⑤ 王霞，《〈冬〉：掀一掀极简主义的盖子》，《中国电影报》，2016年7月20日第006版。

义"（K-Mart Realism），突出其大众文化背景，与"肮脏现实主义"一样是对极简主义特色的概括。对于自己小说的极简主义标签，卡佛本人也曾公开表示，他知道自己在另一个方向走得足够远了，把所有东西删减到不只是剩下骨头，而是只剩下骨髓了。在一本书的一篇书评里，有人称他是"极简主义者"。那位评论家的本意是恭维他，但他不喜欢。因为"极简主义者"隐含了视野和手法上狭窄的意味，他不喜欢这个。① 事实上，我们在谈论卡佛的时候，我们谈论的是他的简约、他的简约中的丰满。② 从这些剩下的骨头或骨髓中我们不仅仅看到了作家在故事设计与语言运用中简洁的手法，还看到其背后勾勒的美国中低层人民的现实生活。所有的省略、空白都是卡佛通过文学作品将其创作选择传递给读者的，从他删除的及留下的文字中，我们还可以看到他对社会、人性的看法及在他后期的小说中的人文关怀。

1988 年，卡佛去世了，年仅 50 岁。卡佛作品的中文译者小二在接受采访的时候曾说卡佛已经过时了，现在他也认同王安忆在出版宣传《当我们谈论爱情时我们在谈论什么》之时的看法，认为这本书在几十年前肯定有人喜欢，但现在这么写已经很平常了。③ 21 世纪的今天依然不乏极简风格的作品问世，如门罗的短篇小说，但显然极简主义并不是评判作品的唯一视角。小说创作有了新的趋势，新的叙事理论也层出不穷。对于极简主义，批评界也并没有明确的界定，它属于现代主义还是后现代主义创作，极简主义风格下的写作能否归入现实主义书写等，这些都没有定论。有评论指出极简主义与后现代主义小说的差异是显性的，共同点则是隐性的。这种形式上的极端现实主义，表达的是对抽象的、实验性的、拼贴的、游戏式的后现代主义创作的对抗。但它也传递了现实中意义的缺失，表现了当代人无法摆脱的困境，以及人与人之间有效沟通的困难等典型的后现代主题。④ 事实上，我们现在看到的极简主义文学创作更像是一

---

① 美国《巴黎评论》编辑部，《巴黎评论　作家访谈1》，黄昱宁等译，人民文学出版社，2012 年，第 179 页。
② 李公昭，《论卡弗短篇小说简约中的丰满》，《当代外国文学》，2005 年第 3 期，第 127 页。
③ 小二、谢晨星，《〈新手〉并不能否定卡佛的极简主义》，《深圳商报》，2015 年 9 月 13 日（W02）。
④ 虞建华，《极简主义》，《外国文学》，2012 年第 4 期，第 94 页。

种有策略的省略。"减法"的应用并非刻意为之，而是为了达到深层次的叙事效果。"减法"时而与"加法"相互呼应，营造小说中张弛有度的氛围与叙事节奏。极简主义在文学中更像是一种风格，通过极简达到某种创作意境，并以此形式来烘托内容。

三、桑布拉小说：后现代语境下的极简风格

本书着重论述的智利小说家桑布拉在创作中也带有极简主义风格。极简主义盛行的 20 世纪 80 年代，极简风格的发生以当时迅速发展的资本主义为背景。此类小说着力描写经济繁荣下饱受压力的底层人物，通过他们的处境展现美国社会人与人之间的疏离及无序的社会状态。尽管如此，极简主义作家又不借助过多的心理或精神描写，而是通过精简、碎片、空白等把这种虚无的状态表现得淋漓尽致。极简主义最初在绘画艺术中产生，源自先锋性的绘画实验，而桑布拉的小说创作同样属于新的先锋时代的文学实验。海明威被称为"迷茫的一代"，桑布拉经历的也是 21 世纪年轻人无尽的迷茫。卡佛所掀起的美国短篇小说创作高潮也受他所处时代背景的影响。卡佛是在写他那一代人，在采访中他曾说他写这群不被注意的人的生活，没有人会为他们说话，自己可以算作一个见证人。[①] 桑布拉的创作同样是在描写属于智利独裁后的他那一代人的故事。作为 21 世纪年轻一代南美小说家，在后现代语境、全球化及文化多元化的大背景下，作家所处的社会环境充满不确定性。极简的文风与后现代多样的写作手法相结合，桑布拉为读者呈现了独特的小说风格。

当然，我们以极简主义为切入点来挖掘、探讨桑布拉的小说绝非套用此概念来确定其文学创作特征。我们也避免在本书撰写中以某种主义来阐释文本，生硬地将小说情节与理论架构联系在一起。李庆本在比较文学领域提出了跨文化美学的新思路——跨文化研究的三维模式，即超越中西二元论模式。那种将世界看成是中西二元对立的观点，现在看来早就无法说明和解释目前世界文化的多元化格局。[②] 三维模式突出东西方文学创作上互补、互惠的关系，而不是一方为主另一方为辅的被阐释、被影响的关

---

① 雷蒙德·卡佛、克劳蒂·格里玛，《没有空穴来风的小说》（采访），小二译，https://www.douban.com/note/553045591/，检索日期：2018 年 4 月 1 日。
② 李庆本，《跨文化美学：超越中西二元论模式》，长春出版社，2011 年，第 15 页。

系。该论点突出了两种文学之间的对话原则,是比较文学领域的新视角。该视角杜绝了一种文学对另一种文学的压倒性权威,突出的是平等原则。这样的思路同样也适用于阐述西方文学理论与拉美文学研究的关系。拉丁美洲文学有其地域性特色,在世界文学领域有自己的一席之地。然而,与文学创作相比,拉丁美洲缺乏完善的文学理论体系。近年来,对于拉美文学的评价多依赖西方文学理论框架,用各种新出炉的"主义"来阐释拉美文学。虽然这样的手段取得了丰硕的成果,但是值得注意的是,不能仅仅用西方文学理论作为公式套用拉美文学作品,要意识到拉丁美洲文学对于西方文学理论的完善、补充甚至颠覆,只有两者平等对话才能碰撞出新的火花。本书对桑布拉小说极简风格的分析是对已知极简主义的补充与完善,是拉美作家贡献的新的极简主义特征,形成了跨文化研究在拉美文学与西方文学理论之间的环形结构,而这些新形式正好说明了拉美文学所具有的世界文学属性。在这段环形旅行中,每一个环节所发生的挪用、移植、转移、改造,都是很正常的现象。[①] 极简是切入点,但不是僵死的模式,而是一种开放、包容的文学创作手法。我们知道任何文学创作都由与其文字内容相得益彰的形式衬托,在小说中则表现为叙事手法与故事情节的结合,好的形式能突出、深化主题。对叙事形式的追求是桑布拉小说创作的一大宗旨,《盆栽》便是在极短的篇幅中以形式衬托内容的最经典的诠释。

第二节 《盆栽》：从诗歌到小说

一、《盆栽》：诗歌渊源

《盆栽》是桑布拉创作的第一部小说,但他本来预想这是一部诗歌作品。从诗歌到小说,桑布拉构思了很长时间。最初他脑海中只有一个离群索居的孤独男人的画面：这个人把自己关在房间里,宁愿花时间照顾一株盆栽,也不愿意写作,他用这样的方式逃避生活。"盆栽"是作家在诗歌

[①] 李庆本,《跨文化美学：超越中西二元论模式》,长春出版社,2011年,第15页。

创作过程中构思的形象，出自他写的自认为不太成功的诗，诗中谈到被包裹的树。这一灵感来源于曾经充斥在智利街头的盆栽艺术景观。20世纪90年代，保加利亚艺术家在智利曾经做过"被包裹的树"艺术展。当作家看到这些展品时，认为这是一种另类的美，并将它们与盆栽联系起来。西班牙阿纳格拉玛出版社出版的《盆栽》封面即是一棵棵被包裹的巨型树的图片。[①] 那时候的智利，在家中养植一株盆栽成了时尚。然而，由于它十分脆弱，很难养植，经常会死在购买者的手里。盆栽的流行看似有些荒唐，但是启发了桑布拉将盆栽这种艺术引入他的诗歌创作中。当时他脑海中只有"盆栽"这个题目和一些手头创作的零散诗歌。他开始购买有关盆栽种植的专业书籍，也曾咨询园艺专家，甚至还订阅了杂志《当代盆栽》（*Bonsái actual*）。[②] 桑布拉发现这些有关盆栽种植的书籍所用的语言既专业又具体，带着西班牙语特有的韵律，十分接近诗歌的表达，比如，"需要在第三天弯曲其母枝"（hay que torcer la raíz madre al tercer día）。[③]

在以"盆栽"为形象的诗歌创作过程中，桑布拉试图将表达转换成带有韵律的语言。此前他多写自由体诗歌，但这次他尝试使用固定的音节创作，期待找到适合的韵律。但是，这些形式他都不甚满意，于是他在作品中加入了轻度的叙事，也就是某种小说的元素。《盆栽》最初的草稿有两百多页，作家通过不断删减，最终找到他期待的表达方式时，却发现这部作品已经从诗歌变成了一部小说。于是他按照这个思路继续前行，最终完成了《盆栽》。[④] 桑布拉的好友听说他在写一部关于"小树"的作品，为了帮助他写作，便送给他一株盆栽。作家开始精心照顾这株植物，在这个过

[①] Zambra, Alejandro. *Bonsái & La vida privada de los árboles*. Barcelona: Editorial Anagrama, 2016.

[②] Zambra, Alejandro. "*Árboles cerrados*: A propósito de *Bonsái*". N 12. En agosto de 2007. Consultado el 21 de marzo de 2018. http://www.piedepagina.com/numero12/html/alejandro_zambra.html.

[③] Friera, Silvina. "Aprendimos que no hay que confiar tanto en los libros". *Página /12*. 5 de junio de 2007. Consultado el 16 de marzo de 2017. https://www.pagina12.com.ar/diario/suplementos/espectaculos/4-6551-2007-06-05.html.

[④] Tomás, Maximiliano. "Alejandro Zambra: 'Bolaño desordenó la literatura chilena'". *Terra Magazine*. 21 de abril de 2008. Consultado el 8 de marzo de 2017. http://www.ec.terra.com/terramagazine/interna/0,,OI2762674-EI8870,00.html.

程中，桑布拉从最初设计的孤单男人照顾盆栽的形象中看到了自己的影子，虽然他坚持说："那个男人不是我。"① 桑布拉脑海中构思的形象化为小说男主人公胡里奥，他在故事中也拥有作家身份。很显然，在小说中桑布拉与自己构思的那个离群索居的男人合二为一。这样，脑海中的想象加上小说的虚构，再加上桑布拉自己的真实生活，一部文学作品从几句零散的诗歌变成了一部有人物、有故事的小说。

《盆栽》从最初预设的诗歌成长为小说，在一定程度上决定了其篇幅的极简，翻译成中文的《盆栽》不足两万字。因此，无论是小说的西班牙语原文版还是多语种的翻译版，都将作家的第二部小说《树的隐秘生活》与《盆栽》合集出版，而两部小说的中文译本总共不足 5 万字。虽然不能把极简主义等同于作品的篇幅短小，但这显然是其重要特征之一。由于极简主义依赖的省略和排除方法本身也是短篇小说艺术的重要部分，因此极简主义主要体现在短篇小说创作方面。② 本书上一节曾提到的北美一众极简主义代表均属于短篇小说作家，然而现在我们谈及的这位智利作家桑布拉的作品，实际上并非短篇小说创作，与《树的隐秘生活》合集出版的《盆栽》也绝非一部短篇小说集。考虑其篇幅，并从小说的内容与形式来看，桑布拉的一系列作品更像是中篇小说（novella），即指篇幅较短的长篇小说。③

无论是《盆栽》还是桑布拉的其他作品均带着诗歌特征，其小说的语言是通俗、简洁易懂的，句子多为简单句。虽然这些作品无论是结构上还是文字上都是小说化的，但作家在叙述中常常将诗歌引入其中。《盆栽》开篇的引文中，除了一段引自川端康成的话外，还有一句智利诗人贡萨洛·米连（Gonzalo Millán）的诗："痛苦，如切如磋，纹理尽现。"（6）此外，这部小说中的人物常常提及其他作家的诗歌作品，有时候作为应景的感叹，有时候这些作品与桑布拉的小说形成某种互文关系。在《盆栽》

---

① Zambra, Alejandro. "*Árboles cerrados*: A propósito de *Bonsái*". N 12. En agosto de 2007. Consultado el 21 de marzo de 2018. http://www.piedepagina.com/numero12/html/alejandro_zambra.html.

② 虞建华，《极简主义》，《外国文学》，2012 年第 4 期，第 94 页。

③ 华莱士·马丁，《当代叙事学》，伍晓明译，北京大学出版社，1990 年，第 40 页。

中，作家在讲故事时，在大段的描述后，有时会出现孤立的两行，仿佛是在言说又像是在感叹的类似诗歌的文字。这些文字单独存在，看似无意义，实则是作家不经意或是有意为之将诗歌元素带入小说结构中。《树的隐秘生活》中男主人公胡利安高声背诵艾米莉·狄金森（Emily Dickinson）的诗句："我们有一份黑夜要忍受/我们有一份黎明。"（100）《回家的路》中我们也可以发现诗歌的蛛丝马迹。作家通过小说中的人物展示其创作的诗歌：

刚才我想写首诗，却只挣扎出这样几行：
曾经的我，将是年长时的回忆
我已然厌倦追寻
一遍遍追寻
那风中残枝的身影（60）

《我的文档》是桑布拉的短篇小说集，其中的一篇《国立中学》出现了大段类似诗歌形式的分段：三两行成为一段，段与段之间空行，并且在每一段的开头都出现"我想起""我记得""我还想起"等相似的开头，在写作形式上营造了一种诗歌的氛围。韵律及内容的重复更像是诗歌或歌曲的重复小节，但是这些段落又带有叙事特征。桑布拉的小说可以说是散文与诗歌的结合，或者说是一种散文般的诗。他将叙事与诗歌结合在一起，用诗歌的形式撰写散文。他曾说散文的语言简洁，不带任何浮夸，就像在和朋友谈话。①

美国知名极简主义作家卡佛的小说让他闻名世界，但他同时也是一位诗人。当问及他的诗歌与小说的关系时，他认为自己的小说名气更大些。但对他而言，他更喜欢自己的诗歌。至于它们之间的关系，他认为他的小说和诗歌都很短，用同样的方法写它们，效果也很相似，这种对语言和情绪的压缩，在长篇小说里是不常见的。他常对别人说，诗歌比长篇小说更

---

① Acosta, Daniela. "Zambra edita en Buenos Aires y prepara novela sobre el Instituto Nacional". *La Tercera*. 10 de septiembre de 2012. Consultado el 21 de marzo de 2018. http://diario.latercera.com/2012/09/10/01/contenido/cultura-entretencion/30-118104-9-zambra-edita-en-buenos-aires-y-prepara-novela-sobre-el-instituto-nacional.shtml.

接近短篇小说。① 擅长极简主义小说创作的桑布拉对诗歌的钟情在其创作初期就有所展现。他曾多次谈到自己更擅长诗歌创作，事实上，他的文学创作也是从撰写诗歌开始的。在其诗歌集《移动》再版之际，桑布拉说他撰写小说的冲动最先在这本诗集中有所体现，当自己再次阅读这些诗歌的时候，能发现他后期叙事文学创作的影子。②

在接受阿根廷报纸 Página/12 的文学专栏采访时，桑布拉曾说他是智利诗歌的忠实读者，诗歌是他创作的学校。③ 20 世纪诗歌文化在智利普及，虽然诗人大多受到外国诗风和主题的影响，但是他们作品的内容以智利题材为主。④ 显然，桑布拉也受到了智利诗歌传统的影响。他曾说诗歌是智利的强项。智利人会通过诗歌来无休止地探寻自己的身份。他的散文与诗歌在文风上并没有太大差别，对他的写作来说，诗歌是出发点。⑤ 至于小说，或许是出于对智利传统叙事文学的抵触，他最初未敢尝试小说创作。桑布拉认为智利人并不擅长讲述故事，但是诗歌是属于智利的传统。他个人认为这和智利人的说话方式有关，他们更擅长用简短的方式表达，话语中充满了婉转的说辞。在日常用语中，没有滔滔不绝的讲述，人们用尽量少的词汇交流，而这种表达方式恰恰符合诗歌的特征。正因为如此，智利人更加擅长写诗。就像是聂鲁达，他的脑海中充满了无数的比

---

① 雷蒙德·卡佛、克劳蒂·格里玛，《没有空穴来风的小说》（采访），小二译，https：//www.douban.com/note/553045591/，检索日期：2018 年 4 月 1 日。

② Maristain, Mónica. "Alejandro Zambra: 'En Santiago de Chile, vivía en un cementerio'". MDZ OnLine. 18 de julio de 2017. Consultado el 25 de marzo de 2018. https://www.mdzol.com/nota/744528-alejandro-zambra-en-santiago-de-chile-vivia-en-un-cementerio/.

③ Friera, Silvina. "Aprendimos que no hay que confiar tanto en los libros". Página /12. 5 de junio de 2007. Consultado el 16 de marzo de 2017. https://www.pagina12.com.ar/diario/suplementos/espectaculos/4-6551-2007-06-05.html.

④ 约翰·L. 雷克特，《智利史》，郝名玮译，中国大百科全书出版社，2009 年，第 131 页。

⑤ 《桑布拉：诗歌是智利的强项》（专访），载澎湃网，https://www.thepaper.cn/newsDetail_forward_152035320，检索日期：2018 年 9 月 12 日。

喻，最后汇聚成一首首诗。①

桑布拉对于小说创作如他曾经说过的并不是很有信心，他对虚构有某种顾忌，对讲故事的效用有所怀疑。他担心故事的生动性，也不确定读者对故事是否有兴趣。至于那些在小说中必须塑造的人物，也持观望态度，他不希望赋予这些人物某种虚假的威望。他创造的人物追求最大众化的形象，通俗得如普通人中的任何一位，他说："世界嘲笑他们时就像在嘲笑我们一样。"② 凭借这样的创作理念，《盆栽》以极简的篇幅面向读者，作家设计的人物如他所说属于带着大众共同特征的一群人。盆栽代表的微型的美预示了这部小说的精简与短小。从一部预设的诗歌作品，从几百页的手稿，作家最终把这部作品变成了小说。篇幅的短小绝不意味着这是一部空洞的、如诗歌般抽象的作品。极简的篇幅中蕴藏着作家对写作、对智利社会的深刻思考，也书写了桑布拉本人对"少即是多"的诠释。

二、极简开场：暴露结局的开篇

《盆栽》一开场便暴露了故事结局，彰显极简风格。"故事的结局是，她死了，而他孤身一人。"（7）古希腊哲学家亚里士多德在《诗学》中谈到悲剧的情节安排时，曾提出一个完整的事物由起始、中段和结尾组成。"起始指不必承继它者，但要接受其它存在或后来者的出于自然之承继的部分。"③ 如欲反对亚里士多德的主张，即情节始于开端，人们可以引用贺拉斯的话，他说史诗应该始于中间。很多叙事者遵循这一教诲，在开始一个故事之后才提供有关人物和先前情况的细节。④ 显然，《盆栽》这部小说并未遵循传统的情节发展顺序，而是把结局暴露在先。桑布拉曾说："当我写小说时，我有一点反对小说……《盆栽》里的游戏性便与此有关。

---

① Ramírez, Christian. "Bonsái: Mundo fuera de compás". *El Mercurio*. 20 de abril de 2012. Consultado el 8 de marzo de 2017. http://diario.elmercurio.com/2012/04/29/artes_y_letras/artes_y_letras/noticias/FDCC8146-0D14-4189-81E7-AB729CC66969.htm?id={FDCC8146-0D14-4189-81E7-AB729CC66969}.

② Friera, Silvina. "Aprendimos que no hay que confiar tanto en los libros". *Página/12*. 5 de junio de 2007. Consultado el 16 de marzo de 2017. https://www.pagina12.com.ar/diario/suplementos/espectaculos/4-6551-2007-06-05.html.

③ 亚里士多德，《诗学》，陈中梅译注，商务印书馆，1996年，第74页。

④ 华莱士·马丁，《当代叙事学》，伍晓明译，北京大学出版社，1990年，第49页。

我就想：好吧，我就在第一段告诉你们结局，因为这个不重要，重要的是我试图传达的感情，我因此获得了一些距离，来谈论我所讲述的故事。"①《盆栽》第一章"群体"记录了男主人公胡里奥和女主人公埃米莉亚从初识到相恋的过程。以"群体"为题，指智利青年所属的群体，男女主人公是他们中的一员。在群体中，埃米莉亚与胡里奥没有什么不同，但在个体中，他们的故事有个悲伤的结局，并且这个结局作家在小说的第一句话就告诉了读者。

胡里奥与埃米莉亚是大学同学，最初彼此并不喜欢。胡里奥因为埃米莉亚总是在课上提问题而讨厌她，她也因为胡里奥几乎不上课就能通过所有考试而反感他。但是，在同学家一起准备一场考试的时候，"事出偶然，他们才睡在了一起"（7）。作家交代他们的关系时十分直接，性关系构成了人物命运的分水岭。在简单的交代中，小说设定了其人物对象的年龄及所属的社会群体——智利大学生。学业、社交构成他们的主要生活，群体在嘈杂、混乱的环境中生存成长。考试复习只是借口，他们边听音乐边读书，边喝伏尔加边学习，所有人都酩酊大醉，凌晨这些大学生醉倒在不同房间，而这次胡里奥和埃米莉亚睡在了一起，虽然他原本打算找别人的。毫无疑问，考试的结果一塌糊涂，这群年轻人为了准备补考又一次聚会，男女主人公再度睡在一起。爱情是这部小说的主题之一，更确切地说，男女关系是桑布拉作品中的重头戏。《盆栽》小说开头告知结局后，随即进入了如流水账般对男女主人公情史的列举。胡里奥是埃米莉亚的第二个性伴侣，而埃米莉亚则是胡里奥的第一个正式恋爱对象。埃米莉亚曾有过几任男友，但是这几段关系都失败了，直到她遇到了胡里奥。

在叙述中，桑布拉穷尽生活中的琐事讲述两位主人公的私生活，但是小说中的细节描写又是微不足道的，烦琐、无味构成了智利青年人惯常的生活状态。作家从讲述属于智利青年群体的混乱，到牵扯出胡里奥与埃米莉亚的关系，显然想突出他们二人的爱情将是一段不寻常的故事。曾经是胡里奥一生挚爱的埃米莉亚死了，作家把故事结局交代在小说开场，这句话概括了整部小说的内容，即男女主人公的命运。"事实上在她，在埃米

---

① 《桑布拉：诗歌是智利的强项》（专访），载澎湃网，https://www.thepaper.cn/newsDetail_forward_1520353，检索日期：2018年9月12日。

莉亚死前多年,他就一直保持单身。"(7)这就是全部的故事,结局已经设定,随后叙述者告诉读者:"其余的就是文学了……"(7)《盆栽》极简的开篇没有给故事留下任何悬念,作家交代就连男女主角的名字都是随便取的。"我们就假设她的名字叫埃米莉亚,或者她曾经叫这个名字,而他过去、现在、将来的名字叫胡里奥好了:胡里奥和埃米莉亚。"(7)戴维·洛奇(David Lodge)曾说,不管怎样,小说的开头就是一个门槛,是分隔现实世界与小说家虚构的世界的界线。① 桑布拉自己曾说过他对叙事不是很有信心,他不清楚讲故事的意义,那些人物设定也让他烦恼。他并不想制造什么、虚构什么,于是他把一切都精简在小说的开场白中,告诉读者有关这部小说的一切。这个故事很简单,结局也是确定的。但是,"其余的就是文学了"把读者又引向了人物、结局之外属于作家创作的层面。这正是这部小说,或者说是所有桑布拉小说与众不同的地方,即故事并不是他关注的焦点,任何两个人换上不同的名字即可构成故事,且故事总是有某种单一的、固定的、事先预设的结局。

《盆栽》的叙事风格带有极简主义特征。叙事中作家并不着力花功夫精炼语言,反而是刻意制造出很多看似无意义的重复。故事的开头,小说的第一段中作家便多次重复谈及女主人公的死亡,以及男主人公依然活着的事实。随着情节发展,作家再次强调埃米莉亚的死亡消息:"埃米莉亚的岁数过了三十就不再增加了,并非从那时起她开始隐瞒年龄,而是她刚刚过了三十岁生日就死了。她的年龄不再增长,是因为她死了。"(9)《盆栽》的结尾正如作家一开始所透露的,呼应了小说的开头。埃米莉亚死了,她在西班牙马德里卧轨自杀,一年多后胡里奥从埃米莉亚好友处得知她的死讯。他刚刚拿到自己打工挣的三万比索,本打算用作接下来两周的生活费,但他却叫了出租车,把钱全部付给了司机。"朝任何方向开,绕圈,走方形路线,都一样,花完三万比索我就下车。"(48)在漫长的旅途中,胡里奥始终保持沉默。他没有回答一路上司机提出的各种问题,因为他根本没在听司机说话。《盆栽》就这样结束了叙述,呼应小说的开头:女主人公死了,男主人公还活着,且孤身一人。

在谈论文学创作的时候,常常谈及开放性结尾的小说,即作家对结局

---

① 戴维·洛奇,《小说的艺术》,王峻岩等译,作家出版社,1997年,第3页。

留白，不透露故事人物的生死，而是给读者留有悬念。19世纪后期这种向"开放"结尾的转移可以被解释为一种技巧创新，产生于要打破成规以保证新效果这一连续不断的文学动力。① 这样的小说实际上是等待读者参与。桑布拉的小说把结局交代在开头，像是另一种形式的开放性作品，暴露结局的开放式开头，开放的部分在"其余的就是文学了"中。无论是开放式结尾或者是开放性开场，都是作家对小说结构的精心设计。故事不是最重要的始终是桑布拉的创作理念，他在第一部小说中不断阐释这样的创作思路。显然，桑布拉开头即宣告结局的手法预示了故事和人物的极简。但是，其极简背后的虚构，即如何讲述故事才是这种开门见山的开篇背后所要传达的信息，也正是本书要挖掘的在极简背后隐藏的内容，即水面下隐藏的巨大冰山。极简主义文学创作的巅峰出现在20世纪80年代，显然，21世纪初的极简主义风格更加多样化。极简主义带来的知觉体验，是强迫观者进入了一个反大众媒体的情境，以其机械的系列化比喻工业对生活的渗透，以其空洞拒绝无处不在的景观，以其无差异的重复颠覆再现……不同时代的解读给了我们完全不同的极简主义。② 桑布拉是拉丁美洲青年作家的代表，他如何通过极简的形式表达更深层次的内涵是本书研究的侧重点。桑布拉把冰山下所隐藏的部分，也就是其余的部分称为"文学"。他笔下的故事是极简的，但是文学不是；死亡是结局，但不是终点。

三、简约式人物关系：从群体到个体

埃米莉亚和胡里奥属于智利青年群体中的普通一员。作家没有具体描述该群体，因为这群年轻人的生活如白开水般无味。男女主人公都是智利大学生，他们为学业奔忙，也沉迷在自己的群体中。小说开头就交代了这个群体是混乱无序的，学习是生活的重心，但背后却隐藏着集体酗酒、吸毒与混乱的男女关系。作家通过开篇男女主人公睡在一起这种自然、漫不经心的状态勾勒出群体的常态。女主角埃米莉亚与男主角胡里奥因一段时间的情侣关系从群体走向个体。英国著名文学评论家詹姆斯·伍德

---

① 华莱士·马丁，《当代叙事学》，伍晓明译，北京大学出版社，1990年，第93页。

② 杨娟娟，《极简主义：反叛和对抗》，《艺术当代》，2017年第7期，第47页。

（James Wood）认为写小说最难的是虚构人物。① 但是，在《盆栽》这部小说中，人物更像是随机的产物。叙述者零散地概述了一些男女主人公的外貌或性格特征，如埃米莉亚肤白、胡里奥聪明。这些细节通过无关紧要的对话或描述透露出来，显然作家并不想将两位主人公具体化，而是彰显人物设计的随意性。此外，《盆栽》这部小说的人物关系十分简单，没有过多的旁支人物设定。男女主角是中心，次要人物围绕他们展开故事。阿妮塔是这部小说最重要的次要人物——埃米莉亚唯一的好友。二人的故事被作家记录在小说的第三章"借物"中，该章题目概括了她们从儿时到成年因借物而维系的友谊。由阿妮塔引出她与安德烈斯的婚姻生活，他们的故事是对主角同代人现实生活的补充。埃米莉亚曾向阿妮塔借安德烈斯充当男友参加同事聚会而引起了一场暧昧与冲突，此处的"借物"关系进一步说明年轻群体的混乱。

胡里奥与埃米莉亚分手后生活窘迫，四处打工维持生计，同时兼顾小说创作。他与同租住在地下室的女邻居玛利亚短暂相处期间认识了作家加斯穆里，玛利亚成为胡里奥杜撰加斯穆里小说的见证者。此段属于青年群体与中老年群体的碰撞。老者眼中有对青年群体的不屑，从另一个视角完成了对智利青年人的观察。桑布拉小说设计的人物关系更多为串联式的物理连接，人物设定简单、清晰，但也偶尔发生并连关系，即主要人物与次要人物，或是次要人物与次要人物间产生碰撞。他们的交集大多出于偶然或意外，当然这全部出自作家的精心设计。比如，阿妮塔的丈夫与埃米莉亚的暧昧关系，玛利亚曾出现在埃米莉亚死亡现场，安德烈斯在医院体检时偶遇了作家加斯穆里，埃米莉亚的死亡由阿妮塔和安德烈斯告知胡里奥。作家通过生活的偶然性将小说的次要人物与主要人物紧紧联系在一起。《盆栽》中所有人物都能回到原点找到与男女主角的关系。由此可见，《盆栽》并不追求复杂的人物设计，而这部小说的极简风格还体现在人物关系的交代也不追求细节的完善，这也进一步说明极简主义作品的主要特征包括大量的叙述省略、反线性情节、开放式结尾等。②《盆栽》中偶然事件推动故事发展，但作家又常常忽略细节，将事发过程一笔带过。当

---

① 詹姆斯·伍德，《小说机杼》，黄远帆译，河南大学出版社，2015年，第69页。
② 虞建华，《极简主义》，《外国文学》，2012年第4期，第90页。

安德烈斯与加斯穆里擦肩而过时，叙述者告知"他们没互相打招呼，他们互相不认识而且永远也不会相识"（46）。一触即发的旁支故事还没有开始就已经结束，留白带着遗憾却也赋予了故事更宽广的空间。《盆栽》像是全知叙述视角下的一部侦探小说故事，只是结局并非出人意料而是归于平淡。

《盆栽》从第一章的群体关系发展到第二章胡里奥与埃米莉亚的个体关系。第二章"坦塔利亚"是作家描述男女主人公恋爱细节最多的一章，突出了个体的独特性。《坦塔利亚》（Tantalia）是他们喜爱的一部文学作品，阅读是二人的共同爱好，让他们与所属群体不同。如小说所述："胡里奥和埃米莉亚的奇怪之处不只是性方面的（这个确实是有），也不只是感情方面的（这方面大量存在），这样说吧，还有文学爱好方面的。"（15）他们阅读的作家十分广泛，有三岛由纪夫、雷蒙德·卡佛、阿曼多·乌里韦、博尔赫斯、尼采等。两个人的关系还因与阅读有关的谎言而加深，他们骗对方曾经阅读过普鲁斯特。阅读文学作品是作家设计的两位主人公的独特之处，是他们区别于群体的标志。但桑布拉没有花笔墨描写他们对阅读的体会和对作品的评论，仅仅是列举了一些耳熟能详的作家、作品。小说中男女主人公的感情逐渐炙热却又很快降温，二人的被动处境反映出其所属群体经受的爱情、友情、学业等多方面的压力。群体中见个体，又由个体再现群体，两种关系互相补充，互相说明处境。桑布拉笔下的智利年轻人是迷茫、躁动不安的，他们受到父辈和同辈的双重影响，既充满活力又在多种生活压力中挣扎。《盆栽》除了谈论智利当代青年的混乱生活，也试图剖析造成这种局面的成因。故事中个体的悲剧根源于家庭和社会问题，埃米莉亚的死亡与胡里奥的无所事事均能追根溯源到各自的原生家庭。但是，作家对这种深层次原因的剖析是隐忍、克制的，虽透露了某些事实也提供了些许线索，但仅限于平铺直叙的讲述，没有任何评论或过多情感表达。叙事中不断引入次要人物又不断将其剥离，极简风格在隐匿的细节中蔓延。

四、轻度叙事：细节的隐匿

《盆栽》开场对故事结局的揭露也预示了这部小说的跳跃性。小说第一章前几段交代了女主角埃米莉亚所有重要事件的转折点：与胡里奥相识、相恋、分手，以及她死亡的结局。叙述者刚告知读者埃米莉亚和胡里奥睡在了一起，随即用预叙的手法告知女主人公在将来会离开智利去西班牙马德里，并在那里与其他人也睡在一起。读者由此了解到男女主人公相恋，但最后会分手，且女主人公将远走异国，并客死他乡。法国文学理论家热拉尔·热奈特（Geard Genette）将预叙定义为事先讲或提及以后事件的一切叙述活动。① 杰拉德·普林斯（Gerald Prince）认为，预叙就"现在"时刻而言，它是一种趋向未来的时间误置；对将要发生在"现在"时刻以后的一个或更多事件的召唤。② 预叙在桑布拉小说中十分常见，此叙事手法常常打乱故事的节奏，同时也增加了叙事的层次感。此外，《盆栽》章节之间的连接也具有跳跃性。第一章他们相爱，第二章即由热恋转变为分手。第二章结尾作家交代男女主人公分手的结局后，第三章故事随即转到埃米莉亚的儿童时代，讲述她和阿妮塔在 4 岁时由交换一件不起眼的玩具开始建立了友谊。她们交换娃娃、交换衣服、交换杂志，成年后甚至交换情人。二人的童年、少年及青年经历通过作家记述的几次"借物"展开。从一个场景转换到另一个场景，从一段人物关系跳转到另一段人物关系，中间没有任何交代，也没有剧情转折的铺垫。显然，第一章"群体"、第二章"坦塔利亚"、第三章"借物"并没有直接联系，作家也拒绝交代其中的逻辑。桑布拉评论《盆栽》时说："这是个简单的故事，它的独特之处就是它运转得很好。"③ 虽然小说有线性叙事线索可循，但故事间缺乏过渡，段落间的连接是随机的，让故事的起承转合明显带着不连贯性。读者只能跟随桑布拉的节奏、喜好来认识与了解他创作的人物。显然，这部小说的叙述不能简单定义为线性、倒叙或插叙等单一模式，作家讲述着现在，还挖掘着过去，同时揭露着将来，叙事中呈现时间倒错的效果。正是因为省略了情感细节、事件进展与结局转换的因果关系等描写，《盆栽》这部小说的篇幅短小，内容极简。正如桑布拉自己所说："写作就是不停

---

① 热拉尔·热奈特，《叙事话语 新叙事话语》，王文融译，中国社会科学出版社，1990 年，第 17 页。
② 杰拉德·普林斯，《叙述学词典》，乔国强、李孝弟译，上海译文出版社，2011 年，第 182 页。
③ Wadell, Elizabeth. "*Bonsai* by Alejandro Zambra". *Quarterly Conversation*. Consultado el 30 de marzo de 2017. http://quarterlyconversation.com/bonsai-by-alejandro-zambra.

画草图，把页面填得很满然后又清空。"[1]

《盆栽》这部小说除了跳跃性的叙述，其极简风格还表现在作家将有限的篇幅更多地花在对琐事的描写上。故事中人物的对话集中于生活小事，琐碎的细节构成叙事的中心，人物的年龄成为事件的标志，梳理着故事发生的时间顺序。比如，20 岁时埃米莉亚和阿妮塔住在了一起，26 岁时阿妮塔已经是两个孩子的母亲，埃米莉亚在 30 岁时死亡。很多描述都只是人物成长过程中无意义的事件，通过年龄提示，读者逐渐获得小说的连贯线索，了解人物关系。埃米莉亚与胡里奥的关系结束前两个月，阿妮塔发现自己怀孕了，随即故事跳转到阿妮塔 26 岁时的某晚，埃米莉亚突然到家拜访。她想借安德烈斯在同事聚会上充当自己的丈夫，于是有了买几包薯片这种无关紧要的对话。夜里 11 点，阿妮塔分配着威士忌，丈夫安德烈斯不得不去超市买薯片：

"你为什么不买大包的？"
"因为一个大包都没有了。"
"那你就没想过，比如，带五小包回来吗？"
"没有五包薯片，只剩下三包了。"（24）

埃米莉亚与阿妮塔的友谊分分合合，成年后双方因有了各自的伴侣，关系不似从前那般亲近。此次分别多年后重逢，因为蹊跷的借物理由而产生了上述尴尬的对话场景。多年后，当她们恢复单身重聚之时，只剩下愈发疏离的关系。离婚后的阿妮塔决定去西班牙看望埃米莉亚，这是她为朋友做的最后一件事。"马德里在她看来是个恐怖的、不友好的城市……"（28）作家用这样的表述铺垫二人见面时的不自然。阿妮塔花了很大工夫才找到埃米莉亚居住的地方，而她见到埃米莉亚时的第一句话"你又穿上黑衣服了"（28）却是无关紧要的。重逢的好友已经没有了共同语言，对话自然也是平淡且缺乏意义的。短暂的相聚后，阿妮塔留下一笔钱给好友，从此断了联系。她们的关系从借物开始，也终结于借物。与胡

---

[1] Erlan, Diego. "Alejandro Zambra: 'Quiero trabajar sobre la ilusión literaria'". *Revista Ñ*. 29 de marzo de 2008. Consultado el 27 de marzo de 2017. http://edant.revistaenie.clarin.com/notas/2008/03/29/01638473.html.

里奥的爱情关系断裂后，埃米莉亚唯一的友谊关系也断裂了。

　　《盆栽》的低叙事性还表现在小说对无意义细节的重复上。作家描述埃米莉亚的第二任男友皮肤非常白。"……因为他真的太白了，这让埃米莉亚很没有自信，尽管她自己也很白，几乎全身都雪白雪白的，只有短发乌黑，就是这样。"（10）在本就隐匿了过多细节且篇幅极短的作品中，不断出现诸如此类对某件小事、某个词语的重复，而这些被重复的细节均不构成故事的重点。小说追溯完埃米莉亚与阿妮塔的友谊后，在第四章跳转到了胡里奥的生活现状。独居后他认识了作家加斯穆里，对方打算让胡里奥帮他在电脑上录入其小说手写稿。胡里奥的心理活动如下："如果可以的话，他希望能一直担任这个职务，但如果他想一直保有这个职务，他就得说点什么，说点表明他的重要性的话，比如说个笑话。"（33）本是重要的时刻、重要的场合，思想却被头脑中初级、原始的反应所控制，略显荒谬的想法也预示了二人后来的分道扬镳。其实，文字的重复和相互交错经常把事情搞乱，使"普通"读者，甚至最果断的分析家也理不出头绪。[①]

　　不难发现，作家在《盆栽》中讲述的任何一种关系都是无效的：友谊疏离，爱情破灭，工作失败。作家在这种注定以失败告终的关系描写上多运用人物间无关紧要的对话，集中于琐事且缺乏实质内容的叙述诠释了桑布拉的创作理念，即他笔下的人物是最普通的，发生在他们身上的事情可以发生在任何人身上。作家选择无厘头的对话正是对这种日常生活最真实的描写。整部小说跳过对事件当事人的心理、感情描写等细节，不断揭露人物结局，而对事件的重要转折点又不给予过多说明。虽然性爱与阅读暂时将《盆栽》中的两位人物有效地连接在一起，但是高潮之后逐渐进入低谷。失败的氛围也体现在作家叙述中大跨度的时间与空间跳跃中，所有人物都在默默接受命运，整部小说带着忧郁、灰色的基调，却没有人物感叹造化弄人。"他们读《坦塔利亚》的时候，结局即将到来，他们不断地想象甚至演绎一些情景，使结局更加美丽，更加悲伤，更加出其不意。"（19）分手时，人物的态度始终是自然、平静的，悲伤的结局被归咎于命运。"两个人都知道，属于他们的结局，一起读小说的两个忧郁青年的结

[①] 热拉尔·热奈特，《叙事话语　新叙事话语》，王文融译，中国社会科学出版社，1990年，第46页。

局，如人们所说，是天注定的。"(20)

由此可见，桑布拉在设计小说人物的时候遵从命运法则，因此提前透露结局也并不过分，因为结果是注定的。至于将什么呈现在读者面前，作家的选择是突出琐事与无关紧要的事。在他看来，生活就是琐事的堆砌，发生了什么不重要，重要的是结局，而结局已经写在了开头。也有评论认为任何叙事都无法显示其开头或者结尾。也就是说，无法判定究竟何处是一部小说的起始与结尾。而一部表面上看起来具有封闭式结尾的小说，仿佛总是能够重新开放。[①]《盆栽》的小说末尾呼应开场，可以视为一种环形结构，消弭了开端与结尾的界限，让小说的结局变得模糊与复杂。作家对琐事的讲述、重复及强调不断消解了《盆栽》这部小说的叙事性。

"极简主义"小说一方面要求作者使用少量素材，另一方面又要求作品能够传达丰富的生活体验，这两者间的张力在给"极简主义"小说带来非凡艺术魅力的同时，往往也给小说的叙述造成压力，使其失真，从而大大削弱其阅读效果。[②] 显然，桑布拉在《盆栽》这部小说中并不想表达"丰富"，也没有对"真"的追求，但是确实只给读者提供了最少的素材。这是 21 世纪在后现代语境下文学创作对极简主义的另一种诠释。作家在极简风格下营造非真实的氛围，不断暴露虚构也不断消解作品，进而解构小说中讲述的生活。被消解的生活看似是无意义的，但是零散和琐碎正是桑布拉所展示的当代智利青年人的原貌，他们是拉丁美洲被全球化席卷的一代年轻人的代表。20 世纪 90 年代开始，主张绝对市场经济模式的新自由主义经济政策在拉丁美洲盛行。随着新自由主义经济模式的广泛推行，拉丁美洲比其他地区更早、更深刻地体验了全球化的各种影响。已故古巴领导人菲德尔·卡斯特罗（Fidel Castro）曾经指出，全球化对于拉丁美洲本土而言，正在坚决地消灭文化本身。更有评论直言拉美从历史上就是西方文化的一部分。[③] 西方世界的价值观给拉美大陆带来直接的文化冲击，这对当代青年产生了深刻影响。

[①] 希利斯·米勒，《解读叙事》，申丹译，北京大学出版社，2002 年，第 50 页。
[②] 唐伟胜、李君，《"极简主义"的叙述困境及其解决：〈洗澡〉与〈一件好事儿〉比较》，《当代外国文学》，2010 年第 1 期，第 144 页。
[③] 徐世澄，《拉丁美洲现代思潮》，当代世界出版社，2010 年，第 471—481 页。

第三节 "盆栽"的隐喻:禁锢之美

一、"盆栽"喻爱情:被束缚的爱

《盆栽》的核心故事以埃米莉亚与胡里奥的恋爱关系展开。共同的阅读爱好制造了他们的特殊属性,赋予两位主角文艺气质,让他们与众不同。阅读让他们敞开心扉,有了共同的心理依靠,成为感情的催化剂。阅读与性结合,带给他们精神和身体上的双重愉悦。这段关系虽然并没有持续太长时间,但与此前的恋爱相比,这是一段稳定的关系。他们在一起"时间长了,虽然不是很长,但足够长了,他们开始坦露小众的兴趣爱好、夸张的情感,以及一段段短暂且骇人听闻的生活经历。"(12—13)从小说中的蛛丝马迹可以看出,两位年轻人都有各自的困扰。当他们在相处中逐渐靠近,胡里奥向埃米莉亚透露一些只有心理医生知道的事情,而埃米莉亚则告诉胡里奥她家庭的问题——对母亲的怨恨。叙述者没有交代他们彼此讲述的细节,读者只知道"埃米莉亚和胡里奥的关系是由一个个事实和吐露的秘密编织的……"(13)他们是一对曾经淹没在群体中的年轻人,各自的心理或家庭问题让他们渴望沟通,渴望得到对方的关注。他们走到一起有必然因素,相处中他们努力寻找彼此的共同点,很快在一段时间内建立了稳定的亲密关系。至少是在某一段时间之内,他们融为一体,无论是在思维方式上、生活上,还是在阅读上或是与阅读结合在一起的性爱中。

一对年轻情侣沉浸在恋爱的欢愉中形影不离,通过培养共同的爱好彼此改变,成为与对方最匹配的那个人。埃米莉亚有了很大的变化,她的好友阿妮塔不喜欢胡里奥的一部分原因就在于他改变了埃米莉亚。埃米莉亚也认为和胡里奥在一起的意义就是摧毁原来的生活。然而,这些努力都不能阻止二人爱情故事的悲剧。小说的开头作家就直接道出女方死亡、男方最终孤身一人的结局。在小说情节发展过程中,叙事者也不断提示读者两个人逃不出分手的命运。"因此,这是一段渐渐变得沉重的故事。"(13)分手后,他们的生活也发生了改变,埃米莉亚远走他乡,胡里奥不停为生活奔波。作家在处理这段感情纠葛中省略了大部分细节,仅保留了阅读与性爱的部分，继续阐释着其轻故事性的叙事理念，且毫不吝惜地制造着悲伤气氛。

阅读是二人在一起的理由，也是他们分开的借口。有些作品能够激起欲望，有些则效果不明显，唯有《坦塔利亚》这部作品得到了作家的重点阐述。这是阿根廷作家马赛多尼奥·费尔南德斯（Macedonio Fernández）的一篇小故事，一对情侣买了一盆植物，并将这株盆栽视为他们爱情的象征。"他小心照顾、保护着这株植物，生怕如此脆弱的生命因为一个不小心而陷入到猫抓、寒冷、磕碰、缺水、风蚀、炎热的威胁。"[1] 他们认为，一旦植物枯萎，爱情也将随之消亡。为了守护这株植物，他们把它混栽在一片相同的植物中，但最后却发现再也找不到它了。这是一则悲伤的爱情故事，这株"爱"的植物男女主人公曾经拥有却又失去了。这是作家桑布拉首次提及"盆栽"的形象。《坦塔利亚》的故事让胡里奥与埃米莉亚很着迷，同样作为小说人物的二人将自己投射其中，把《坦塔利亚》的爱情故事转化到自己身上，叙述者借此揭露二人作为虚构人物的事实。"埃米莉亚和胡里奥——确切地说不能算作小说人物，但也许把他们看作小说人物最方便不过……"（17）

很显然，无论是在阿根廷作家费尔南德斯的作品中，还是在桑布拉的小说中，"盆栽"都象征了爱情。"盆栽"的形象寓意了青年男女的恋爱状态，即爱情如此脆弱，需要极致的呵护。植物的存在与生长象征爱情的延续，而植物的消亡则代表爱情的终结。胡里奥与埃米莉亚在几个月的相处中不断通过阅读文本寻找情感的欲望，直到有一天，埃米莉亚说她不再喜欢费尔南德斯了，认为故事很荒谬，像做梦一样，"其实就是梦"（18），对此胡里奥也表示同意。他们转换思路，试图通过其他文学作品激发欲望。"不过，就像他们说的那样，伤害已经造成了。"（19）最后他们停止了阅读上的尝试，也因此失去了情感的欲望，随即分手，就如《坦塔利亚》中的人物一样，他们的爱情如遗失了的"盆栽"一样消失了。此时，桑布拉笔下的人物与其他文学作品中的人物产生交集，在某种程度上合二为一，虚构的《坦塔利亚》赋予了虚构的《盆栽》人物的命运归宿。

---

[1] Fernández, Macedonio. "Tantalia" en *Antología de la literatura fantástica*. Barcelona: EDHASA. 1977, p.73.

"盆栽"无论是在《坦塔利亚》还是《盆栽》中都寓意了爱情的悲伤结局,此外,在桑布拉的小说中还寓意了爱情的形态。盆栽这种园林艺术本身是对植物的一种束缚,通过对其形态的限制,不断修剪枝叶,最终达到预期的艺术效果。埃米莉亚与胡里奥的交往过程也像种植盆栽一样,在这段关系中努力改变自己以配合对方。"很快,他们学会阅读相同的书本,拥有相似的思路,隐藏彼此的不同。"(13)埃米莉亚曾说:"如果你的生活没发生任何改变,那你和别人在一起有什么意思呢?"(14-15)为了靠近对方,他们听从前并不喜欢的音乐,在阅读中挖掘共同兴趣,甚至是迎合对方的思路。热恋中的埃米莉亚与胡里奥恰似盆栽艺术,他们约束、修剪自己的个性,期望达到合二为一的效果。他们在一段时间内十分幸福,沉浸在自己的世界中,相信自己比他们曾经脱离的群体更加优秀。"对他们来说,人群只是数量庞杂、性质可鄙的他者。"(13)

盆栽小巧,具有艺术观赏性,但是这种美却被人为操控与摆布,被认为是丑陋、脆弱、易损的美。胡里奥与埃米莉亚抛却个体特性建立共性的过程,让他们活成了盆栽的形状。但是,这种刻意而为之的努力最终还是没能抵挡他们因自身不同而产生的阻碍。当他们不再配合这种"美"的形式就等于放弃了对自己"塑形"的努力,如混入同样的花草中消失的植物一样,又回到了群体。作家笔下这段爱情关系从一开始就注定是失败的,"这个故事就是无数幻想组成的……"(20)最终,男女主人公再度被淹没于群体中。《盆栽》第四章"富余的"是描写与埃米莉亚分手后胡里奥生活的章节。正当他被拮据生活所困之时,遇到了作家加斯穆里。胡里奥由此编织了一段谎言,谎称自己在与作家合作,着手录入他的小说。胡里奥把加斯穆里的小说杜撰成一段一对青年男女的爱情故事。他们年轻时曾养了一株盆栽作为爱情的象征,男方在广播中听到曾经的恋人死亡的消息。"盆栽"的形象再次出现在作品中,构成了另一段虚构故事。此处盆栽同样寓意爱情,引出了桑布拉设计的小说人物笔下又一段悲伤的爱情故事。为了延续谎言,胡里奥买了有关盆栽种植的手册,仔细阅读盆栽的种植知识,并且买了种子和工具打算系统地种植盆栽。胡里奥狂热地投入种植这株精巧植物中,期待它长成完美的形状,预测它的形态,直到有一天他听到了埃米莉亚的死讯。此时《盆栽》中的人物胡里奥幻化成了那个孤独地种植盆栽的男人,虚构在某种意义上变成了现实。多部文学作品的内容交织在一处,桑布拉完成了文学创作从虚构—现实—虚构的转换。他创作的故事看似回到了原点，又像是不断产生交集且没有尽头的环形结构，"盆栽"寓意的爱情故事在各种虚构中不断复制。

二、"盆栽"喻写作：被禁锢的美

"不过，在胡里奥和埃米莉亚的故事里，省略多于谎言，少于事实……"（12）此处可以看出桑布拉在《盆栽》这部小说中试图把胡里奥与埃米莉亚之间的纠葛讲述成一个简单的故事。通过笔下的人物胡里奥的作家身份，桑布拉表达了自己对弱化故事情节的偏爱："实际上在《盆栽》里什么都没发生，情节就是用来讲一个两页就可以写完的故事，一个或许不怎么好的故事。"（38）"两张图"是《盆栽》的最后一章，胡里奥画了一个女人，"她"拥有埃米莉亚深色的眼睛，以及玛利亚的部分特征，是埃米莉亚与玛利亚的合体。胡里奥把这幅女人的画像取名为"她"，并且"给她编了一个故事，一个没写出来的故事，不需要费神写下来的故事"（42）。桑布拉在小说中不断通过叙述者表达自己的创作理念，即故事是简单的故事，并以盆栽的形象暗示故事的形式是需要精挑细选的艺术。讲好一个空洞的故事是对作家最好的验证。

"盆栽"是对小说内容与形式合二为一最好的阐释，"一旦离开了盆，树就不能称作盆栽了"（43）。如何讲故事是一门艺术，故事的内容可以是雷同的，但选择何种方式讲述，正是作家寻找适合树的盆的过程，即盆栽艺术。小说中，胡里奥买来的盆栽种植指南书中这样写道："盆栽是一棵迷你树的艺术复制品，由两个元素构成：成活的树和盆。两个元素应该构成一个和谐的整体，对适合小树的盆的精挑细选本身就是一门艺术。"（43）谈及桑布拉的作品，有评论家说："一部很短的小说也可以是用一生设计的，读过《盆栽》之后便能体会到这种精心策划。"[①] 小说需要不断删减、修改才能得到最后的成品。"养盆栽就像写作一样，胡里奥想。写作就跟养盆栽一样，胡里奥想。"（44）盆栽本身就意味着修剪，为了达到预期形态，需要用铁丝将其捆住，设计它生长的走势，任何一个过程出现偏差都会导致盆栽出现不好的形状。"写作就像是照顾一株盆栽，出于某种

---

① Masoliver Ródenas, J. A. "La vida del libro". *La vanguardia*. 18 de julio de 2012. Página 10. Consultado el 21 de marzo de 2018. http://hemeroteca.lavanguardia.com/preview/2012/07/25/pagina-10/60387312/pdf.html?search=Masoliver.

极简风格下的文学思考与政治书写
——亚历杭德罗·桑布拉小说研究

极致的小心,带着些许不确定性,有时候像是一种矫枉过正的执着或者是对于完美乌托邦的追寻。"① 一株正常生长的树通过禁锢被塑造成小巧、精致的形象。盆栽可以说是一种有争议的、人为制造的"美的艺术"。写作类似盆栽修剪枝条,是将语言束缚的过程。最初桑布拉在撰写这部小说的时候曾担心语言会被禁锢。本来预期是诗歌的作品其语言应该是自由、开放的,但经过修剪与预期的平衡之后,《盆栽》最终呈现出小说的形状。创作过程中桑布拉也在不断做减法:"我写了10行,又抹掉8行;写了10页,又删除了9页。"②

显然,盆栽艺术是对桑布拉小说创作最形象的诠释,他在这个过程中对作品的修剪及对适合树木的花盆的寻找是显而易见的。迷你、极简的篇幅表达出富于层次感的小说内容。也许作家自己没有意识到,至少是在对小说形式的追求上,他的作品已经具有盆栽般的美。此外,盆栽的形象还意味着一种脆弱的美感。首先它是一株植物,会死亡,就像小说中寓意的爱情一样。而在创作中,文学的脆弱性则在于文字修剪后其预期与结果存在的偏差。"你想说的和最终落笔写出来的,从来都是不一样的,并且在很大程度上,你对自己想说的也不是十分清楚。"③ 桑布拉在《盆栽》成稿后通读了自己的小说,他很喜欢这部作品,尽管成果已经不是他预先设计的那本书了。④《盆栽》这部小说一经出版便轰动文坛,《完全评论》认为:"这部小说(《盆栽》)尽管篇幅短小,却空灵而丰富……愉悦、机智、充满惊喜。""丰富"是对这部作品十分贴切的评价,可见,简约之外有更多值得回味的东西。

---

① Tomás, Maximiliano. "Alejandro Zambra: 'Bolaño desordenó la literatura chilena'". *Terra Magazine*. 21 de abril de 2008. Consultado el 8 de marzo de 2017. http://www.ec.terra.com/terramagazine/interna/0,,OI2762674-EI8870,00.html.

② Zambra, Alejandro. "*Árboles cerrados*: A propósito de *Bonsái*". N 12. En agosto de 2007. Consultado el 21 de marzo de 2018. http://www.piedepagina.com/numero12/html/alejandro_zambra.html.

③ Erlan, Diego. "Alejandro Zambra: 'Quiero trabajar sobre la ilusión literaria'". *Revista Ñ*. 29 de marzo de 2008. Consultado el 27 de marzo de 2017. http://edant.revistaenie.clarin.com/notas/2008/03/29/01638473.html.

④ Zambra, Alejandro. "*Árboles cerrados*: A propósito de *Bonsái*". N 12. En agosto de 2007. Consultado el 21 de marzo de 2018. http://www.piedepagina.com/numero12/html/alejandro_zambra.html.

第一章 桑布拉小说：极简文风 | 47

"盆栽"寓意写作也体现了桑布拉对极简主义的诠释。盆栽是中国传统的园林景观艺术，树木是其主体，与岩石、草木、苔藓等装饰承载于盆中。盆栽成功与否的关键是要保有植物的微小形态，又让其具有树木的本质特性。树木与盆的装饰共同作用于盆栽，最终构成艺术的美。盆栽是一种鲜活的园林景观，树木虽小却具有生命力，如同桑布拉作品对小说内容的概括。内容是简单的故事，但施以其形状，情节则成为具有活力且吸引读者的艺术成果。约翰·巴思对极简主义小说形式进行了归纳：短小的词汇、句子及段落，篇幅极短，其中的故事情节也都是极简的，避免情感描写。[①] 桑布拉的极简风格在叙事文学的创作中体现为引入诗歌元素，不仅仅让小说的语言是短小、精炼的，同时还让这些文字具有诗歌的韵律。卡佛的极简主义小说虽令读者称奇，却也受到一些诟病。其特色在于通过精炼的语言与不断做减法的情节设计让故事充满悬念，而核心剧情的留白和扑朔迷离的结局渲染了小说的恐怖气氛。桑布拉的小说并没有在精炼语言上下功夫，也没有在故事情节上一味做减法，而是通过对琐事的描写与重复在某种程度上做加法。一方面增加对无意义情节的描写，另一方面又疏于对情节转折的交代，这样的手法让小说具有轻度叙事特征，同时也规避了对事件冲突中人物的感情描写。平淡的生活与无波澜的感情正是桑布拉追求的叙事风格，这种风格突出了他对当代青年现状的理解与阐释。小说结局的暴露表明了作家并不想用悬疑来吸引读者，这显然与卡佛极简小说的创作理念不同，他制造的是另一种阅读气氛。极简是桑布拉小说的切入点，但他的作品绝不仅限于篇幅短小或具有诗歌特征。通过视角的切换与弹窗式设计，比起单纯建立一种悬疑色彩，桑布拉制造了多层次的迷惑，构成了对极简文风的新贡献。下一章，本书将着重探讨桑布拉从《盆栽》到《树的隐秘生活》用多主题叙事等手法进一步阐释其对文学创作的思考。

---

① Barth, John. *Further Fridays: Essays, Lectures and Other Nonfiction, 1984—1994*. Boston: Back Bay Books, 1996, p.68.

第二章

文学创作：多元视角与主题

第一节 人物设定：作家的投射

一、女主人公：核心人物

桑布拉的三部小说人物设计具有相似特征，女主人公的核心人物设定与男主人公的作家身份与多个叙事主题并行，让作品呈现出丰富的叙事层次，同时为小说的极简风格创造了可能性。桑布拉作品的主人公通常为一对青年男女，并以他们的爱情关系为中心事件展开叙述。胡里奥与埃米莉亚是《盆栽》中的男女主角，他们相爱随后分开，埃米莉亚离世后留下胡里奥孑然一身。小说中次要人物的故事围绕埃米莉亚展开，她与大部分人物有交集。《盆栽》开场暴露女主角死亡的结局给读者造成了巨大的冲击并制造了悬疑效果。虽然这部小说的叙述呈现非连贯性与跳跃性，对女主角死亡原因的探索仍是阅读中的重要关注点。第二部小说《树的隐秘生活》的男女主人公是一对年轻夫妇——胡利安与维罗妮卡。这是一个重组家庭，丹妮拉是维罗妮卡的女儿。在等待维罗妮卡回家的过程中，小说讲述了主要人物与次要人物之间的各种关系。维罗妮卡是小说的中心人物，各种关系均围绕她展开：她引出了与前夫费尔南多的一段婚姻和胡利安与继女的关系，胡利安与维罗妮卡的婚姻也部分归因于其与前任女友卡尔拉不断恶化的感情。在叙事上，如《盆栽》一样，作家在小说开始就制造了悬念，通篇围绕维罗妮卡绘画课未归展开叙述。阅读中读者会对维罗妮卡的去向产生疑问并试图探索背后真正的缘由。《回家的路》是桑布拉的第三部小说，故事伊始，男孩"我"讲述着童年时与珂罗蒂雅的相识经过。她是小说家"我"笔下的虚构人物，原型来自小说家的前女友艾米。珂罗蒂雅与艾米共同构成了这部作品的女性核心人物。

桑布拉小说中的次要女性人物也具有相似特征。《盆栽》中玛利亚在与胡里奥交往一段时间后离开他去了西班牙，因为在这段感情中她看不到自己留下的理由；《树的隐秘生活》中胡利安的前女友卡尔拉在感情破裂时采取了疯狂行动；《回家的路》中珂罗蒂雅的姐姐希美纳带着某种偏执拒妹妹于千里之外。桑布拉笔下的这些女性人物有明显的交集，虽然在不同的小说中出现，有这样或那样的名字，但实际上她们是同一人物的变体，甚至可以说她们就是一个人，或者是该群体的某种集合体。有评论指出，当代拉丁美洲女性具有三重边缘化的身份，即处在后现代时期，且同时生活在第三世界及男权世界中。① 桑布拉小说中的女性人物与他同属一代人，成长于军政府统治时期，独裁统治让她们又增添了一重边缘化身份。小说中的女性故事是激烈的，结局是悲惨的，也是引导情节发展、引起读者兴趣的核心故事。三部小说均追索女性人物的踪迹，将悬念从小说的开场延续至小说结尾。桑布拉小说中的女性人物是最有故事的人，她们的感情较男性人物更为热烈，同时也是小说中最具神秘特征的人物。埃米莉亚的出走直至最后自杀，维罗妮卡最终的命运和珂罗蒂雅神秘的身份都是有待揭露的谜底，也是小说中隐匿最多的细节。然而，围绕这几位女性人物的下落与命运制造的谜团，叙述者并没有在小说中留下解谜的出口。虽然几部小说对女性核心人物的描写省略多于细节，带有极简风格，但是在省略中她们的故事成为触发整部小说情节冲突的核心。

二、男主人公：作家身份

作为小说另一半的男主人公围绕女性核心人物产生故事：胡里奥对埃米莉亚无限思念，胡利安始终等待维罗妮卡归来，男孩从儿时到成年不断对珂罗蒂雅展开追求。桑布拉设计的三部小说中的男主人公均有作家这个特定身份。文学评论家戴维·洛奇也是作家，对自己的双重身份曾这样评

---

① 郑书九，《从"文学爆炸"到"爆炸后文学"》，《拉丁美洲"文学爆炸"后小说研究》，商务印书馆，2013年，第26页。

论，他认为自己是个学院派批评家，所以也是个自觉意识很强的小说家。①事实上，桑布拉也属于学院派作家，他设计的小说借人物书写故事，同时予以置评，彰显了幕后真实推手桑布拉本人的自觉意识。借此，无论是小说人物还是故事情节都被赋予了更深的含义。有评论认为，桑布拉小说创作中的虚构与真实的自传情节相结合是一种危险的尝试，然而正是这样的叙事游戏引领读者不断探究其中的奥秘，此手法也是作家的独特之处。②《盆栽》中的胡里奥就读于智利大学文学系，是位幕后作家。读者通过加斯穆里的话可以侧面了解男主人公平时进行文学创作。加斯穆里曾这样问胡里奥："你写小说？每章都很短，也就四十页的流行小说？"（32）此处提到的极短篇幅的小说是对读者正阅读的这部小说《盆栽》的映射。同时，男主人公杜撰了加斯穆里的作品并命名为《盆栽》，与桑布拉的小说同名。由此，胡里奥的作家身份让小说情节环环相套，引领读者进入桑布拉设计的多重虚构迷宫。《树的隐秘生活》中男主人公胡利安同样被桑布拉赋予了作家身份，他平时是大学教师，周末则是作家。小说里的胡利安刚刚写完一本篇幅只有四十几页的书。"他极力说服自己这是一部小说。"（66）小说的第一个场景是一个年轻男人在修剪盆栽，显然这段故事与《盆栽》中胡里奥杜撰的小说产生了重合。同样是照顾盆栽的男人，《树的隐秘生活》中的部分故事成了《盆栽》中胡里奥的创作笔记，两部小说由此产生了交集，在虚构中构建虚构。《回家的路》中成年叙述者"我"是一位小说家，他撰写了珂罗蒂雅与男孩的故事，其中小说家"我"在现实生活中的故事与珂罗蒂雅的故事构成了《回家的路》中穿插讲述的两段时而平行又时而相交的内容。

作家们常常直言不讳地告诉我们，不要照直接受他们的故事。③ 显然，桑布拉三部小说中男主人公的作家身份会对小说结构与形式产生影响，不仅丰富了小说的叙事层次，人物对作品的指涉与重写也将增加小说的虚构氛围。该身份也是对桑布拉本人的映射，可以说男主人公的形象带

---

① 戴维·洛奇，《小说的艺术》，王峻岩等译，作家出版社，1998年，前言第2页。
② Daza D. Paulina. "Reseñas de *Mis Documentos*". *Alpa* 38 (2014)：281.
③ 华莱士·马丁，《当代叙事学》，伍晓明译，北京大学出版社，1990年，第225页。

有他的影子。《回家的路》中"我"讲述的故事以桑布拉童年时期居住的小镇迈普为背景，男孩的故事就是桑布拉童年经历的缩影。小说中除了有与生活相似的场景，作家个人经历也时常出现在其作品中。桑布拉少年时曾以优异的成绩考入国立中学，小镇少年与首都大城市的生活是格格不入的，这段求学经历在《回家的路》中有具体描写。现实中的桑布拉和《盆栽》中的胡里奥一样曾在智利大学学习文学，《树的隐秘生活》中男主角胡利安的身份是大学老师，这也是桑布拉从事的职业。大学毕业后桑布拉曾获得去西班牙留学的奖学金，马德里是在其小说中曾经出现的城市，他第一部小说的女主角就死在那里。桑布拉小说中谈及的失败的男女关系可以说是他情感生活的投射。他的第一任妻子是位设计师，在桑布拉的采访中很难找到有关那段感情生活的描述，但是他小说中的女性人物如维罗妮卡和艾米都是画家或从事与艺术有关的工作。现实生活中的作家是个"老烟民"，《树的隐秘生活》中胡利安烟不离手，《回家的路》中也有男主人公与母亲一起抽烟的场景。文学评论家华莱士·马丁（Wallace Martin）曾说，我们每个人也有一部个人的历史，我们自己生活的叙事，这些故事使我们能够解释我们是什么，以及我们被引向何方。[1] 桑布拉的个人生活不断出现在其作品中，这让他的小说或多或少带着自传体形式。在任何虚构小说中，哪怕是想象最自由的作品里，都有可能钩出一个出发点，一个核心的种子，它们与虚构者的大量生活经验根深蒂固地联系在一起。[2] 众所周知，个人经历对作家的创作有着十分重要的影响，但是又不能把文学虚构等同于真实的生活。当代越来越多的作家意识到，虽然小说是对现实的模仿、再现，但由文字构成的作品绝不等同于人生的经验。[3] 小说是生活的变形，而在桑布拉的作品中，生活亦是小说的变形。

---

[1] 华莱士·马丁，《当代叙事学》，伍晓明译，北京大学出版社，1990年，前言第2页。
[2] 马里奥·巴尔加斯·略萨，《给青年小说家的信》，赵德明译，上海文艺出版社，2015年，第17—18页。
[3] 童燕萍，《谈元小说》，《外国文学评论》，1994年第3期，第15页。

第二节　情节转换：多重叙事

一、视角的切换：从儿童视角到成人视角

桑布拉的小说除了人物极简和故事情节极简之外，其创作语言也是极简的。特别是在《树的隐秘生活》这部小说中，作家不仅仅追求叙述中词汇、句法结构的简单，还追求儿童语言般的直接。《树的隐秘生活》采用第三人称叙事，故事开场时胡利安正给小女孩丹妮拉讲故事。她不是胡利安的亲生女儿，却得到了他的无限宠爱。小说开场用简单的语言交代一家人的关系，丹妮拉对小伙伴这样评价胡利安："胡利安虽然没我爸爸好看，但和我爸爸一样和蔼。"（57）此处，孩子的语言符合她的身份与年龄。然而，除了丹妮拉的语言带有儿童化色彩，叙述者在小说中也常采用儿童视角与儿童话语。一般意义上的儿童视角指的是小说借助儿童的眼光或口吻来讲述故事。[①] 叙述者用儿童的眼光对小说中的两位男性进行比较："胡利安比丹妮拉的父亲要难看，要年轻，工作更辛苦，但赚得更少，烟抽得多，酒喝得少，运动得少——几乎不运动——知道的树多于知道的国家，肤色更黑。"（57—58）当胡利安追求维罗妮卡的时候，曾设想过维罗妮卡生父的形象："胡利安想象小姑娘的父亲是个高个子、黄头发的胖子，后来才知道他是个高个子、黄头发的瘦子。"（75）这些表述不是引自丹妮拉的话语而是出自第三人称的叙述，但是显然不属于成人描述事物的方式。

儿童视角与成人视角共存是《树的隐秘生活》这部小说的叙述策略，突出了丹妮拉的儿童世界与胡利安的成人世界的差别。为了哄丹妮拉睡觉，胡利安编造了一系列有关树的故事。这些树木被胡利安拟人化了，故事中两个人在树干上刻字作为友谊的见证，这样的霉运让一棵橡树撞上了。一棵猴面包树加重了语气说道："橡树是一个让人叹息的野蛮行

[①]　吴晓东、倪文尖、罗岗，《现代小说研究的诗学视域》，《中国现代文学研究丛刊》，1999年第1期，第71页。

径的受害者。"(59—60)这是一段儿童化的故事情节,但内容却是成人的思维模式,丹妮拉对于"野蛮行径"不甚了解,但叙述者也并未给出具体解释而是一笔带过。丹妮拉曾出于怜悯带回家几条鱼,鱼被命名为"宇宙"和"万达",在等待维罗妮卡归来时,胡利安听着远处的鱼咕噜咕噜的声音。"胡利安贴在玻璃上,非常认真地观察着它们。戏剧性的是,胡利安突然成了一个监视者,一个监视鱼的人,一个受过专业训练的人,防止这两条鱼离开鱼缸的人。"(81)水中的鱼本是女孩的宠物,叙述者用儿童的视角描述它们的名字和发出的声音。但同时鱼在成人的视角中又带有社会身份和政治属性。它们栖息的环境十分恶劣,水是脏兮兮的,它们的活动是一成不变的。故事中的人物胡利安是把它们限制在鱼缸中并监视它们的人。由此可见,成人小说中的儿童视角常常不是单一的,而是儿童感性与成人理性复合的双重视角。① 桑布拉曾说:"我曾生活在一个所有人都通过某种形式互相监视的世界。"② 监视行为曾经充斥智利社会的方方面面,此时作家把鱼拟人化,并投射了政治眼光,引出了严肃的话题。

儿童视角与成人视角的不断切换是《树的隐秘生活》这部小说的一大特征。叙述者用颜色对三口之家的房间进行描述。"蓝色房间是丹妮拉的房间,白色房间是维罗妮卡和胡利安的。还有一个绿色房间,被他们称为客房……"(58)虽然是用颜色这样儿童的眼光进行描述,但叙述者讲述的事情却夹杂着成人话题与严肃的气氛。"维罗妮卡是从蓝色房间消失的人……丹妮拉睡着以后,胡利安和维罗妮卡就离开蓝色的房间……随后他们会到白色的房间……"(58—59)一方面叙述者用儿童的视角表现着童真,另一方面又通过成人的视角放大或者消解这种单纯。真正优秀的儿童视角应该既能抓摄住"这一个"儿童的独特情态,又能深入而潜微地发掘

---

① 沈杏培,《"巨型文本"与"微型叙事"——新时期历史小说中儿童视角叙事策略的文化剖析》,《南京师范大学文学院学报》,2005年第3期,第51页。

② Coreaga C, Roberto. "Alejandro Zambra:'Tenía la necesidad de recuperar el paisaje de la infancia y los 80'". *La Tercera*. 23 de abril de 2011. Consultado el 24 de marzo de 2017. http://diario.latercera.com/2011/04/23/01/contenido/cultura-entretencion/30-66718-9-alejandro-zambra-tenia-la-necesidad-de-recuperar-el-paisaje-de-la-infancia-y-los.shtml.

别一重成人的世界。①《树的隐秘生活》中对颜色的偏好属于儿童眼光，但并不完全是儿童化的，有时颜色也带来压抑的气氛。与卡尔拉的感情无法维持之际，胡利安下班后在公寓客厅的墙上看到了用鲜红色的颜料、粗重的笔画写下的让他滚出去的字迹。此时的红色代表一种恐怖的景象，让胡利安感到墙上的字是用鲜血写的。东西方文化差异让颜色在文学书写中具有不同寓意。川端康成作品的研究者认为红色在这位日本作家的作品中寓意热烈、生机，也是浪漫与性爱的象征。从情感属性上说，红色是一种较为积极的颜色，在很多情形下都能唤起人类正面的情感。②而此处桑布拉小说中用红色书写的字体更像是一种激烈的情感发泄，看不出任何温暖、积极的意味。猩红的颜色传达了女性人物卡尔拉积压已久的愤怒。

用颜色形容事物还在小说中应用到多方面，叙述者称"阿尔杜罗·布拉特街是咖啡色的。智利文学是咖啡色的。"（98）叙述者把书籍、街道，甚至是智利文学都赋予了色彩，颜色也由原来的蓝色、绿色、白色等扩展到米色、橙色、咖啡色、深蓝色、海蓝色、祖母绿等多种颜色。用带有儿童视角的颜色比喻各色事物让读者感到清新、活泼，充满生气，而这些被浸染色彩的事物却又属于纯粹的成人视角。《树的隐秘生活》中引入儿童视角显然因为女孩丹妮拉的存在，她的语言、对话都带有儿童特征。以儿童视角表述的现实生活与成人的观点形成对比，一方面给叙事添加了多种表达方式，另一方面作家也通过儿童视角追溯自己童年时的样子。叙述者通过丹妮拉的儿童世界引出《树的隐秘生活》中暗指的另一段时空——胡利安的童年。这段故事暗藏在叙述者讲述的维罗妮卡与丹妮拉生活的时空背后，仿佛是一段神秘的、故作轻松的窃窃私语，实则暗指当时的独裁统治阴影。桑布拉的第三部小说《回家的路》中也出现了明显的儿童视角与成人视角交替叙述的手法，因其内部结构的特殊性，本书将在第四章以虚构与记忆、生活的关系为切入点进行探讨。

二、内容的曲折：多样主题

《盆栽》是桑布拉小说创作的初次尝试，从诗歌到小说的撰写过程让

---

① 王宜青，《儿童视角的叙事策略及心理文化内涵》，《浙江师范大学报》，2000年第4期，第21页。
② 王珺鹏，《川端康成作品中的色彩研究》，山东大学，2014年，第43—48页。

《盆栽》呈现轻度叙事的特征。后现代理论家布希亚（Jean Baudrillard）认为一切尚存之物都只是一些碎片。所有剩下可做之事也都不过是去游戏这些碎片。①《树的隐秘生活》是桑布拉的第二部小说，叙事形式上作家做了更加大胆的尝试。其故事情节零散破碎，叙述了多个主题，内容涉及现在、过去和未来，让读者置身于一场碎片化的游戏之中。《树的隐秘生活》中通过叙述者零散的对"过去"的描述，道出几位主要人物之间的牵连，由此，读者可以拼凑出一幅家庭关系图谱。丹妮拉的到来让当时正在读大二的维罗妮卡十分慌乱，21 岁时她和 30 岁的费尔南多结婚了，那时候丹妮拉才 6 个月。这段婚姻仅仅维持了 3 个月的时间，随后维罗妮卡带着丹妮拉生活并遇到了胡利安。胡利安对维罗妮卡的追求一开始并不是很成功，当时的他还在努力维系与卡尔拉早已十分糟糕的关系。为了让她高兴，胡利安订了蛋糕并遇到了蛋糕师维罗妮卡。蛋糕没能挽救这段恋情，却开启了胡利安的另一段感情生活。胡利安是大学老师兼作家，和卡尔拉在一起的时候，他天天摆弄自己养的盆栽，给它修剪枝条，观察它。"只有仔细观察盆栽的生长以后，胡利安才会坐下来写作。"（67—68）《树的隐秘生活》中的叙述者时不时插入一段胡利安正在撰写的关于一个年轻男人养育盆栽的小说内容。

为了哄丹妮拉入睡，胡利安给她讲自己编的"树的隐秘生活"的故事，此内容构成小说对"现在"的讲述。与此同时，叙述者还加入了胡利安对自己童年生活的回忆。他想起了曾经的家庭生活，还想起1984年的洛杉矶奥运会，想起丹妮拉经历的两场家庭婚礼及维罗妮卡与前夫的生活；总之，他的回忆在丹妮拉、维罗妮卡与卡尔拉的现在与过往中不断切换。其间，胡利安一边阅读自己撰写的小说，一边思考维罗妮卡未归的种种可能性。他还开始翻译诗歌，并大声朗读，脑海中充斥着离奇的想象物："……他仍继续想象雪，一个虚幻的空间，游离小说以外的空间……"（97）他对丹妮拉成年后生活的幻想构成了小说对"未来"的书写。他想着丹妮拉 15 岁、20 岁一直到 30 岁的样子，想着她以后的工作，想象她的男朋友埃内斯托。多年之后，丹妮拉还会和她的生父见面。在幻想了无数

---

① 乔治·瑞泽尔，《后现代社会理论》，谢立中等译，华夏出版社，2003 年，第 136 页。

的情节之后，小说来到了第二天清晨，维罗妮卡继续缺席，而胡利安独自带着丹妮拉去上学。结尾处，在学校门口，"他看着她，亲了她一下，然后放她走了。"（123）小说定格在结尾记录的时间——"二〇〇六年六月十一日，写于圣地亚哥"。

以上所有情节都属于《树的隐秘生活》的多重叙事主题，围绕人物展开的故事有时候激烈有时候杂乱，有时像是真实发生的，有时又像是人物的意识流。第一部分"温室"记录了胡利安等待维罗妮卡归来当晚所发生的及胡利安想象的一系列事件，是小说的重要叙事章节，占了整部小说90%以上的篇幅。第二部分"冬日"篇幅很短，仅仅描写了第二天清晨胡利安独自带着丹妮拉上学的场景。从段落排布上看，《树的隐秘生活》的章节排列通常每个自然段间空一行；有些段落则空两行，可以理解为当前某段叙述内容的中断；有的段落另起一页，形成了内部的小章节，但是作家没有任何标题提示。戴维·洛奇曾细述过篇章布局对小说整体结构及叙事节奏的影响，认为情节与情节之间的空行事实上与电影中"镜头的切换"有异曲同工之妙。[①]《树的隐秘生活》中的自然段通过空行提示叙述内容的变化，宛如电影的剪辑与拼接。虽然可以通过小说内部段落区分叙述内容的停顿与转换，但是这些变化并无规律可循，与小说内部多样的主题切换一样，段落之间的空隙更像是作家任意为之。这样的形式恰巧配合了《树的隐秘生活》的多重主题，叙事中空间与时间的不停切换也让这部小说的情节愈加扑朔迷离。

第三节　故事延展：时间与空间的切换

一、时间：跳跃的时间

从时空维度看，小说首先表现为一种时间性的存在。但小说同时也是一种空间性的存在。[②]《盆栽》的叙事时间存在一定的跨越性和模糊性；叙

[①] 戴维·洛奇，《小说的艺术》，王峻岩等译，作家出版社，1997年，第185页。
[②] 龙迪勇，《空间叙事学》，生活·读书·新知三联出版社，2015年，第130页。

述空间主要以小说主人公的生活环境为参照,智利与西班牙是小说故事发生的集中空间。从叙事节奏上看,《盆栽》的叙事带有跳跃性与碎片性,但是碎片结构相对完整,几个板块间的人物故事互相补充、互相说明,拼凑出一幅智利当代青年的生活图景。与《盆栽》相比,《树的隐秘生活》人物关系更加复杂。小女孩丹妮拉的出现、男主角胡利安与前女友卡尔拉的纠葛及维罗妮卡与前夫的婚姻是《树的隐秘生活》中新增的分支。《盆栽》对男女主角的情史只是一笔带过,未交代细节,但在《树的隐秘生活》中,人物间的历史渊源左右着小说的发展进程,并且投影到了未来的生活。《盆栽》中桑布拉并未谈及任何与智利政治生活有牵连的细节,而是把笔墨集中在埃米莉亚与胡里奥这对年轻人身上,仅在胡里奥与加斯穆里的谈话中说起年轻人与长辈的关系,从而映射了智利的近代政治生活。《树的隐秘生活》中胡利安如意识流般迸发的回忆追溯了儿时独裁统治时期的家庭生活,记忆中有的家庭欢乐地玩着游戏,有的家庭则在痛苦中追忆逝去的人。小说除了对过去的回忆还有对当下的描写及对未来的想象,叙事时间的超长跨度让小说情节多样呈现。

嵌套、碎片等手法可以实现小说中共时性空间最大化,同时,空间化叙事将读者置于迷宫中心。[①]《树的隐秘生活》中多主题叙事的跳转没有规律可循,小说中时间与空间的转换十分频繁,变化时叙述者不给出任何交代。第一个场景是胡利安在讲故事,随即小说跳转到叙事评论:"有时候,费尔南多是丹妮拉生命中的一个印记……那么维罗妮卡又是什么样的人呢?"(58)然后小说另起一段:"现在,维罗妮卡是还没从绘画课上回来的人……"(58)随即,叙述者开始以颜色为特征介绍一家三口的房子。介绍完毕,小说出现空行,叙事跳转到此前的日常。"平常,每天的最后几个小时,胡利安和维罗妮卡都会做同样的事……"(59)此后,叙事从日常生活的概述又转回胡利安给女孩讲述编造的故事。随后,叙事又一次跳转到对往事的追忆,开始讲述维罗妮卡与胡利安的相识。"从一开始,维罗妮卡和胡利安之间就不是浪漫情事。"(60)读者由此了解到胡利安与前女友卡尔拉岌岌可危的恋爱关系,而维罗妮卡的出现带给了他快

---

① 刘英,《"文如其城"——约翰·多斯·帕索斯〈曼哈顿中转站〉空间叙事的背后逻辑》,《国外文学》,2017年第3期,第62—63页。

乐。"阅读具有空间叙事特征的小说需要读者更积极地参与,需要我们反复阅读,在反复阅读中寻找和建立各意义单元、意象和事物的共存性中中断或隐匿的联系,才能重构小说的整体意义。"①《树的隐秘生活》中重要人物间的关系便是在叙事的跳跃中,在读者反复阅读、细致重构后才能逐渐变得清晰。

从整体把握《树的隐秘生活》的内部结构,胡利安给丹妮拉讲故事并等待维罗妮卡归来是《树的隐秘生活》的核心故事,以当下为叙事参照时间,并从这个当前时间发散出多条故事线索,不断丰满着小说情节。这些发散的故事没有按照线性规律讲述,是叙事者随意安排的。每个叙述段落内容相对独立且短小,叙事者很快从当前胡利安与丹妮拉的互动跳转到另一叙述,浅浅几句介绍或者概括后又重回核心的故事场景中。时间的跳跃是《树的隐秘生活》这部小说的叙述特征,同一时间参照的表述还原了多种现时性体验,有时候兼具历时性效果。叙述者不断使用"现在"提示读者故事的发展进程。"现在"有时候代表《树的隐秘生活》中核心故事的发展,即胡利安等待维罗妮卡归来这件事:"她现在肯定在回来的路上了,胡利安一边看电视一边想。"(64)"现在"也是胡利安给丹妮拉讲述的"树的隐秘生活"的故事的时间参照:"现在,隐匿在公园一角的这些树开始谈论一棵橡树的霉运……"(59)此外,"现在"还代表小说中各人物的现阶段生活与过去的比较:"……现在他仍然倍感震惊地想象着卡尔拉割裂皮肤,血液从食指喷涌而出的样子。"(69)与此同时,"现在"也和其他时间状语合用构成时间参照:"现在他很少会想起卡尔拉。几天前,丹妮拉的小猫死掉了,胡利安想起维斯拉娃·辛波丝卡的一首诗。"(80)此处作家不仅迅速切换时间,还突然转换话题,从讲述过去胡利安与卡尔拉的关系跳转到与丹妮拉的日常。反映现时的"现在"在多场景及情节的切换中渐渐填补了读者对未知历时的空白,补充说明了核心故事中维罗妮卡的未归与胡利安焦急等待的缘由。

《树的隐秘生活》中对一些具体时间点的交代让读者大致可以梳理出故事的某些线性规律。丹妮拉参加过的母亲的两场婚礼暗示了时间的变

---

① 陈红梅,《〈金色笔记〉的空间叙事与后现代主题演绎》,《外国文学研究》,2012年第3期,第99页。

化。"两个婚礼，两个聚会，两个不同的结局。一边是她的父母，六个月的她；一边是她妈妈、胡利安和她，五岁的她。"（86）"现在"的丹妮拉不到 8 岁，胡利安正在给她讲故事。从叙述者交代的时间可以得知人物的年龄，从而推测出叙述中插入的故事发生的大致时间。"上星期胡利安过了三十岁生日。"（64）通过众多"现在""从前"穿插的故事，读者可以自行梳理、挖掘各段故事间的关联。断续、跳跃的剧情可以被视为某种断点，暂时断点丰富了阅读体验，譬如悬念就是暂时断点的结果，它在阅读过程中激起欲望而又抑制满足。①《树的隐秘生活》中大部分叙事在多个人物故事的"现在"与"过去"间切换，如果说这两种时间参照符合叙事逻辑关联的话，那小说中大段有关丹妮拉未来的描述更似梦中预见的未知世界，让这部作品呈现出超现实主义特征。超现实主义者觉得梦似乎应该去预知未来，而不是分析过去。② 凌晨五点维罗妮卡仍未归来，小说另起一段记述胡利安想象丹妮拉未来生活的场景。虽然用了"想象"这样的文字，但是有关丹妮拉生活的记录十分详尽。15 岁的她从乡村旅游回来，20 岁的她梳着蓝色的头发，25 岁的她在公园中与朋友聚会，30 岁的时候她和男友在沙滩上散步。未来的她会与有钱的生父费尔南多会面，还会阅读继父胡利安的小说。此处，读者早已分不清叙述是胡利安的想象世界还是真实发生的事，故事变得愈加复杂却也不失关联。

二、空间：变换的空间

戴维·米切尔森（David Michelsen）把多重故事归为切近空间形式的一种方法，其数条并置的故事线索侵蚀时间的发展，却有益构成真正的空间形式。③《树的隐秘生活》中叙述时间的不停变化也伴随着空间的变换。小说核心故事是以家宅为空间单位发展的，即胡利安在公寓内等待维罗妮卡归来。法国文学批评家加斯东·巴什拉（Gaston Bachelard）把家宅定义

---

① 戴卫·赫尔曼、爱玛·卡法勒诺斯，《似知未知：叙事里的信息延宕和压制的认识论效果》，《新叙事学》，马海良译，北京大学出版社，2002 年，第 27 页。
② 乔治·塞巴格，《超现实主义》，杨玉平译，天津人民出版社，2007 年，第 39 页。
③ 戴维·米切尔森，《叙述中的空间结构类型》，约瑟夫·弗兰克等，《现代小说中的空间形式》，秦林芳译，北京大学出版社，1991 年，第 149 页。

为我们在世界中的一角。它是我们最初的宇宙。①《树的隐秘生活》中胡利安在公寓有限的空间中游走在各个房间，造成了叙述空间上的移动。叙述者勾勒的家宅布局体现出空间中家庭成员的身份、职责，以及房间的各类功能。他在蓝色的房间给丹妮拉讲故事；待女孩睡着，他躺在白色房间的床上吸烟、观看足球比赛；胡利安在绿色的房间写小说、读小说、朗诵诗歌。这些是胡利安等待维罗妮卡的那个夜晚在不同房间发生的活动。公寓虽然是固定的空间，但是因为时间不同、环境不同，以及居住其中的人员不同而经历了五个重大变化：第一阶段，维罗妮卡与费尔南多离婚后带着丹妮拉租住在公寓，胡利安因订购蛋糕在那里第一次遇到了她们母女。第二阶段，当胡利安与卡尔拉分手之后，他刻意租下了维罗妮卡母女曾经租住的这间公寓。第一次见面时胡利安的注意力都集中在母女身上。"他不记得花园里有巨大的仙人掌，也不记得有又黑又粗的铁条围着窗子，但他很喜欢这个地方。"（70）偌大的空间只有他一个人居住，胡利安幻想着维罗妮卡与小女孩在公寓里生活的场景。当时的三个房间都很空，胡利安一直睡在后来被称作绿色房间的客房。在此期间，胡利安想办法得到了维罗妮卡新的联系方式，重新开始订蛋糕。当她把蛋糕送到公寓时，胡利安渴望与维罗妮卡有亲密的行为。"相反，维罗妮卡只是仔细地观察了她住过的公寓的墙壁，极力掩饰着不自主的鄙视和一丝不快。"（74）第三阶段，胡利安与维罗妮卡结婚后，三口之家居住在公寓，屋内是蓝、白、绿三个房间。显然，新生活给公寓带来空间环境的变化。丹妮拉是蓝色房间的主人，白色房间是维罗妮卡与胡利安的居所，绿色房间堆满了书和绘画用品。三口之家的生活形成了较稳定的空间状态，且持续了较长时间。叙述者描述了这段稳定生活的大致轮廓，即胡利安在大学教师与作家身份间切换，维罗妮卡则规律出席绘画课。第四阶段，稳定的空间环境中发生人物的突变，即本来是三口之家的生活，变成了当晚只有胡利安与丹妮拉二人，这个状态一直持续到第二天清晨，并将永远持续下去。随着女主角的缺席，小说展开了多重主题的叙述，同时在有限的空间中，男主角在各个房间中的位移也增加了故事的情节变换。第五阶段，"未来的一天，场景是一样的，丹妮拉仍住在这套公寓里，那时公寓刚翻修过，墙壁不再是绿

---

① 加斯东·巴什拉,《空间的诗学》，张逸婧译，上海译文出版社，2009年，第2页。

色的、蓝色的和白色的，但有一些东西虽然经历了时光的磨砺，却丝毫未变。"（103）同一公寓中的人物从维罗妮卡与丹妮拉的二人组合，到胡利安一个人独居，随后转为一家三口，再到维罗妮卡的缺席，最后则是丹妮拉独自生活其中，空间线索成为帮助读者梳理这部小说叙事情节的有效参照。

公寓承载着空间的物理属性，同时标示小说人物的心理变化。家的意象反映了亲密、孤独、热情的意象。我们在家屋之中，家屋也在我们之中。[①] 胡利安与卡尔拉曾经居住过的公寓的变化也是二人关系转变的重要线索。"卡尔拉是个让人有距离感且阴郁的女人……"（60）维罗妮卡与卡尔拉性格的对比让胡利安的心理产生了变化。他与卡尔拉的生活了无生趣，虽然居住在一起，但是卡尔拉很少在家待着，特别是在胡利安下班的时候，卡尔拉常常逃避回家。他们之间的关系异常冷漠，卡尔拉只有在胡利安不在的时候偷偷潜入公寓，胡利安只能发现她回来过的一些蛛丝马迹。公寓几乎只有胡利安一个人住，他时常摆弄他养的树，修剪这株盆栽，观察着它的生长，同时继续写他的小说。直到有一天，二人的公寓有了他人的闯入——卡尔拉带回来一个女人。胡利安偷听她们说话，臆测她们的关系，最后两个女人离开了家，卡尔拉几个月都没有再回公寓。当她回来的时候，仅仅是为了在墙上写下让胡利安滚出去的话。字迹鲜血般的颜料与胡利安和维罗妮卡组成的三口之家中蓝、白、绿几种冷色调形成对比，激烈的红色与清淡的颜色突出了胡利安在这两段感情中的情感变化，一方是恐怖的，而另一方则是宁静的。随着胡利安从卡尔拉的公寓离开，空间中的人物变化成了这段关系终结的象征。同时，男主人公选择租住维罗妮卡曾居住的公寓，也开启了新的空间与新的人物关系。从卡尔拉的公寓离开的胡利安临时住在朋友家里，他只带走了一些书和他养的盆栽。"同时盆栽强烈地抗拒着居住环境的改变，尽管胡利安满怀内疚地精心养护，到达最终的住处之前，盆栽还是开始干枯了。"（69—70）盆栽在这一段故事中依然扮演了象征爱情的角色，从一个空间转移到另一个空间，它的枯萎代表了这段爱情的终结。同时，盆栽的状态也预示着空间环

[①] 加斯东·巴什拉，《空间的诗学》，张逸婧译，上海译文出版社，2009年，封底。

境变化对爱情的影响，以及空间环境变化在叙事中起到的参照作用。

小说中心人物维罗妮卡的活动空间，也是小说情节发展的重要线索。日常生活中的她穿梭于公寓的各个房间，并在其中履行自己在家庭中的职责。蓝色房间是母女互动的地方，是维罗妮卡母亲身份体现的场所；白色房间是她与胡利安的房间，是夫妻关系的所在；绿色房间是维罗妮卡的画室与胡利安的书房，体现的是一种日常工作关系。小说在开端即告知读者维罗妮卡是从蓝色房间消失的人，而蓝色房间是丹妮拉的房间。母亲的缺席是故事中最突出的身份缺席，胡利安与女孩的互动也是在消解她对于母亲不在身边的焦虑。与此同时，胡利安独自在白色房间中吸烟、看电视则体现了维罗妮卡在夫妻关系中的缺席。此外，胡利安想象的诸多维罗妮卡未归的理由也是利用空间标示其可能的去向。他首先想象车子的轮胎破了，维罗妮卡不得不自己一个人更换轮胎。然而，由于维罗妮卡始终未归，胡利安又有了新的假设："现在是凌晨四点，胡利安开始考虑一种他之前拒绝承认的可能：维罗妮卡没有在一条很远的街道上停下来，而是在某个男人的家里……"（96）两段场景发生的地点不同：第一段场景将维罗妮卡的缺席归于某种意外，在遥远的中央大街，无助的维罗妮卡在车流穿梭的街道独自更换轮胎，此情此景很可能导致危险的降临，并暗示了维罗妮卡死亡的可能，属于被动缺席；第二段场景发生在室内，胡利安想象维罗妮卡在某位男士的家中偷情，此种形式的缺席代表了女主角的主动消失。两段场景的空间设置预设了不同的结局，然而《树的隐秘生活》中叙述者并没有交代维罗妮卡的最终下落，核心故事成了一段没有终结的篇章。小说中胡利安曾说："维罗妮卡是否会回来，她活着或是死掉，离开或是留下，已经不重要了。"（103）

龙迪勇在《空间叙事学》中指出很多现代小说家正是由于他们对叙事中的"空间"的出色探索，而使小说叙事具有了更多的可能性。[①]《树的隐秘生活》中的空间变化构成小说情节关联的重要参考。这部小说的内容是碎片化的，故事情节与叙述者对人物、事件的议论并行，带有元小说特征。元小说被认为是一种有关小说创作的小说，即把对叙述的议论作为小说情节的一部分。传统小说的时空具有很强的因果规定性，现代主义小说

[①] 龙迪勇，《空间叙事学》，生活·读书·新知三联出版社，2015年，第117页。

的时空依靠自由联想来形成非线性的跳跃，而元小说的时空则更加放纵不羁。①《树的隐秘生活》同样带有极简主义的叙事风格，有限的空间与时间相互配合诠释了多重的叙事主题。同一空间随着人物的变化，以及过去、现在、未来的时间切换，承载了整篇小说的情节起伏。"等待归来"的核心故事只有不到 24 小时，但是整部小说的情节却延伸、跨越了几十年，诠释了极简中蕴含的丰富内容。

三、设计理念：弹窗式结构

叙事学理论在其发展过程中不断推陈出新，同一认知领域有多种观点与视角的碰撞，不同的理论间有继承也有反叛。随着时代的发展，人们已经开始在科学技术领域寻求新的叙事分析方法。计算机被应用于叙事的解读，拓展了叙事学的领域。这一隐喻领域与叙事整合起来，借用虚拟、递归、窗口亦即变形等概念，为研究故事提供了新的工具。②《树的隐秘生活》的多层叙事可以视为弹窗式设计，我们可以借用"窗口"概念来分析桑布拉《树的隐秘生活》这部小说的叙事特征。在计算机领域，"窗口"这个词用来比喻一种操作系统，它使用户能够同时运行几个程序，决定屏幕上显示哪个或哪些程序，规定它们出现时的视框的大小。③ 我们可以把《树的隐秘生活》这部小说"等待维罗妮卡归家"的核心故事看作始终被打开的主窗口，主窗口的故事有线性时间参照，叙事从前一天晚上跨越到第二天早上。在场人物包括继父胡利安和女孩丹妮拉，缺席的则是母亲维罗妮卡。此外，还有多个窗口同时打开，其中有各个主要人物的故事。这些故事经历较长的时间跨度，有对过去的描写，也有对未来的预想。《树的隐秘生活》的叙事手法充分体现了这种弹窗式设计特征，多主题的叙事犹如从一个窗口跳跃到另一个，之间的操作如同计算机中打开或关闭某个文档，读者所看到的小说内容就是当时停留在桌面的窗口所显示的内容。只不过，桑布拉在操作时始终不忘返回主窗口关照"维罗妮卡未归"的主

---

① 江宁康，《元小说：作者和文本的对话》，《外国文学评论》，1994 年第 3 期，第 10 页。

② 戴卫·赫尔曼主编，《新叙事学》，马海良译，北京大学出版社，2002 年，引言第 16 页。

③ 戴卫·赫尔曼、玛丽-劳勒·莱恩，《电脑时代的叙事：计算机，隐喻和叙事》，《新叙事学》，马海良译，北京大学出版社，2002 年，第 72—73 页。

题。一台计算机可以同时运行几个程序,一个叙事也可以发展几条情节线索。① 总之,每一个叙事都是从无限的时间织物上割下有限的一片并将其展示给读者。②

《树的隐秘生活》的叙事特征也可以用"递归"进一步说明。递归是计算机语言中的一种运算方式,在叙事学领域递归常被解释为故事嵌套故事。文本每进入一个新的层次,就将一个故事"推进"到一个等待完成的叙事堆栈上;每完成一个故事,就将它"弹出",注意力返回到前面的层次。③《树的隐秘生活》中主窗口外的故事是对核心故事的说明与延展,运行的多个窗口在叙述过程中有些被叙述者关闭了,有些则不断重复并与主窗口的内容更迭出现。因其窗口的随意弹出与关闭,多个故事在小说中自由发展。计算机使用窗口隐喻,其背后的基本意思就是实际运行的东西在任何时候都比屏幕上所能显示的要多。④ 正是这样的弹窗式设计帮助桑布拉在《树的隐秘生活》中完成了在极简风格背后蕴含多层叙事主题。

---

① 戴卫·赫尔曼、玛丽-劳勒·莱恩,《电脑时代的叙事:计算机,隐喻和叙事》,《新叙事学》,马海良译,北京大学出版社,2002年,第74页。
② 同上,第71页。
③ 同上,第68—69页。
④ 同上,第73页。

第三章

小说的艺术：虚构中的虚构

第一节 互文性：故事与故事的交错

一、阅读构成的互文：文本演绎文本

"互文性"也被译作"文本间性"，最初由法国理论家朱莉娅·克里斯蒂娃（Julia Kristeva）提出，但其基本内涵在俄国学者巴赫金的诗学中已初见端倪。① 当代西方理论对文本的看法发生的变化，可一言以蔽之：所有文本都是互文性的。换言之，任何文本都有其他文本的痕迹。② 互文性是桑布拉小说创作的一大特征，几部小说存在多样的互文形式。《盆栽》第五章"两张图"讲述了埃米莉亚在西班牙自杀的经过。当时，胡里奥的另一位前女友玛利亚正路过此地，成为埃米莉亚身亡的见证者。她本想走向事发地点，但最终控制住自己的冲动，随即离开了。"她已经走了。现在只剩下埃米利亚一个人，阻断了地铁的运营。"（45）在本章卷首，作家引用了巴西诗人奇科·布阿尔克（Chico Buarque）的诗句"在反向车道被撞身亡，阻断了交通。"（41）我们知道，互文性还表现为文本的阐释，文本的改写和完成也是一种阐释，即由一种虚构形式向另一种虚构形式的转换。③ 此处，虽然不能确定桑布拉是因被诗人的诗句触动才设计了埃米莉亚的死亡现场，但可以肯定的是，作家通过引用他人的诗句来阐释自己的

---

① 罗婷，《论克里斯多娃的互文性理论》，《国外文学》，2000年第1期，第11页。
② 童明，《互文性》，《外国文学》，2015年第3期，第86页。
③ 殷企平，《谈"互文性"》，《外国文学评论》，1994年第2期，第44页。

故事。

《盆栽》中阅读是男女主人公建构的共同兴趣爱好：

> 他们一起读马塞尔·施沃布的《莫奈尔之书》和三岛由纪夫的《金阁寺》，这成了情欲合情合理的来源。不久以后他们的读物明显变得多样化了。他们读佩雷克的《沉睡的人》和《物》，奥内蒂、雷蒙德·卡佛的故事，泰德·休斯、托马斯·特朗斯特罗姆的诗，还有阿曼多·乌里韦、库尔特·福尔奇的诗。他们还会读尼采和埃米尔·乔兰的一些篇章。（15—16）

在小说极其有限的篇幅中，桑布拉毫不吝惜笔墨，逐一细数男女主人公阅读的书籍。一方面，可以把这些书目看作桑布拉本人的偏爱；另一方面，对这些文学作品的提及也构成了作家小说创作的内容。本书第一章曾提到阅读是男女主角性爱的催化剂，同时，阅读也构建了二人的身份与日常生活。当阅读不再能刺激性欲，为了拯救岌岌可危的关系，他们将视线转向经典作品的阅读。如所有文艺爱好者一样，他们就《包法利夫人》的情节展开争论，甚至讨论自己是否与包法利夫人相似。胡里奥与埃米莉亚争先扮演爱玛这个角色。此处对19世纪中叶的这部小说的女主人公的提及，不仅仅出于比拟性爱的手法，更是《盆栽》中人物与《包法利夫人》中人物的碰撞。虽不能把爱玛的故事完全套用在胡里奥与埃米莉亚身上，但是两部小说的文本产生了交集。互文性关系到一个文本与其他文本的对话，同时它也是一种吸收、戏仿和批评活动。[①] 此时，桑布拉笔下的人物将爱玛的故事带入情节中，演绎着另一段包法利夫人的故事，就如同小说中提到：

> 如果在二十世纪末的圣地亚哥，爱玛或许会比书里写的表现得还要好。那些夜晚，房间成了严遮密盖的四轮马车，绕着一座美丽又虚幻的城市自由行驶。其他的事物、人群、村庄，都嫉妒地嘀咕着，那些隐藏在紧闭的门后的让人唏嘘、向往的情事。（18）

---

① 陈永国，《互文性》，《外国文学》，2003年第1期，第80页。

挣扎之后是终极结局的到来，为了尽量延长这段恋爱，男女主人公选择阅读普鲁斯特的《追忆似水年华》。当他们读到觉得有意义的段落时会相互凝望，大声感叹。为了彰显个体在群体中的独特，他们的阅读方式是另类的，那些著名的章节他们一扫而过："如果全世界曾为这一段动容，我将为另一段所震撼。"(19)二人的期待不仅仅集中在这次阅读体验中，还渴望再次阅读这部著作，因为这是本在读完之后依然扣人心弦并值得反复阅读的书籍。但是，他们仅仅读到小说七部中的第一部《去斯万家那边》的第 372 页，故事停留在这一段：

知道一件事并不等于可以阻止一件事发生，但我们所知道的事情可以被我们掌控，虽不是掌控在手中，至少是在脑子里。它们就在那里随时供我们使用，促使我们幻想享受对它们的主宰权。(20)

显然，桑布拉在用《追忆似水年华》的片段阐述胡里奥与埃米莉亚的关系。"阻止""掌控""幻想"是这一段的关键词，读者可以把这段话与胡里奥和埃米莉亚的故事联系在一起，二人成了《追忆似水年华》里的主角。《盆栽》这样解释这段互文关系："我们可以把这段话和胡里奥与埃米莉亚的故事联系起来，但或许这样做等同于移花接木。之所以这样说，是因为普鲁斯特的小说里充斥着类似的片段。"(20)《盆栽》中人物阅读的多部文学作品在小说中产生的互文关系赋予了这部四十几页的小说更深层的内涵。有时候《盆栽》中的人物演绎其他小说中的故事，有时候作家又用其他小说阐释自己的小说。

二、同名故事间的互文：故事的交错

桑布拉的小说另一突出的互文关系体现在同名作品中。《盆栽》的男主人公胡里奥与作家加斯穆里的邂逅促成了另一部《盆栽》的诞生。加斯穆里给胡里奥概括了自己小说的内容："他得知年轻时候的相好已经死了。跟平常的上午一样，他打开收音机，听见讣告里有那个女人的名字。两个名字两个姓。一切就从这里开始。"(34)根据这段内容胡里奥编造了一部小说，他设计女主角是个翻译，和玛利亚从事相同的职业。故事中的男女主人公年轻时曾一起养过一株盆栽，分手后他们有了各自的家庭，男主角结婚生子又离婚，现在他打算再养个盆栽纪念逝去的恋人。胡里奥谎称这是加斯穆里的小说，且题目已经确定，就叫"盆栽"。几个月的时间里，他都在伪造加斯穆里的手稿，在电脑前输入这部不知道是他人的还是自己的小说。谎言在加斯穆里发表《富余的》时被戳穿，这是一部五卷的大部头作品，和胡里奥写的几十页的作品完全不同。然而加斯穆里的小说究竟是什么内容并不重要，此时的胡里奥已经勾勒了《盆栽》的轮廓。桑布拉没有提及胡里奥撰写的这部《盆栽》的后续，此后的胡里奥成了一位精心种植盆栽的独居男人。细心的读者不难发现，胡里奥的"假"小说除了与作家桑布拉的这部名为"盆栽"的小说题目相同，内容也十分相似，并且和《坦塔利亚》的内容雷同。很显然，这三部小说形成了互文关系，胡里奥撰写的小说成为桑布拉创作的小说中的小说，故事里套着的故事。

《树的隐秘生活》同样存在同名故事间的互文。小说中多次提及胡利安给小女孩丹妮拉讲他编造的"树的隐秘生活"的童话故事，其中树木、小动物是主角。显然这些同名故事不只是童话，还是《树的隐秘生活》这部小说的一个隐喻。维罗妮卡长时间未归导致胡利安心情烦躁，他给孩子讲的故事愈加离奇，像是把对维罗妮卡的怨恨投射到了故事中。树木依然是故事里的主角，但是这次它们与人类有了互动。猴面包树说："公园里到处都是疯子，但我最喜欢的疯子，是一个两臂特别特别长的女人。"（87）这是一位有绿色眼睛、戴着牙套的女人，离奇的是她的手臂长得垂到了地面，胡利安给疯女人起名叫乙子。此处，最重要的细节是乙子曾是位画家，但是现在因为手臂太长而无法继续画画。胡利安把乙子描述成疯女人的模样，她口中的话语离奇古怪，时而似孩童却又更像疯癫的成人。维罗妮卡虽然不是画家，但是她学习艺术专业，未归的夜晚她去上了绘画课，因此读者很容易将胡利安编造的疯女人的故事与维罗妮卡关联在一起。显然胡利安也意识到了这一点，但他极力否认："她不是维罗妮卡，肯定不会是维罗妮卡，因为维罗妮卡还在远处的一条街道上徘徊呢。从某种意义上说，维罗妮卡是唯一一个不能在胡利安讲的故事里出现的人……"（89）此刻，胡利安也像是一个失去理智的人，读者已经无法分辨他讲的故事是真实发生的还是一场梦境，或者是他书写的无意识活动。然而在否认中，维罗妮卡已经成为胡利安编造的故事人物。别科·威廉把小说中人物虚构的情节视为抵抗真实世界的脆弱的外衣。① 就这样，胡利安给女孩讲的"树的隐秘生活"的故事成为《树的隐秘生活》这部小说的一部分，两个故事的人物与情节互相交错，形成互文关系，同时触发了文本的超现实主义意境。

三、桑布拉小说间的互文：文本的重叠

《盆栽》《树的隐秘生活》《回家的路》并非三部曲，前两部作品虽带有姊妹篇的影子，但事实上小说的人物、故事情节都有极大改变，内容没有延续性。然而，这三部小说之间存在互文关系，读者或多或少可以发现其内容上的关联。《树的隐秘生活》中提及胡利安阅读自己刚刚完成的小说手稿，这本小说的篇幅很短，他花了很多年的时间完成，从近三百页的素材删减到只有 47 页。胡利安的小说从篇幅和内容上看都是在映射桑布拉的第一部小说《盆栽》。桑布拉本人也曾说《树的隐秘生活》这部小说可以看作《盆栽》的对照。②《树的隐秘生活》中还提到胡利安与朋友谈及一个男人专心培育盆栽的场景，随后，为了帮助他完成小说，朋友送给胡利安一盆小橡树。访问中桑布拉承认这段故事是现实生活中真实发生的事件，于是，桑布拉的现实生活，他写第一部小说的事实成为第二部小说的部分内容，也构成了《树的隐秘生活》与《盆栽》的互文关系。除了对第一部小说的提及，在《树的隐秘生活》中桑布拉还预告了他另一部小说的情节。男主人公胡利安与卡尔拉生活期间，正在构思一个小男孩的故事。新小说一共有两章："第一章很短，关于小男孩在当时知道的事情；第二章则很长，可能是无穷无尽的，关于在那时候小男孩不知道的事情。"（93）这正是桑布拉的第三部小说《回家的路》的主要内容。虽然这部小说正式出版时有四章，但其核心故事如《树的隐秘生活》中的胡利安所讲，一部分是小男孩的故事，另一部分是他所不知的创作过程。

除了在一部小说中谈论另一部小说的创作经历，桑布拉的小说中还有

---

① Willem, Bieke. "Metáfora, alegoría y nostalgia: La casa en las novelas de Alejandro Zambra". *Acta Literaria* 45 (2012): 27—28.

② Zambra, Alejandro. "*Árboles cerrados*: A propósito de *Bonsái*". *N* 12. En agosto de 2007. Consultado el 21 de marzo de 2018. http://www.piedepagina.com/numero12/html/alejandro_zambra.html.

雷同的桥段。在《树的隐秘生活》中，深夜时分，胡利安突然大声重复着一句话："我是一个没有逝者的家庭的儿子。"（91）随即他的思绪回忆起学生时代：

> 很久以前，在学校的一个隐蔽的小花园里，胡利安吸着大麻，大口地喝着西瓜酒，那酒很甜腻。他花一整个下午和班上同学轮流讲述家族故事。死神紧紧跟随着每个家庭，在场的所有人中，胡利安是唯一一个来自没有逝者的家族的人。对这一事实的发现让他感到一种奇怪的苦涩：他的朋友们是看着去世的父母或是兄弟姐妹们留下的书长大的，但在胡利安的家里，没有亲人死去，也没有书。（《树的隐秘生活》91）

而在《回家的路》这部小说中，故事的叙述者"我"与儿时的朋友珂罗蒂雅相遇，让他回忆起了往事：

> 有天下午，我们一群同学一边抽烟，一边喝着黏糊糊的甜瓜酒，谈论着各自的家庭，死神在每个故事里都是频繁出现的角色。当时所有人中，只有我家还没有人去世，这让我充满了莫名的苦涩：我的朋友们都是读着死去的父母、兄弟们留给他们的书籍长大的，可我家里既没有死人也没有书本。我是没有死人的家庭的孩子。（《回家的路》74）

如果曾熟读过这两部小说，不难发现这其实是同一段话，西班牙语原文中，两段话的内容是完全一致的。[①] 由于《回家的路》的叙述者为"我"，此段话在该部小说中的人称与物主形容词均为第一人称，除了此处

---

① 原文内容：Junto a un grupo de compañeros de curso habíamos pasado la tarde intercambiando relatos familiares donde la muerte aparecía con apremiante insistencia. De todos los presentes yo era el único que provenía de una familia sin muertos, y esa constatación me llenó de una extraña amargura: mis amigos habían crecido leyendo los libros que sus padres o sus hermanos muertos había dejado en casa. Pero en mi familia no había muertos ni había libros.

与《树的隐秘生活》略有不同，其他无论是文字还是时态都是相同的。很显然，这是桑布拉在自己的作品中建立的一种互文关系。两部小说的中文译者不同，出现了不同的翻译版本也属正常。在这里，并不需要评价两版翻译孰优孰劣，两段话的翻译内容都是正确的，传达了相似的意思。但显然两个不同的版本也构成了另一个层次的互文关系，这是翻译过程中的偏差造成的。根据广义的互文性理论，互文性被当作一切（文学）文本的基本特征和普遍原则。[1] 此处，同一段文本在译介过程中产生了多种能指，这也诠释了互文性的基本理念，即所有的文本都是对其他文本的指涉。诸多原文和诸多译文在更广阔的时空进行着互相补充、互相指涉，从而创造出比单纯的翻版或是复制更为丰富的意义。[2]

《树的隐秘生活》中胡利安回忆童年时还提到了一件"趣事"——他本来的名字应该是胡里奥。熟悉桑布拉作品的读者立即会发现其中的秘密，《盆栽》的男主人公就叫胡里奥。虽不能因两部小说中发生了同样的事件，或者人物有相同的名字就断言桑布拉小说的主人公是同一个人，但是这至少暗示了他作品中的细微关联。桑布拉小说多样的互文关系也印证了玛丽-劳尔·瑞安（Marie-Laure Ryan）的观点，即叙事与互文性在当代语境中似乎是密不可分的。[3] 很显然，桑布拉小说中存在的互文关系赋予了碎片化的文本更丰富的含义，同时也给极简风格的作品增加了内涵与外延。互文性总是最大程度地开掘文本"碎片"的意指潜能，从而实现意义的多样性和丰富性。当"碎片"进入小说时，它已不再是孤立的"碎片"，而是小说整体的一部分。[4] 我们可以用《树的隐秘生活》中叙述者对胡利安作品的评价来概括桑布拉的小说特征，即"他的小说，更确切地说，不能算是一部小说，而应该说是一本由东拼西凑的文字和许多注释组成的书。"（78）

---

[1] 秦海鹰，《互文性理论的缘起与流变》，《外国文学评论》，2004年第3期，第26页。

[2] 秦文华，《在翻译文本新墨痕的字里行间——从互文性角度谈翻译》，《外国语》，2002年第2期，第55页。

[3] 玛丽-劳尔·瑞安，《故事的变身》，张新军译，译林出版社，2014年，第110页。

[4] 李玉平，《巴塞尔姆小说〈白雪公主〉互文性解读》，《外国文学研究》，2004年第6期，第69—70页。

第二节　叙事策略：从建构到解构

一、叙事议论：打破真实与虚构的界限

1. 人物议论

桑布拉喜欢在建构小说的同时又通过不同的方式解构自己的小说。解构和互文性也是息息相关。① 除了互文性对于创作的解构，桑布拉的小说中还存在着大量的叙事议论。小说作为能指符号的无序堆砌，它的意义是不断滑动的，因此后现代元小说具有十分强烈的自我意识，强调其自身作为语言制品的性质，并往往通过极端的形式技巧来体现其自省意识。② 叙事议论是元小说的特征之一，也是桑布拉小说创作的常见手法，即在讲述故事的同时作家不断揭露小说的虚构性。桑布拉的小说中常常议论故事人物孰轻孰重，言语中突出男女主人公的重要地位。《盆栽》中提到阿妮塔因被母亲抛弃而不得不自己单住，于是好友埃米莉亚有了与她合住的机会，小说没有深入挖掘阿妮塔与母亲的关系，并告诉读者："在这段故事里，阿妮塔的母亲和她都无关紧要，她们是次要人物。重要的是埃米莉亚……"（23）第四章"富余的"第一句话写道："加斯穆里不重要，重要的是胡里奥。"（31）当叙述者谈及胡里奥与玛利亚这段持续了不到一年时间的罗曼蒂克关系时曾说："总之，在这个故事里她不重要。重要的是胡里奥……"（37）

次要人物是《盆栽》中烘托主要人物的重要参与者，他们的身份、生活背景及与主要人物的关系在小说中均有提及，有些次要人物的故事线索起到了帮助小说突出主旨的作用。比如，阿妮塔与母亲的关系映射了智利当代社会的亲子关系，费尔南多与阿妮塔的婚姻代表了智利青年的婚姻状态，玛利亚与胡里奥的关系同样体现了作家对时下男女关系的看法。如果

---

① 童明，《互文性》，《外国文学》，2015 年第 3 期，第 87 页。
② 高孙仁，《元小说：自我意识的嬗变》，《国外文学》，2010 年第 2 期，第 3 页。

没有与加斯穆里的相遇，也就没有胡里奥杜撰的小说《盆栽》，它也就不会与加斯穆里真正的作品《富余的》构成反差，进而阐释作家的创作理念，即"少即是多"。次要人物的故事建构了小说叙事的多个层次，让《盆栽》这部作品成为故事中的故事、小说中的小说。尽管如此，叙事者却否定了他们的重要性，仅仅突出胡里奥与埃米莉亚这对男女主人公的地位。实际上，人物孰轻孰重并不是作家真正想要探讨的，只是通过这样的叙事手法建构这部小说的写作风格——建构人物的同时又将其解构。《盆栽》中情节与议论相结合的元小说创作手法让虚构作品与批评彼此吸收了对方的见解。[①] 本书在第一章谈到了这部小说的极简风格，并从多个方面分析了桑布拉作品的极简主要来自故事情节的极简。小说中叙事者不断透露其创作理念，即情节通常是一两页就可以讲完的不一定太好的故事。《盆栽》中的叙事议论也恰恰反映了这部小说的创作宗旨，即在建构故事的同时又不断消解故事。

2. 故事议论

除了对小说人物的议论，作家还插入了大量对故事内容的讨论，让读者在阅读小说的同时既渴望探究情节又对小说的创作手法展开思考。一部元小说，可以称得上是在作者导演下的一场作者（批评家）和文本（形象世界）之间的对话，两者互相印证，互相说明。[②]《盆栽》中作家践行着"其余就是文学"的承诺。叙事者曾告诉读者胡里奥与埃米莉亚的关系停留在他们共同阅读的普鲁斯特的作品中的某一页，并且《追忆似水年华》的故事可以被移花接木到《盆栽》中的两位主人公身上，然而《盆栽》的故事还在继续。

> 或者，并未继续。
> 胡里奥和埃米莉亚的故事继续着，但没有向前发展。
> 一些年后，他们的故事才结束，以埃米莉亚的死亡告终；胡

[①] 马克·柯里，《后现代叙事理论》，宁一中译，北京大学出版社，2003年，第60页。

[②] 江宁康，《元小说：作者和文本的对话》，《外国文学评论》，1994年第3期，第7页。

里奥，并未死去，不会死去，从未死去，他继续着这个故事，却决定不再向前。埃米莉亚也一样，现在她决定不再发展这个故事，但会让它继续下去。一些年后，她将不再继续，也不再发展了。(20)

这段话出现在《盆栽》第二章"坦塔利亚"的结尾处。结合小说的结局，从文字上可以看出，关于故事的议论作家遵从了人物议论中突出的事实：埃米莉亚与胡里奥是中心人物，二人关系的结束即意味着故事内核的完结。女主角的死亡是故事的终结，虽然作家并未安排男主角的死亡，但是埃米莉亚无法再与胡里奥产生关联，于是失去核心人物的故事也无法继续向前发展。因此，从小说的第三章开始，虽然叙述者讲述了分手后男女主人公各自的生活，但对于作者来说，故事的意义已经结束了。那些展开的叙述只是空洞的、含混不清的、难以解读的充页数的情节。如此编排的故事也印证了一些批评家的判断，即小说叙事的意义从根本上就是不稳定的。[①]

"两张图"是《盆栽》的最后一章，作家开始着力收束故事，建构结尾。情节中添加的叙事议论呼应小说开头埃米莉亚死亡的结局。"这个故事的结局应该让我们满怀希望，但它并非如此。"(41)叙述者告诉读者埃米莉亚在马德里卧轨自杀时在场的还有玛利亚。那天下午有个追求者约她见面，她当时正巧在事发的地铁站，听见有人悄悄说死的是一个年轻的女子，在安东·马丁站跳下了地铁轨道。这是玛利亚知道的仅有的关于埃米莉亚的消息，也是二人在作家的安排下建立的唯一交集。很想一探究竟的玛利亚最终克制了冲动，走出了地铁站，但是脑海中浮现了很多离奇的想象。她想起了帕拉的诗句，想起了圣地亚哥的家和家中没有树也没有花的花园，想起了街道的妓女和多年前看的电影的名字。更重要的是，她突然想起了约会见面的书店，于是朝书店走去。偶然性让次要人物与主要人物相遇，同样是偶然性又让彼此分开。此处的叙述带着超现实主义的特征，玛利亚回忆起的诗歌、影像更像是某种自由流动的意识。然而，是什

---

① 华莱士·马丁，《当代叙事学》，伍晓明译，北京大学出版社，1990年，第196页。

么主义并不重要，重要的是玛利亚因走向书店瓦解了与埃米莉亚最后的交集，开始偏离了《盆栽》核心主人公的故事。"她离埃米莉亚的尸体越来越远，开始永久性地从这个故事里消失。"（45）玛利亚与男女主人公分别断了关联，结束了自己在《盆栽》中的故事。

　　小说第三人称叙事发挥其全知叙述者的作用，告诉读者与埃米莉亚阴阳两隔的当晚，胡里奥睡得很不好。低质量的睡眠缘于他对自己栽种的盆栽的狂热，他期待着盆栽长成预设的平静、高贵的形态。作为故事中的人物，胡里奥的视角是受局限的，显然只了解从本人出发的故事，女主角同样也是。事实上，所谓的全知叙述者也常常表明他们也并不知悉所有的事情。①《盆栽》通过叙事议论告知结局："胡里奥的故事还没结束，确切地说是这样结束的：一年或一年半之后，胡里奥得知了埃米莉亚的死讯。"（46）此处的叙述带有预叙的特征，其中时间的不确定是作家暴露的创作、虚构痕迹。具体是一年还是一年半并不重要，重要的是在将来的某一天，胡里奥知道了埃米莉亚死亡的消息，这段故事有了最终的结局。阿妮塔的前夫安德烈斯告诉胡里奥埃米莉亚已经死了，她跳下了地铁轨道。然而他的话语中又充满不确定性："差不多是这样，事实上我也不太清楚……好像是这样，可能事实不是这样，我也不知道。"（47）安德烈斯的讲述含含糊糊，就如文本总结的那样："这个普通的故事，唯一的特点就是没有人能把它讲明白。"（47）汇报完毕的安德烈斯也从故事里消失了，最后只剩下胡里奥，他的故事还可以继续，但是不再发展了。

　　《盆栽》的叙事议论表达了作家桑布拉对于文学创作的看法，他多次提及故事从来都是简单的，不需要费神就能写出来。《盆栽》中胡里奥评价加斯穆里的小说："但加斯穆里写得不错。我的讲述方式使它成了一个奇怪的故事，颇有戏剧性……"（38）显然，在现实的文学创作中，桑布拉时刻追求小说形式的创新，就像《盆栽》中撰写的故事一样，他用一句话概括人物的结局和故事的走向，而小说的精彩之处则体现在内容之外的形式上。叙事议论还暴露作家在故事创作的同时又不停消解故事，而在消解的过程中又在不断建构。但是，读者始终被作家认为"不重要的""普

---

① 杰拉德·普林斯，《叙事学——叙事的形式与功能》，徐强译，中国人民大学出版社，2013年，第53页。

通的"故事所吸引,一方面渴望深入了解男女主人公,另一方面也在挖掘作家通过故事议论所构成的新故事。小说中聚焦的不断变化不仅丰富了叙事的角度,也完成了叙述与议论的更替。第三人称叙事时而切换成第一人称议论,如:"我想把胡里奥的故事讲完,但胡里奥的故事还没结束,这是个问题。"(46)读者被叙事议论与故事来回牵扯,在增加了阅读的吸引力的同时带动读者参与作品。

《盆栽》回叙、预叙、跳跃的叙述方式导致情节的不连贯,碎片同时瓦解着小说结构,模糊了故事的轮廓,增加了意义的不确定性。但正是在破碎的表象之下,作者得以游走在评论与创作的边缘,利用文学的碎片拼贴出另类的真实。① 开头暴露主要人物的结局,一方面体现了作家渴望削弱读者对于故事情节的关注,但同时这样的叙事议论反而能勾起读者的阅读兴趣。一部小说无论采用什么样的结构,都是作家选择的写作手法,也就是讲故事的方式。叙事与议论结合暴露小说的虚构属性,而事实上小说本来就是虚构的产物。议论将读者从故事中抽离却又构成另一层故事,这也就是桑布拉的小说篇幅极简,却有丰富、多层次质感的原因。

桑布拉的小说带有强烈的后现代主义特征,解构是后现代主义对待知识和理论的主要方法之一。② 如果说《盆栽》是一部在解构的同时又建构的小说,那么《树的隐秘生活》则更像是一部不断消解故事的小说。《树的隐秘生活》的结构与层次较之《盆栽》有了更大的突破,情节被挤压得更加零碎,故事中涉及的主题也分外凌乱。除了穿插了大量的闪回手法,有关丹妮拉未来的闪前更是占了小说的重要篇幅。闪前发生于作者提前讲述后来发生的事之时,或者人物想象未来之时。③ 第三人称的叙事手法将焦点主要集中在男主角胡利安身上,特别是在他焦急等待维罗妮卡归来的夜晚,大量的旁支故事在他的思绪中展开。小说中只有当晚发生的事是线性讲述的,其他各人物事件的过去、未来被打乱在碎片之中。打破线

---

① 李琳,《碎片之美与另类真实——论罗伯特·库弗的"立体派"元小说》,《当代外国文学》,2015年第1期,第29页。

② 乔治·瑞泽尔,《后现代社会理论》,谢立中等译,华夏出版社,2003年,第15页。

③ 华莱士·马丁,《当代叙事学》,伍晓明译,北京大学出版社,1990年,第150页。

性的叙事形式可以视为对传统小说写作常规的颠覆与反叛。巴塞尔姆曾说拼贴原则是 20 世纪所有媒体艺术的中心原则。① 事实上，拼贴可视为元小说的一个策略。② 维罗妮卡作为核心女性人物，她的缺席与在场决定了故事的发展。《树的隐秘生活》中读者唯一能把握整部小说节奏与进展的核心故事正是叙述者直接消解的对象。小说的画面定格在那个特殊的晚上，维罗妮卡还没有从绘画课回来，小说人物不确定那一晚过后是否会有第二天。"如果她回来了，小说就结束了。既然她还没回来，这本书还得继续往下写。这本书会一直写到她回来，或者胡利安确定她不会回来了。"（59）这一晚胡利安在思绪万千中度过，时而平静，时而激动，并不断改变想法。"胡利安不想让糟糕的猜忌之火烧下去，他改变了情节：他坚信妻子还没回来是另有原因。"（96）等待中的胡利安幻想了无数的可能，故事主线中穿插了胡利安对独裁统治时期童年、青少年生活的回忆。维罗妮卡的下落是这部小说叙事议论的集中爆发点，构建的故事在议论中逐渐消解。詹姆斯·伍德在论述小说人物时曾说他发现一些后现代小说里有些人物特别感人，以罗贝托·波拉尼奥的《荒野侦探》为例，他认为在其中我们遇到的人物是真的又不是真的。当作者要求读者思考人物的虚构性时，便制造出来一个悖论，恰是这种反思激起了读者想要将其"变真"的欲望。③《树的隐秘生活》中胡利安的作家身份，他脑海中闪过的诸多念头让读者很容易对维罗妮卡这个人物的存在产生质疑，甚至怀疑整部小说构建的故事。也正是在这种真与假的博弈中，读者走入了故事，被作者引领着逐渐认识、了解人物。

元小说有时会通过叙述者的出场将真实的作者置入虚构的小说世界当中，以模糊真实与虚构的界限。④ 当胡利安陷入回忆时，叙述者很快通过叙事议论把故事拉回主线。"不过，这是另外的故事了，一个小故事，不

---

① 唐纳德·巴塞尔姆、杰罗姆·克林科维兹，《巴塞尔姆访问记》，《白雪公主·附录》，周荣胜等译，哈尔滨出版社，1994 年，第 331 页。

② 蒋翃遐，《戴维·洛奇小说中的元小说策略》，《国外文学》，2011 年第 3 期，第 72 页。

③ 詹姆斯·伍德，《小说机杼》，黄远帆译，河南大学出版社，2015 年，第 78 页。

④ 蒋翃遐，《戴维·洛奇小说中的元小说策略》，《国外文学》，2011 年第 3 期，第 69 页。

足为道，最好还是继续这个虚构的线索。"（72）但这样的举措不像是对主线的支撑，更像是瓦解主线的过程。叙述者不断地重复一个事实，即维罗妮卡归来小说就结束了。"这本书会写到她回家，或是胡利安确定她再不回来了为止。"（72）时间来到了第二天早上五点。"这本书还在继续，虽然它已经被合上了。"（101）从《树的隐秘生活》这部小说的中心故事来看，在越来越多的叙事议论中作家不断地暴露小说的虚构属性。他设计的人物是虚构的，故事是虚构的，他甚至不愿意费力完善这个虚构的故事，并不断消解它。维罗妮卡仿佛是胡利安笔下的小说人物，仅仅存在于胡利安的想象中。后现代主义小说家使用拼贴技法的目的是凸显世界的碎片性、不确定性，旨在跨越真实与虚构的界限、消弭历史与现实的鸿沟、玩弄能指游戏。① 桑布拉把自己的虚构与小说人物的虚构融为一体，制造了虚构中的虚构。这样的形式让小说进入了一个无法出逃的循环，虚构的人物继续制造虚构，故事套故事，在建构的同时又被解构，碎片式的情节如梦境般虚幻。

二、小说文本：建构即解构

桑布拉在第一部小说《盆栽》第一章第一段即暴露了小说的虚构属性。在建构了男女主人公身份后，作家随即解构了文本，坦言小说中胡里奥与埃米莉亚的相遇、相处和分手都是文学创作。实际上，连他事先暴露的结局也属于"文学"，即虚构的一部分。三部小说中，他对作品人物名字的议论情有独钟，可以看出他在人物设计中，通过人物名字的不确定性、偶然性来消解人物的个体特征。"阿妮塔的丈夫叫安德烈斯或莱昂纳多。我们就叫他安德烈斯吧，而不是莱昂纳多。"（《盆栽》24）当玛利亚问起加斯穆里故事中人物的名字，胡里奥这样回答："就是他和她。他们没有名字，或许也没有面部特征。主人公是国王或是乞丐，都没什么分别。"（《盆栽》38—39）"费尔南多是丹妮拉亲生父亲的名字，他该有个名字……"（《树的隐秘生活》58）传统小说对于人物刻画一直都很重视，特别是现实主义作品力求小说是生活的反映，因为小说人物关系、人物特征

---

① 尚必武、胡全生，《语言游戏、叙事零散、拼贴——论〈大大方方的输家〉的后现代创作技巧》，《四川外语学院学报》，2007年第4期，第18页。

及烘托人物的情节都是建构一部小说的重要组成部分。然而现代小说却逐渐忽略人物的描写，让人物趋同或者不强调人物的特殊性。从对人物命名的态度可以看出端倪，无论是桑布拉创作的首层故事，还是剧中人物的文学作品，都体现出了人物刻画的弱化。"胡利安是一个印记，被擦掉了，消失了。维罗妮卡是一个印记，被擦掉了，但还在。"（《树的隐秘生活》103）此外，小说中极少出现对人物特征的描写，因为缺少心理描写或者心理评论，小说提供的人物信息不够丰富，缺乏典型人物塑造。加之故事偏日常化，作家在叙述中还不断暴露虚构过程，人物与情节在建构中即被解构。一些现代小说家早已提出过"无个性特征"的人物塑造手法，希望读者"被投入一种像血液一样无个性特征的物质，一种没有名称、没有轮廓的稀糊状混合物，并始终浸身于其中"[1]。

以《树的隐秘生活》为例，事实上维罗妮卡的下落不重要，丹妮拉有怎样的未来也不是小说的重点，重点是作家桑布拉将人物通过小说的虚构属性联系在一起，设计他们的关系、故事与结局。在这个设计中存在无数的可能性，作家以碎片的形式把这些可能性与人物排列组合，最终形成了《树的隐秘生活》呈现的内容。我们也可以把这部小说看成一出戏中戏，即桑布拉在撰写一部有关他笔下的人物胡利安创作的小说。他把胡利安类似梦境或者纯粹虚构的创作与自己的创作杂糅到一处，小说中有他撰写的故事，也包含胡利安书写的文字。在嵌套中，无论是作家桑布拉还是剧中的胡利安都不停暴露作品的虚构属性，也就是通过叙事议论瓦解故事。那些出于想象、幻想涌现的故事带有极其强烈的不确定性，不断消解着作家所述故事的可信性、权威性。

小说里最真实的东西就是要迷惑别人，要扯谎，要制造海市蜃楼。[2]《树的隐秘生活》的情节可以看作胡利安或者作家桑布拉本人在编造故事，有时候编得有声有色，人物、情节一应俱全，如一个重组家庭的过去、现在与未来都能在《树的隐秘生活》中找到痕迹。但很快，作家又将已经构建的故事框架否定。"此时故事开始消解，而且几乎不能以任何方

---

[1] S. 里蒙-凯南，《叙事虚构作品》，姚锦清等译，生活·读书·新知三联书店，1989年，第53页。

[2] 马里奥·巴尔加斯·略萨，《给青年小说家的信》，赵德明译，上海文艺出版社，2015年，第24页。

式继续。"(62)建构故事随即解构是桑布拉小说创作的重要特征。《盆栽》中已经出现大量叙事议论,而《树的隐秘生活》中的故事更零散。碎片化加之各种形式的互文是桑布拉解构作品的手段。互文性其哲学基础是后结构主义,特别是解构主义。它彻底摧毁了作者的意图和对文本的封闭单一的解释。① 元小说创作强调作家的自我意识,是对文学创作的一种反思。不管评论家们的措辞如何,都有意无意地暗示或揭示出元小说强烈的自我意识以及元小说家们强调的小说创作的虚构性。② 通过这样的写作手法,作家想表达的是一种混乱无序的社会关系,特别是年轻人在社会中的真实状态,本书将在第四章着重论述解构背后隐藏的社会现实。

第三节 小说:生活的变形

一、男孩"我":虚构与记忆

华莱士·马丁曾说叙事方法对小说家而言有压倒一切的重要性。③ 桑布拉的第三部小说《回家的路》中文版有 5 万余字,是几部小说中篇幅最长的。在这部小说中作家不仅仅强调叙事手法的独特,还兼顾内容对社会及时代的反映。小说全篇由第一人称"我"讲述,是关于智利军事政变时期成长起来的那代年轻人的故事。小说有四章,根据内部结构可以分成两大板块,其中第一、三章构成了这部小说有关童年回忆的主线。第一章"配角"以小男孩"我"的视角讲述了 1985 年发生在智利圣地亚哥的八级强震,从而引出了他与女孩珂罗蒂雅在独裁统治时期的相识。第三章"晚辈的故事"延续了第一章的叙述。多年后,长大成人的男孩"我"与珂罗蒂雅重逢,"我"透过她艰难的归家经历,讲述了那一代年轻人在当代智利社会遇到的现实困境。故事缘起于大地震,村子里唯一独居的邻居劳尔

---

① 李玉平,《"影响"研究与"互文性"之比较》,《外国文学研究》,2004 年第 2 期,第 3 页。
② 高孙仁,《元小说:自我意识的嬗变》,《国外文学》,2010 年第 2 期,第 3 页。
③ 华莱士·马丁,《当代叙事学》,伍晓明译,北京大学出版社,1990 年,第 159 页。

在震后带来了自称是他姐姐的玛卡丽和外甥女珂罗蒂雅。那年男孩"我"9岁，珂罗蒂雅12岁，两个孩子很快成为朋友，显然男孩对珂罗蒂雅还产生了爱慕之情。故事的核心冲突来自珂罗蒂雅给男孩布置的神秘任务——帮忙照顾邻居劳尔。珂罗蒂雅解释说她和母亲不方便去探望劳尔，于是男孩主动承担起了盯住劳尔的任务，显然男孩认为监视劳尔才是珂罗蒂雅的真正意图。他并非刻意歪曲她的想法，而是在那个特殊年代，成人出于政治目的的监视成为孩子们模仿的游戏。监视行动构成了这部小说中最具悬念的情节。

  男孩盼望着会有神秘男子开着诡异的汽车在夜间悄悄出现在劳尔家里，但让他失望的是劳尔没有任何反常的举动。他死板、不友善且拒人于千里之外。珂罗蒂雅似乎很渴望得到劳尔的消息，她显得紧张、不安，叮嘱男孩要万分小心，不要把事情搞砸了。刺探情报在男孩眼中极具神秘感，为了博得珂罗蒂雅的欢心，男孩对监视任务十分重视。他采用的监视手法也都带有童趣色彩，比如，丢网球进劳尔的院子，假装生病接近邻居家走出的陌生人，甚至从墙上跌进劳尔家一探究竟。这一章对童年往事的叙述，男孩"我"用儿童视角回忆与珂罗蒂雅相处的点点滴滴。从儿童视角产生的情感机制来看，这种视角策略的发生与作家的童年经验和童年记忆有着或多或少的关联。[①] 显然，叙述者有意营造童趣氛围，突出那个年龄段孩子的单纯与顽皮，但同时男孩的叙述又带有成人眼光，这与当时的社会现状密不可分。1985年的智利还处于独裁统治中，电视里播放着皮诺切特的影像，大人们的闲聊、一举一动，甚至是对政治的闭口不谈都投射到孩子身上。好奇心曾让男孩忍不住追问劳尔是不是反对党成员，珂罗蒂雅予以否认。几个月中劳尔家来过五位陌生人，但珂罗蒂雅却对这些人都不感兴趣，直到有一次男孩汇报了有个女人在劳尔家过夜，并且是连着好几天晚上。这次，珂罗蒂雅终于有了不一样的反应，她显得很惊讶，甚至有些恼怒。女孩的态度加剧了神秘、紧张的氛围，也让读者渴望揭开背后的真相。独裁统治时期孩子们的世界在这段悬疑剧情下被放大。神秘女子终于又出现了，她大约18岁，年龄上实在不太像劳尔的情人。男孩努力偷

[①] 沈杏培、姜瑜，《童心的透视——论余华小说的儿童视角叙事策略》，《南京师范大学文学院学报》，2004年第3期，第73页。

听他们的对话，但几乎什么都没有听到。下午女人突然离开，男孩毅然决定跟踪她。他跟着她上了公交车，度过了一个半小时担惊受怕的旅程，这是他第一次一个人离开家这么远。他一直跟踪到了女人的住处，显然他已经被发现了，但是不得不硬着头皮完成任务，记下了女人的住址。男孩回家时已经是凌晨一点，父母报了警，事情在邻居中传得沸沸扬扬。

男孩期盼向珂罗蒂雅汇报自己排除万难斩获的情报，但事情发展却出乎意料。见面时珂罗蒂雅还带了一名叫埃斯特万的男孩，她说是自己人，什么都知道。男孩感到很意外，也很烦躁，或许是出于报复心理，他没有向珂罗蒂雅提起自己的新发现。他无法理解为什么突然有人和他共享珂罗蒂雅的秘密，他甚至没敢问埃斯特万究竟和她是什么关系。接连几周男孩都爽约了，直到有一天他收到珂罗蒂雅约他到家里见面的来信，并告诉他情况发生了变化，并不需要再监视劳尔了。后来男孩几次去找珂罗蒂雅都遇到了埃斯特万，他决定忘记她，不再去她家了。一年以后，男孩突然看到劳尔准备搬家离开，他跑去珂罗蒂雅家准备告诉她这件事，却发现珂罗蒂雅已经不在了，邻居说几天前就搬走了，没有人知道她搬去了哪里。至此，小说第一章"配角"完结，儿童与成人视角融合到男孩"我"的叙述中，叙述语气更像是成年人对儿时生活的回忆，但是依然保留了儿童稚嫩、简单的叙述风格。小说中"我"讲述的故事属于有些幼稚的童年趣事，男孩的监视行动体现了一个孩子对神秘事件的好奇，是那个年代成年人之间微妙的关系在孩子身上的反映。"配角"作为《回家的路》的第一章可以视作独立、完整的一段故事，情节中有主要人物，也有戏剧冲突，但是男孩"我"在讲故事的时候发出的叙述议论暴露了这段故事的虚构属性，并牵扯出其幕后作者——小说家"我"。"有时我会觉得，我写这本书，无非是为了追忆那些谈话。"（4）"配角"这一章可以认为是男孩作为叙述者，通过第一人称"我"讲述了一段童年记忆。然而，小说第二章话锋一转，另一个"我"开始叙述。"我的小说不久前有了进展。我整天想着珂罗蒂雅，仿佛真有其人。"（31）此刻叙述者"我"的身份变成一位成年人，读者可以判断出这个"我"正是第一章中撰写男孩"我"与珂罗蒂雅的故事的小说家。

《回家的路》的第二章与第四章以小说家"我"叙述，构成了这部小说有关现实生活的主线。事实上，这一条线是作家桑布拉制造的另一段虚构情节，却在小说中成了第一章、第三章男孩"我"这段虚构的幕后写作花絮。桑布拉此处的创作同样带有元小说特征,两个代表不同身份的第一人称"我"让读者走进了真实与虚构相间的叙事迷宫。第二条主线中的小说家"我"秉承了桑布拉一贯的创作风格,钟情于暴露人物名字选择时的随意性。"一开始我还犹豫要不要给她起这个名字,要知道我们这代人估计百分之九十的女人都叫这名字。她就该叫珂罗蒂雅,这称呼我叫着不累……"(31)"我"交代完自己的创作心得后,随即把视线转移到写作之外的现实生活。通过小说家"我"的自白,读者了解到"我"一个人生活,和女朋友艾米分手了一年多后,刚刚鼓起勇气找借口重新与她取得了联系。二人相聚时聊了聊各自的生活也回忆了分手时的情景。随后,"我"跟艾米提到新创作的小说,说书的开头循规蹈矩,但很快就没了章法。艾米对此并不十分关心,建议"我"一口气写完。这样的语气引起了"我"的不满,认为艾米仿佛忘记了曾一起度过的伏案写作的不眠之夜。

　　根据第二章开头的对话不难判断此处"我"所提到的新小说就是《回家的路》第一章"配角"的故事。故事套故事及评论小说的创作过程是桑布拉常见的叙事手法,而《回家的路》这部小说中,叙事议论通过虚构的人物——小说家"我"来实现,即用虚构的人物对虚构进行评价。无论何时,只要"虚构叙事/现实"之间的关系成为公开的讨论题目,读者就被迁出正常的解释框架……这时一个故事就可以被理解为一个有关于讲故事的寓言。[①]《回家的路》第一章"配角"是小说家"我"通过记忆虚构的一段童年往事;第二章小说家"我"与艾米所谓的现实生活,则是作家桑布拉书写的有关小说家"我"的虚构故事,两条主线平行发展,构成了《回家的路》这部小说的主要结构。与桑布拉的其他小说相似,女主人公是串联故事的中心人物。艾米——小说家"我"的前女友是《回家的路》这部小说的核心女性角色之一。首先,她作为第二章现实生活中的女主角出场,与小说家"我"的感情纠葛和她对小说家正创作的作品的评论起到了串联小说两条主线的作用。其次,更为重要的是小说家"我"透露艾米是珂罗蒂雅的原型。"多亏了她,我才为这本小说找到了素材。"(33)小说情节透露,艾米在七八岁时曾和小伙伴捉迷藏,夜色已深却没有听到父母

[①] 华莱士·马丁,《当代叙事学》,伍晓明译,北京大学出版社,1990年,第226页。

的呼唤。孩子们回到家时以为会得到教训，却发现大人们正哭成一团。原来他们正在听新闻播放的暴动消息，到处都是死人。孩子们当时立刻明白原来自己并没有那么重要："明白了有些正经事深不可测，是我们没法知晓、没法理解的。"（34）珂罗蒂雅的遭遇便是艾米曾经历、看到的家庭生活的变形。小说家"我"则以自己的家庭为蓝本杜撰了男孩"我"与珂罗蒂雅的相遇与重逢。克里斯蒂娃在分析普鲁斯特的《追忆似水年华》时道出了记忆与文学创作之关系的真谛，她认为记忆仅仅提供了一个基础，还需要对它进行重构。活的记忆必然是不断被再创造的记忆。每条记忆的锁链都有一连串的隐喻。[①] 桑布拉将智利独裁统治时期儿童的生活通过虚构的记忆在《回家的路》这部小说中展现出来。从男孩"我"过渡到小说家"我"的写作形式呼应了小说从父辈的故事到晚辈的故事的主要内容。同样，通过这部作品桑布拉表达了自己对当代智利社会的政治思考。"我宁可岁月停驻，沉浸于旧日时光，一直活在那个年代，尽情追逐那些冷漠的面孔，小心翼翼地将它们一一回顾。"（33）

珂罗蒂雅与男孩的故事并没有完结于第一章，第二章的叙述者"我"——撰写珂罗蒂雅故事的小说家交代了该故事与前女友艾米的童年回忆有直接关系后，小说第三章又跳转回珂罗蒂雅的故事，回到了男孩"我"的叙述。时隔多年，男孩"我"长大成人，他20岁时离开了童年居住的小镇，30岁时当上了老师。当生活基本安定下来，"我"的内心并不平静，仿佛始终在等着什么人，于是回到了小镇。童年时居住的街道、老房子是《回家的路》这部小说归家主题的空间核心。男孩"我"曾与珂罗蒂雅谈论迈普奇形怪状的街道名称，儿时孩子们经常聚在一起穿梭于小镇的街巷。童年记忆发生的空间围绕男孩家与珂罗蒂雅家展开。小说两大主线的不同叙述者"我"都有相同的归家主题——回到迈普小镇。走在熟悉的街道，童年记忆在脑中浮现。想起"我"曾经乘公共汽车跟踪的女人，想着珂罗蒂雅和劳尔这些儿时生活中记忆深刻的人物会有怎样的命运，是不是已经不在人世。"可片片记忆却在一瞬间灰飞烟灭……有一刹那，我莫名地倍感孤独。"（63）"我"在街道上徘徊，终于遇到了面孔熟

[①] 朱莉娅·克里斯蒂娃、黄蓓，《互文性理论与文本运用》，《当代修辞学》，2014年第5期，第7—8页。

悉的女人，有好几天"我"都在她家楼下等待。"我又开始监视别人，这真让我汗颜，也让我自嘲。我再次成为一个漫无目的的监视者。"（64）监视行动把男孩与珂罗蒂雅再次联系到一起。"我"鼓足勇气去按门铃，谎称来找丢失的猫并对女人喊出了"珂罗蒂雅"。"我"介绍自己是曾经在迈普的朋友，女人认出了男孩，可她并不是珂罗蒂雅，而是她的姐姐希美纳。她正是男孩曾经跟踪了一路在劳尔家出现的神秘女人。与希美纳的简短交流瓦解了童年跟踪行动的神秘色彩，儿时煞有介事的监视仅仅是出于姐妹间的嫉妒。实际上，劳尔不是珂罗蒂雅的舅舅而是她的父亲。虽然劳尔在当时的确有特殊的政治身份，但是背后的故事远不是孩子们的游戏那般简单。男孩与希美纳的相遇逐渐引出了小说的核心故事——归家主题。男孩得知自己被姐妹俩笑称为"阿拉丁"，这并不是他的真名而是曾经居住过的街道名。《回家的路》这部小说除了"我"曾对珂罗蒂雅的名字有过议论，从未暴露过男孩的姓名，而唯一能指明其身份的只有"阿拉丁"这个家庭所在地，可见孩童时的"家"是叙述者更想突出的主题。

男孩"我"说想见见珂罗蒂雅，并留下了电话号码。希美纳的眼中透出了敌意，原来姐妹之间的关系十分紧张。珂罗蒂雅去了美国，父亲劳尔身患重病，姐姐认为妹妹只想争夺遗产。关于男孩与珂罗蒂雅的重逢，小说家"我"曾评论说："我就困在这个陷阱、这部小说里。昨天，我写完了一别近二十年后，主人公重逢的一幕。我欣赏这个结局，可有时候又觉得不该让他们重逢。'纵使相逢应不识'才更合适。"（39）但是小说家"我"需要他们相遇。几个月后男孩"我"接到了珂罗蒂雅的来电，小说第一章留存的谜团随着二人的见面被揭开了。珂罗蒂雅与希美纳的父亲劳尔原名罗伯特，独裁统治期间曾加入反对党的秘密组织。为了保护家人，他与妻子分居并冒名顶替了小舅子劳尔的身份，从此成了珂罗蒂雅的舅舅。当时年级尚小的珂罗蒂雅并不理解这一切，1985年地震当晚她才知道父亲就住在阿拉丁街男孩家旁边，于是让男孩告知她父亲的情况。被男孩跟踪的女孩则是住在奶奶家大珂罗蒂雅5岁的姐姐希美纳。从男孩的汇报中得知姐姐比自己有更多和父亲接触的时间，珂罗蒂雅十分恼火，让男孩多加留意出现在劳尔家的女人。当天，发现男孩跟踪自己的希美纳也立即猜出了一切都是妹妹指使的。多年后，姐妹俩的父亲恢复了身份，劳尔重新变回了罗伯特，但是好日子并没有持续多久。珂罗蒂雅的家人相继去世，奶奶和母亲离世后，家里的气氛变得不那么友善，姐妹间的矛盾加剧。随着珂罗蒂雅去了美国,希美纳则留在智利照顾病重的父亲,二人的关系愈加恶化。

　　珂罗蒂雅的故事是《回家的路》这部小说内容的关键。第二章中小说家"我"曾提到珂罗蒂雅代表了艾米回忆的一段童年经历,而这段经历无论是与男孩"我"还是小说家"我"的经历都是相反的。珂罗蒂雅来自有逝者的家庭,但是"我"却从未去过墓地。在讨论桑布拉作品互文关系的时候,本书曾经提到在两部小说中,作家写了同一段话讲述学生时期和同学谈论家庭的场景。作为来自没有逝者家庭的孩子,"我"的内心是苦涩的,听着同伴讲述自己的童年,"我"想起了珂罗蒂雅。"可我不愿、也不敢讲出她家的事儿。那毕竟不是我自己的故事。"(74)《回家的路》是桑布拉集中并且明确讲述独裁统治时期童年生活的一部小说。前两部小说中虽然插入了一些那段历史时期的片段,但是只能算是隐约可见对独裁统治时期的描写。《回家的路》中珂罗蒂雅的故事却是对独裁统治的直接书写,童年的回忆构成了小说的主要线索,这段回忆不仅仅来自桑布拉自己,更是来自他同龄人的故事。我国知名作家阎连科在谈论文学与现实关系时曾说虚构的文学世界里必须跳动着现实世界的心灵,虚构的文学世界里流淌的必须是现实世界的血液。① 桑布拉在小说中对童年小镇的细致描写加深了这段回忆的真实色彩。男孩"我"曾生活过的迈普小镇、珂罗蒂雅居住的拉雷纳区都是桑布拉童年时曾经居住生活过的地方,小说中的"我"也总是回忆起迈普的风光。采访中桑布拉曾说他居住的镇子是个小地方,从未出现在任何书或是电影中,好像人们觉得那里从来就没有发生过值得讲述的事情。② 如今把家乡迈普写进小说,也实现了桑布拉的心愿。当然,小说是纯属虚构的作品,无论是男孩"我"还是小说家"我"都是桑布拉笔下的虚构人物,那些童年回忆出现在桑布拉的小说中时已经发生了变形,成了虚构故事中的一个元素。《回家的路》中的小说家"我"也揭露了现实在虚构中发生变形的事实。"我只是想瞧瞧珂罗蒂雅的家。在现实中,有段时间,那是我朋友卡拉·安德鲁的家。"(52)小说家"我"

---

　　① 阎连科,《丈量书与笔的距离》,中国人民大学出版社,2012 年,第 54 页。
　　② Fluxá N, Rodrigo. "Formas de entender a Zambra". *Revista Sábado de El Mercurio*. 16 de julio de 2011. Consultado en 2 de marzo de 2017. http://diario.elmercurio.com/detalle/index.asp?id={826d1698-030f-439c-9d25-b7fcb1d3f8b6}.

透露的这一细节暴露了故事的虚构属性，同时又构成了故事中的故事。然而，从另一个角度看，《回家的路》中两条主线中"我"的叙述可以被看作一种反向模仿，即人们的生活在模仿故事，而不是故事模仿生活。①

二、小说家"我"：虚构与生活

谈到《回家的路》这部小说的创作理念，桑布拉曾说单纯通过虚构的形式不能达到他的目的。② 于是，诞生了童年回忆与现实生活这两大主线并行的写作手法。这样的方式表达了作家对文学虚构的看法，同样也是他小说形式创新的实验。韦恩·布斯（Wayne Clayson Booth）在《小说修辞学》中批评了把叙事以人称进行简单分类的现象，他认为也许被使用得最烂的区别是人称。说出一个故事是以第一人称或第三人称讲述的，并没有告诉我们什么重要的东西。③ 桑布拉在《回家的路》中将同一个故事以两个第一人称"我"叙述，自己则化身为叙述者背后的隐含作者，这样的手法诠释了布斯在文本分析中要求对叙事人称细化、精确的文学批评理念。小说第一章男孩"我"与珂罗蒂雅的儿时相处经历给读者留下了继续探究的空间，第二章叙述者"我"告诉大家自己就是撰写这段故事的小说家，并给读者讲述了故事的渊源。显然，男孩"我"的故事同样来自小说家"我"的部分生活经历，只是在文学虚构时产生了变形。真实世界与虚构世界并不是泾渭分明的，而是具有一种相互关联、相互依赖的互动关系。④ 读者在小说两条主线交替呈现的过程中看到了生活变形为虚构的经过。在第二章中，小说家"我"回迈普看望父母，停留期间顺便修改一下正在撰写的小说，"我"主动透露其中有一段和儿时经历相似的旅程："惶惶不安的小主角，在跟踪了以为是劳尔女友的人整个下午后，终于回到家

---

① 玛丽-劳尔·瑞安，《故事的变身》，张新军译，译林出版社，2014年，第109页。

② Basavilbaso, Teodelina. "El chileno Alejandro Zambra escribe la novela que creía que no escribiría". *Frontera*d. 19 de junio de 2014. Consultado el 9 de abril de 2017. http://www.fronterad.com/?q=chileno-alejandro-zambra-escribe-novela-que-creia-que-no-escribiria.

③ 韦恩·布斯，《小说修辞学》，华明、胡晓苏、周宪译，北京联合出版公司，2017年，第140页。

④ 邱蓓，《可能世界理论》，《外国文学》，2018年第2期，第81页。

中。写这段时，我想起自己在真实生活中的一次出走，大约也跟主角一个年纪。"（50）显然，这段经历是第一章男孩"我"跟踪希美纳的情节，只是小说家"我"儿时的这段旅程没有自己笔下的男孩"我"的经历那样曲折。儿时的小说家"我"并未出走很远，只是离开家一个多小时，回家时被臭骂一通。然而，经过虚构变形，离家出走在男孩"我"这里完成了一段带着神秘色彩的冒险旅程。从这段故事可以看出细节发生了巨大的变化，小说家"我"不仅仅添加了人物，还增加了整个旅程的难度，并将男孩塑造成坚决完成任务的英雄形象。这是小说家"我"主动暴露给读者的一段异化了的情节，指明了其虚构后的变形。生活过渡到虚构后突出了监视与跟踪情节，制造了男孩与珂罗蒂雅故事的高潮与悬念。

《回家的路》第二章、第三章中均有一处"我"回迈普家探望父母的桥段，细心的读者能够发现第三章中的此情节与第二章雷同，甚至有些话语是完全一样的。但是小说家"我"却没有澄清其虚构的本质，这一故事情节也成为《回家的路》这部小说的一大亮点。第二章中小说家"我"回到迈普家发现客厅摆放了新书架，父亲说："全靠这个书柜，你妈才开始读点儿书……"（53）"我"看着摆满书架的书籍，回忆起了儿时与阅读做伴的时光。当天，"我"在父母家住了一晚，半夜两点"我"起来煮咖啡，看到母亲还在客厅喝着马黛茶，便闲聊起来。母亲感慨儿子早早离开家独立生活，看到别人家的孩子一直和父母住在一起，她就会想起儿子的境遇。随即母亲问儿子是否喜欢智利畅销小说家卡拉·瑰芬班恩的书，说她的小说《灵魂的反面》很能打动人。母亲的话换来的是儿子的质疑，认为她不可能对另一个阶层的人产生归属感，并说作品中人物的生活与母亲没有任何交集。儿子的回答引起了母亲的不满。"她带着不快和怜悯的目光看着我，那目光中还有一丝鄙弃。"（94）几乎是在同样的场合，《回家的路》第三章中有一段极其相似的桥段，显然，小说家"我"把这段生活中与父辈交流的场景转化为他撰写的小说情节。其中有些场景保留了原始对话，有的地方则发生了不小的改变。第三章"晚辈的故事"是第一章男孩"我"的叙述的延续。成年后的男孩"我"几经周折与珂罗蒂雅重逢了，年少时的爱慕在这一章发展为一段短暂的暧昧关系，二人的故事在珂罗蒂雅沉重的回忆与男孩对家庭的反思中展开。整部小说都由第一人称"我"讲述，但是两条主线中的"我"显然叙述者并不同。现实生活主线中的小说家"我"讲述自己的故事，属于作者叙述者，如果是一位作者叙述者讲故事，那么隐含作者与叙述者之间没有明显区别。① 此时，作为隐含作者的桑布拉与小说家"我"合二为一，通过人物书写故事。但是，当小说家"我"创作男孩故事的时候，隐含作者变成了人物，让这部小说的叙事愈加复杂。但可以肯定的是，如里蒙-凯南所述隐含的作者是在作品整体里起支配作用的意识，也是作品所体现的思想标准的根源。②

父亲罗伯特去世之后，从美国回智利的珂罗蒂雅与姐姐希美纳水火不容，她被希美纳赶出了家门。男孩"我"收留了珂罗蒂雅，她执意要一起去迈普拜访男孩的父母。于是，《回家的路》第二章中小说家与父母相处的画面移植到了成年后的珂罗蒂雅与男孩的故事中。二人一进家门，"我"惊讶地看到客厅里的新书架，父亲继而评论有了它母亲开始读书了。这段话和第二章小说家"我"回家时的场景完全一致，只是此处叙述者省略了众多书名的列举。第二章中小说家"我"与父亲一同观看球赛，谈论家庭琐事。第三章因为有了珂罗蒂雅的存在，叙述者加入了一段家庭聚餐情节，同饮皮斯科酒是两章中共有的细节。席间，父亲谈论起村子里的几起盗窃案，据说作案者都是当地的孩子，由此引发了关于孩子偷东西的讨论，父亲借机怀旧说起了讲过很多遍的童年往事。因为珂罗蒂雅说头疼，谈话终止了，"我"本以为她不喜欢这些家庭谈话想马上离开，珂罗蒂雅却出人意料地说她想留下来。第二章中小说家"我"同样在家里住了一晚，母亲让他别走，因为第二天姐姐要来家里吃饭。第三章的"我"则因为珂罗蒂雅而留在家中过夜。只剩下一家三口的时候，"我"和父母谈起了珂罗蒂雅的身世，告诉他们劳尔实际上是罗伯特，是珂罗蒂雅的父亲。

半夜两点，"我"起来煮咖啡，母亲还在客厅喝着马黛茶，此处与第二章中小说家"我"的叙述一模一样，只是此时"我"的房间里还躺着珂罗蒂雅。两章中都有母亲与儿子一起抽烟的场景，而母亲总怕被父亲发现。第三章中母亲同样感慨儿子早早离家，话题变成了如果儿子没有离开，也许会变成吃饭时提到的村里出现的小偷。母亲还聊起了珂罗蒂雅的

---

① 华莱士·马丁，《当代叙事学》，伍晓明译，北京大学出版社，1990年，第164页。
② S. 里蒙-凯南，《叙事虚构作品》，姚锦清等译，生活·读书·新知三联书店，1989年，第156页。

父亲,说他让人害怕,因为她早就猜到他跟政治事件有牵连。"我"对此提出了质疑,批评父母的不作为。母亲与儿子没有在对话上达成共识,转而问他是否喜欢卡拉·瑰芬班恩。第二章中母亲提出了同样的问题,当时的"我"不知道说什么好,开了个玩笑搪塞过去。显然母亲问的是她的写作风格,儿子给的回答是否定的。第三章此处的场景叙述者略作修改,但是保留了原有的态度。或许是考虑到珂罗蒂雅的存在,"我"省去了玩笑的部分,直接回答不喜欢这类型的书。接下来的谈话基本保留了第二章的内容,"我"认为母亲不可能与小说有共鸣,因为她们不属于同一阶层。事实上,人物的态度符合作家桑布拉对畅销小说的看法。他认为国内现在有一种流行的趋势,就是重写智利那段特殊的历史以引起读者的兴趣。他们多属于畅销书作家,但在桑布拉看来,他们的文学没有任何价值,有些作家甚至在粉饰那段历史。随后,谈话又转回到珂罗蒂雅身上,母亲说她喜欢珂罗蒂雅,就算她和儿子不是一类人。第二天,"我"和珂罗蒂雅与家人告别,家庭聚会结束,小说也结束了第三章与第二章雷同的这段场景叙述。

　　杰拉德·普林斯曾断言真正的主人公是叙述者,而不是他的任何一个人物。[①] 根据《回家的路》的内部结构,以最简单、直接的方式理解第二章、第三章中出现的相似情节,可以把第三章"我"讲述的与珂罗蒂雅的故事归结于小说家"我"对第二章他自己现实生活的模仿。虚构世界不只是现实世界的表征,更是可模拟甚至实现的可能世界。[②] 第三章中的小说家"我"续写了第一章的故事,在现实生活的基础上添加了虚构人物,增加了人物间的互动。原本略显单调的三口之家的团聚,经过模仿、创作或者陌生化的过程,展现给读者一段来自不同家庭背景的男女主人公生活的碰撞。小说家"我"与虚构的珂罗蒂雅通过文学创作融为一体,构成了新的故事,从而突出了《回家的路》这部小说的"归家"主题。通观小说全局,四章均以第一人称"我"叙述:第一、三章中的"我"是虚构的人物,从男孩"我"写到成年后的"我",这个"我"在童年与珂罗蒂雅相

[①] 杰拉德·普林斯,《叙事学——叙事的形式与功能》,徐强译,中国人民大学出版社,2013年,第14页。

[②] 梁晓晖,《"真实"与"虚构"之外——〈法国中尉的女人〉的可能世界真值》,《当代外国文学》,2017年第2期,第113页。

识，长大后又与她重逢；第二、四章出现的则是另一个"我"，同样是叙述者，不仅仅负责讲述自己作为小说家的现实生活，还透露了"我"正在创作有关男孩与珂罗蒂雅故事的小说。如此理解《回家的路》的四章，读者可以较清晰地把握小说脉络，并掌握每章叙述者"我"的视角与立场。

如果再继续深入挖掘《回家的路》的内部结构，实际上四章中的"我"都只是桑布拉采用的叙述人称，屈从于他设计的戏中戏情节。两条主线均以"我"讲述，让叙述的人称问题更加复杂化。四章中的叙述者"我"无缝衔接，从虚构过渡到现实生活，再由现实回归虚构。整部小说布局完美，引导读者进入作家通过小说家"我"再创作的虚构故事中。此处，桑布拉尝试了新的元小说的写作形式，通过暴露虚构来突出真实，但实际上一切都是他设计的虚构陷阱。"叙述者自我拆穿的姿态激发读者将阅读焦点从故事内部转向故事虚构界面。"[1] 作为读者，不能单纯地把小说割裂成虚构与现实对立的两部分，不能臆想第二、四章中小说家"我"谈及的家庭生活，以及其小说创作就是桑布拉的真实生活写照。文学评论家希利斯·米勒（Hillis Miller）曾说，就小说中的一系列事件而言，无论它们是作为叙述出来的"真实"事件还是作为叙述本身，都不会构成真实的线条。[2]《回家的路》无法逃脱虚构的范畴，只是作家通过巧妙的手法让虚构与现实时而矛盾突出，又时而水乳交融。

在《回家的路》中，桑布拉也通过同为小说家的"我"表达了自己对文学虚构与现实生活的看法。小说家"我"曾对艾米说："我写的是你。女主角有好多你的特征。"（40）艾米好奇男女主人公的结局，问他们是不是会厮守终生。"我"告诉她情节不该如此，主角仅仅是在成年后重逢，有几周或是几个月纠缠在一起，但是绝不会厮守终生。"在一本好的小说里确实不会，不过在劣质小说里倒是一切皆有可能哦。"（40—41）听到此话，艾米显然是失望的，因为她把小说家"我"讲的情节当真了，把故事中珂罗蒂雅与男孩的结局投射到了她与小说家的身上。此外，小说家"我"的姐姐也对他的文学创作提出了疑问。在第二章中，家庭聚餐后，姐姐开车送"我"回家，路上问起新书准备写什么内容，在书里会不

---

[1] 梁晓晖，《"真实"与"虚构"之外——〈法国中尉的女人〉的可能世界真值》，《当代外国文学》，2017年第2期，第114页。

[2] 希利斯·米勒，《解读叙事》，申丹译，北京大学出版社，2002年，第43页。

会把她写进去,"我"回答说不会。这是"我"曾经认真考虑的问题,原因是为了保护她。"成为什么角色不是好事儿……不要出现在任何书里才是最好不过的。"(58)姐姐略显遗憾地问"我"会不会把自己写进去,"我"的回答是大概会。因为这是自己的书,不在其中出现不大可能。"就算主角跟我不一样,就算书里的生活和我的大不相同,我还是得把自己写进去。我打定主意,不用保护自己了。"(58)听到"我"说有几个角色和爸妈挺像,姐姐反问为什么不想着保护父母。"我无以作答。无论是得不偿失的生活,还是虚情假意的应酬,他们的出场其实都无关紧要吧。可这些我没法解释给姐姐听。"(58—59)

小说家"我"对虚构与现实的态度表明了文学与生活的关系。一旦落笔,任何文字都带上了虚构的属性,不能等同于现实生活。但读者也不能把小说家"我"笔下的男孩与珂罗蒂雅的故事简单看作与现实没有任何牵连的文学虚构。阎连科曾说小说终归是主观的产物。作家可以在文字的后面掩盖主观的存在,但不能埋葬主观存在的事实。① 文学来源于现实,经过变形完成其虚构属性。正如小说中"我"所说的,生活中的人会出现在文学作品中,但是经过加工,他们的特征可能会体现在众多人物身上。读者可以把《回家的路》四个章节中的"我"交代的虚构故事与现实生活看成一个有机的、不可分割的整体,小说家"我"的生活融入珂罗蒂雅的故事中,男孩与珂罗蒂雅的故事同样也渗透了"我"的生活。两段线索、两个故事超越了虚构与现实的边界,建构了整部小说。桑布拉通过后现代创作中常见的元小说手法书写了一段不能忘记的历史记忆,如评论所述经典现实主义小说反映的外部客观世界是一种现实,现代主义关注的人的内心世界、人的意识活动也是现实,甚或如布鲁克-罗斯所说的后现代文本"模仿世界的不可阐释性",也是一种现实。②

很多作家哀叹小说已经走到了尽头,因为它所能表达的东西都已被前人表达过了。于是,当代小说就进入了批评阶段,即在小说中反映小说批评意识。③ 从《盆栽》到《回家的路》,桑布拉不断尝试小说创作的新形

---

① 阎连科,《丈量书与笔的距离》,中国人民大学出版社,2012年,第62页。
② 王雅华,《西方文学中现实主义的含义及其嬗变》,《国外文学》,2018年第1期,第17页。
③ 高孙仁,《元小说:自我意识的嬗变》,《国外文学》,2010年第2期,第4页。

式,但这三部小说不仅仅有值得分析、探讨的形式,其背后的内容更值得读者关注。桑布拉书写了独裁统治时期他那一代人的成长经历,特别是在《回家的路》这部小说中,男孩"我"道出了孩童对于那段经历的记忆,其中孩子与父母、家庭的关系又展现了特殊历史时期成年人的政治立场与观点。《盆栽》与《树的隐秘生活》更多地描写了那一代年轻人成人后的经历,而《回家的路》则带读者回到那段特殊历史时期。如桑布拉所言:"我们希望,也以为,还能再度回到那阴云庇护下的童年。"(39)

第四章
社会的问责：迷惘的一代

第一节 童年阴影：独裁的映射

一、隐形的伤痛：晚辈的故事

1. "皮诺切特的孩子"

美国文学评论家杰拉尔德·格拉夫（Gerald Graff）在谈到后现代小说时曾说许多后现代小说的缺陷在于，它在社会现实中无能为力或者拒绝与社会现实存在一丝一毫的联系。[①] 桑布拉的小说带有后现代语境下的极简文风，但作家追求形式创新的背后是对祖国智利的深切关注，智利的社会现实始终是其小说创作的核心内容。智利曾经历特殊历史时期，1973年9月11日发生的军事政变暴力推翻了民选总统萨尔瓦多·阿连德政权，自此开始了由皮诺切特领导的军政府长达17年的独裁统治。实际上，智利是拉美资本主义比较发达的国家，也是具有民主传统的国家。[②] 在20世纪20年代，智利即开始了民主实验。当拉丁美洲其他国家还处于独裁统治时，智利已经是一个民主、开放的国家。智利是全球矿产大国，但最大的几个铜矿一直掌握在两家美国大矿业公司手中，而铜产量的增加则代表智

[①] 杰拉尔德·格拉夫，《自我作对的文学》，陈慧、徐秋红译，河北人民出版社，2004年，第248页。

[②] 徐世澄，《当代拉丁美洲的社会主义思潮与实践》，社会科学文献出版社，2012年，第20页。

利外流的资本越来越多。① 对外政策上智利尤为依赖美国，随着内部实行改革的呼声越来越强烈，1970年由社会党、共产党、激进党等多党派组成的人民团结阵线获得了大选胜利，第四次参加总统选举的阿连德以微弱的优势当选总统。随后，他采取了一系列措施加强国有化，深化土地改革和社会改革，希望借此完成智利向社会主义的和平过渡。改革措施虽然取得了初步成效，但由于党内出现了分歧且当时的社会现状无法承受激进的改革措施，致使智利经济、社会、政治生活处于瘫痪的边缘。美国密切关注智利政局，坚决要瓦解在当地出现的社会主义政权。有评论认为美国的干涉是导致阿连德社会主义道路失败的最重要外因，而经济封锁又是白宫干涉阿连德政府最重要的手段。②

独裁统治初期，数以万计的智利人因政治原因流亡海外，上千智利人失踪，至今下落不明，另有数千人被逮捕或饱受酷刑。虽然皮诺切特在统治期间实行自由贸易政策促进了智利的经济发展，但在1990年军政府下台后首位民选总统当选之时，智利仍是百废待兴。经历了17年的独裁统治，又加上17年的过渡时期——也被称为独裁后时期或者民主恢复期，智利才逐渐回到正轨。也有评论认为智利1990年之后的政权只是其他形式的独裁。③ 1998年皮诺切特卸任武装部队总司令，转任终身参议员并享有司法豁免权。同年，在前往英国接受治疗期间被当地警方逮捕，原因是其执政期间涉嫌杀害西班牙人，西班牙法庭要求引渡他到西班牙受审。但最终，2000年他被释放回智利，回国后虽受到多宗指控，但在他2006年去世之前都没有被审判。

智利的言论自由传统使得报刊繁多，出版业活跃，大学环境宽松。④但是皮诺切特统治时期对智利文化生活造成了巨大伤害，其影响至今依然能显现出来。高压政策及严苛的出版审查制度造成大批作家流亡，美籍俄

---

① 爱德华多·加莱亚诺，《拉丁美洲：被切开的血管》，王玫等译，人民文学出版社，2001年，第159—160页。

② 贺喜，《美国对智利阿连德政府的经济封锁》，《拉丁美洲研究》，2012年第1期，第55页。

③ Lillo C, Mario. La novela de la dictadura en Chile. *Alpha*. 2009, n.29, p.42.

④ 约翰·L. 雷克特，《智利史》，郝名玮译，中国大百科全书出版社，2009年，第129页。

极简风格下的文学思考与政治书写
——亚历杭德罗·桑布拉小说研究

罗斯著名流亡文学作家多甫拉托夫曾经说过优秀的作家不会产生在优裕平静的生活中。① 亲身经历流亡或是受到政治迫害的作家撰写了大量反对独裁统治的文学作品，流亡与反独裁是智利小说至今无法回避的话题。事实上，军事政变对智利当代青年有着深刻影响，作为新一代小说家，桑布拉把文学创作聚焦到智利国内，他曾经说过，在《盆栽》出版前，没有文学作品为他们那一代人发声。②

桑布拉生于智利发生政变两年后，他这一代人被称为"皮诺切特的孩子"。③《回家的路》中女主角珂罗蒂雅出生在政变后三天，男孩"我"比她小几岁，均与作家桑布拉同龄。可以说桑布拉所有作品中的重要角色都是属于他那一代的人。他的几部小说虽讲述的侧重点不同，故事发生年代不同，但都书写了他同龄人的遭遇。《回家的路》中的母亲与小说家"我"聊到独裁统治时期，她总是会说儿子怎么可能知道那些事情，阿连德在的时候他甚至都还没有出生，独裁期间他只是个小家伙。"'那时你还没出生呢！'这话我不知听了多少遍。"（94）即便是在对独裁统治映射最多的《回家的路》这部小说中，桑布拉也没有直接抨击独裁统治，而是通过晚辈与父辈的故事侧面曝光了那段时期对孩子究竟产生了怎样的影响。不仅仅是父母，很多人口中都在说桑布拉这一代没有资格对独裁统治时期发表议论，因为他们太年轻了。但是作家认为这样的说法太过绝对，虽然是孩子，但是他们同样生活在独裁统治之下。④ 因此，作家尽量用"小家伙"的视角来回溯那段历史。在男孩"我"的眼里，皮诺切特无非是个电视人物，男孩讨厌他仅仅是因为国家频道上关于他的消息可以随时打断精彩的电视节目。儿时校园墙面上随意留下的反对皮诺切特的言论与对足球俱乐部的评论写在一起。在孩子眼里，对独裁首领的不满仅限于他在电视上不

---

① 程殿梅，《流亡人生的边缘书写——多甫拉托夫小说研究》，中国社会科学出版社，2011年，第3页。

② Libertella, Mauro. "El tono le permite todo". *Clarín*. 19 de mayo de 2014. Consultado el 21 de marzo de 2017. http：// www.clarin.com/ficcion/alejandro-zambra-entrevista_0_BJSrVG65Pmx.html.

③ 同上。

④ Fluxá N, Rodrigo. "Formas de entender a Zambra". *Revista Sábado de El Mercurio*. 16 de julio de 2011. Consultado en 2 de marzo de 2017. http：// diario.elmercurio.com/detalle/index.asp？id＝｛826d1698-030f-439c-9d25-b7fcb1d3f8b6｝.

合时宜的作秀。

　　《回家的路》带有政治小说色彩[①]，其中作家对独裁统治时期的描写并非隐晦，而是出于一个孩童的真实感受。小说用近乎童趣的口吻让读者感受到当时紧张的政治氛围。孩子把成人的世界转化为游戏的形式，此处可以被看作是儿童的显性话语特征与成人的隐性写作意图互相交织在一起。[②]桑布拉儿时居住的迈普小镇虽不在首都圣地亚哥的中心，但在那时也并不是绝对安全的地方，然而孩子们却能整天在家门外游荡。"如今的我，已难以理解我们曾享有的那份自由。那时我们活在独裁统治下，议论纷纷的是罪行和袭击，还有戒严和宵禁。"（10）看似轻描淡写，但独裁统治时期的阴影已经笼罩在这些孩童身上。小说《树的隐秘生活》中叙事者提到主人公胡利安本来应该叫胡里奥，并把这件事定义为一个让人难以置信却真实存在的故事。因为户口登记员听错了他父母报出的名字，出生证上就写成了胡利安。出于畏惧，"父母并没有提出修正意见，因为在那个时代，连一个户口登记员都需要威慑力和尊重"（94）。

　　独裁统治时期的童年在懵懂中度过，《回家的路》中的主人公到圣地亚哥上中学后着实感受到了首都紧张的政治气氛——市中心到处都在投放催泪弹。民主时代来临，当他逐渐了解同学们的家庭时，发现大家是那么不一样。这些孩子们的父母有的曾是施暴者，而有的被谋害、虐待，或失踪。他们有善良的或是下流的富家孩子，也有邪恶的或是好心眼的穷人孩子。好的、坏的，或是穷的、富的是《回家的路》中男孩"我"对同学们的区分。而"我"自认为不穷也不富，不好亦不坏。"可做个不好不坏的人并不容易。我觉得这样的人本质上还是坏人。"（44）中学时期的主人公对于民主与独裁开始有了自觉意识，体会到阴云笼罩下的童年将成为挥之不去的一段过往。"我信不过这样的民主……智利现在是、以后也仍会是个战场。"（45）小说《回家的路》对独裁与民主过渡时期的描写穿插在男

[①] "La novela de Zambra". *El Mercurio*. 22 de mayo de 2011. Consultado el 12 de marzo de 2017. http://diario.elmercurio.com/2011/05/22/al_revista_de_libros/critica/noticias/F1F970BC-CE38-4387-8CBB-1AEDF3E05E06.htm?id={F1F970BC-CE38-4387-8CBB-1AEDF3E05E06}.

[②] 王宜青，《儿童视角的叙事策略及心理文化内涵》，《浙江师大学报》，2000年第4期，第21页。

孩"我"成年后对少年生活的回忆中,成为他与珂罗蒂雅故事主线的衬托。二人的相识与重逢源自作家桑布拉那一代人的真实生活。撰写故事的小说家"我"臣服于这段往事,回忆不断发酵。少不更事的记忆被成年的"我"再次回顾时才发现孩提时代无忧无虑的背后竟是最残忍的现实。当珂罗蒂雅重新回到儿时居住的地方,"这片土地没有过去,只属于皮诺切特时期的智利"(44)。

2. 被束缚的一代

桑布拉笔下的童年生活是自由的也是不自由的。孩子们可以肆无忌惮远离家门嬉笑打闹,玩着跟踪的游戏,却不能把朋友带到家里。《回家的路》中,当男孩被珂罗蒂雅邀请到家中时,他感到十分诧异,因为那个年代没有人会那样做。"每个家都是座微型城堡,一座坚不可摧的堡垒。"(15)这并不是在形容家庭的稳固,而是当时人与人之间充斥着不信任。母亲不允许邀请朋友的理由是觉得家里总是脏兮兮的,这也成为所有家庭拒绝访客的缘由。孩子并不理解大人的话,反而认为所说的脏只是因为家里的颜色浅。虽然是童年好友,但男孩无法邀请珂罗蒂雅到家中玩以满足她看望邻居劳尔的愿望。"我们是一墙之隔的邻居,还共享一段女贞花墙,但却被一道巨大的鸿沟隔断。"(6)独居的劳尔被视为病态的象征,男孩眼中的他更像是在接受惩罚的人。没有人过问他的生活,邻居们漠视独来独往的劳尔,甚至猜忌玛卡丽与珂罗蒂雅的真实身份。"……一个个新家庭在此落户,这些家庭没有过去,或心甘情愿或迫于无奈地定居在这幽灵般的世界。"(14)远离市中心的迈普独享一份清静,沉默的村民借此躲避政治的纷争,就好像不去过问一切就会像没有发生过一样。

孩子总会从大人的言谈或是电视新闻中了解成人的世界,听到这样或那样的传闻。男孩"我"曾问自己喜欢的老师加入某党派是不是很严重的事情,老师不置可否,只是告诉他说这些不合时宜,或许有一天可以自由地谈论。男孩补充说:"当独裁统治结束的时候。"(21)显然,他并不是真的理解这句话的含义,但是可以看出孩子受到了大人的影响。不确定什么时候才能结束独裁统治,孩子们只能继续生活在这样的阴云之下,不得谈论政治,不能窥探大人的秘密,与他人保持距离,时刻对身边的人提高警惕。桑布拉的小说对独裁统治时期的描述符合孩子的视角与心理。孩子们对特殊历史时期的记忆是深刻又模糊的,对与错之间的疑问融入日常生

第四章　社会的问责：迷惘的一代　　99

活。邻里间的猜忌、人与人之家的隔阂、孩子们游戏中扮演的角色、禁忌的话题在童言无忌中凸显了社会的扭曲。桑布拉曾经不止一次提到过盆栽带有某种异样的、残酷的美，就像他那一代年轻人。他们从小就像盆栽一样被束缚，被人为地规范成大人眼中完美的样子。成人的审美屈从于那个时期的政治审美，禁止年轻人有自己的思想。采访中桑布拉曾谈到在读大学期间，他开始清晰地感觉到他们是不同的一代人，这代人为了彼此接纳而努力着。① 正如他在《回家的路》中所述：

  小说是描写父辈的，我以前这么想，现在还这么想。我们抱着这样的念头长大，一直认定小说是描写父辈的。他们似乎注定难逃厄运，一无所知的我们则被庇护于阴云之下。成人们互相残杀时，我们躲在角落里涂涂画画。这个国家土崩瓦解时，我们还在牙牙学语，蹒跚学步，叠着纸轮船和纸飞机。最后，当小说成为事实，我们却玩起了捉迷藏，消失不见。（34）

二、置身事外：父辈的故事

1. 儿时的懵懂

  无论是独裁统治期间还是之后，都涌现出了大量以该段历史为题材的作品。亲身经历军事政变的智利作家用文字表达对当局的讨伐，他们在政变发生之时正值创作高峰。但是，对于桑布拉这一代人来说，还没有人讲述过他们的故事。采访中谈及《回家的路》中有关父母与独裁的话题，作家说："我们曾经经历那段创伤，那时候，我们是那个时代主角们的子女。"②《树的隐秘生活》和《回家的路》中只有男主角是来自没有逝者家庭的孩子，家中没有可以祭奠的英雄，没有可以缅怀的烈士，也没有要申告的失踪人员。无论是《树的隐秘生活》中的叙述者还是《回家的路》中

---

 ① Libertella, Mauro. "El tono le permite todo". *Clarín*. 19 de mayo de 2014. Consultado el 21 de marzo de 2017. http://www.clarin.com/ficcion/alejandro-zambra-entrevista_0_BJSrVG65Pmx.html.

 ② 同上。

的"我"都无颜面对其反面——来自逝者家庭的同学们,以及像珂罗蒂雅这样的女主角。桑布拉的小说中带着不无遗憾的语气讲述着家庭往事,以那个年代主角们下一代的视角,书写着孩子眼中父辈的故事。

米兰·昆德拉（Milan Kundera）曾说,在艺术中,形式从来都不仅仅是形式。每一部小说,不管怎样,都对一个问题作出回答,即人的存在是什么。①虽然不能把桑布拉小说中所述的家庭故事强加在作家头上,但是他笔下的这一代人具有共同特征,即大部分智利家庭在独裁统治期间曾置身事外。《回家的路》中男孩"我"讨厌皮诺切特,把他形容成刽子手。而看着电视中的独裁元首,父亲却一言不发,除了猛吸几口烟,再没有其他动作,文中只有对父亲细微动作的描写却不见任何评论。那个年代的家庭氛围在高压统治下并不融洽,父母总是争吵个没完,态度如警察审讯犯人般。强硬的语气一部分缘于父亲的权威,另一部分原因则是特殊政治背景在家庭单位中的投影。小说中仅有一次描述家中议论政治,竟是在家庭聚会时集体嘲笑爷爷的左派党员身份。

《回家的路》中叙述者"我"读初三时正是20世纪90年代初,皮诺切特已卸任国家元首,智利进入民主过渡时期。一天,警察在学校停车场抓逃犯,并朝天鸣枪示警。正在上历史课的学生们都吓坏了,趴到了地上。当事情已经过去,却发现历史老师还躲在桌子底下哭。学生们告诉他不是军队回来了,他才平静下来。但老师已经无法继续上课,歇斯底里般喊叫他不想待在这里。"然后,彻头彻尾的沉默笼罩了我们。那沉默如此奇妙、让人心安。"(45)小说中曾提到随着智利政治局势不再紧张,学校气氛也逐渐缓和。受害者与施暴者的子女们就读同一所中学,接受相同的教育,而学校的老师也有不一样的政治背景。孩子们面对历史老师失态时的沉默,是对才刚刚结束的一段历史的记忆,也是对在那段历史时期遭受过迫害的人的尊重。几天后,"我"遇到那位老师,向他表示问候。同学们都知道他的遭遇,他曾遭受虐待,也有家庭成员被捕或失踪。当老师问起"我"的家人时,"我"告诉他独裁统治时期父母都置身事外。"老师用惊讶的、或者是有些不屑的目光看着我——是的,他看我的目光充满好

---

① 米兰·昆德拉,《小说的艺术》,董强译,上海译文出版社,2004年,第202页。

奇，可我感觉，那里面还有轻视。"(45)事实上，来自有故事的人的目光不一定真带有感情色彩，但在当时还是初中生的"我"的解读中，那目光着实是异样的，如示威一般。

小说《树的隐秘生活》中，胡利安等待维罗妮卡的当晚发散想象，其中也有对独裁统治时期童年生活的追忆。1984年，家庭成员们玩着流行的大都市游戏。当时作为一家之主的父亲处于社会底层，正努力往更高阶层奋斗。母亲神情忧郁，家中一男一女两个孩子，其中一个就是胡利安。在叙述者眼中，这个家庭与众不同，他们沉浸在游戏的欢乐中，母亲还唱着歌谣。"我的母亲，胡利安想，唱着左派的歌谣跟唱右派的歌谣一样……我的母亲，光明正大地唱着，那些穿着黑衣服的女人为逝者祈福时唱的歌。"(98)梦境一般的描述，唯有清晰的年代感刻在文中。当时，独裁统治已十载有余，家中气氛一派和谐，没有逝者要祭奠，父母只需为家庭操劳。此处，第三人称叙述者切换的自由间接引语形式把叙事的聚焦拉回人物，突出人物的视角。间接引语本身就是一种对话形式。对他人语言最为客观的转述也会构成语言的双重线条。[①] 对家庭生活的描写，虽然内容与游戏有关，但已不属于儿童视角，显然出自成熟观点。母亲无意中哼唱的歌曲是这个家庭对当时的智利政治置身事外的最好证据，叙述者的观点更像在讨伐这样的漠视。《树的隐秘生活》的叙述极具碎片化、零散化特征，对家庭回忆的评判虽尖锐，但话题转瞬间切换至别处，导致无论是叙事还是批评都随即消散。

《回家的路》中男孩"我"与珂罗蒂雅的家庭形成巨大反差，一个是保存完整的家庭，另一个则支离破碎。小说家"我"曾说他需要男孩"我"与珂罗蒂雅再次相遇，成年后的他们代表了军政府统治期间孩子们日后的不同遭遇。多年后，当他们走到国家体育场时，童年的经历历历在目。1973年军事政变发生后，国家体育场变成了军政府实施屠杀的场所，大批爱国人士被捕并被关押在体育场内，更衣室变成了酷刑室，国家体育场可以说是军政府暴力犯罪的"零地带"。但对于男孩"我"来说，那只是一个体育场，是儿时父母带他看球且充满欢笑的地方。珂罗蒂雅对此地的第一印象同样是美好的。1977年她4岁的时候，体育场举行了

[①] 希利斯·米勒，《解读叙事》，申丹译，北京大学出版社，2002年，第125页。

一场喜剧演出，在孩子们的恳求下父母让步了，那天希美纳与珂罗蒂雅十分开心。"多年后，珂罗蒂雅才知道，对她父母而言，那天就像在受刑。每分每秒，他们都在想，如今这里的满场欢笑是多么荒唐。似乎整个演出过程中，只有他俩无法自拔地想着那些死去的人。"（84）成年后男女主人公的相遇是打开童年记忆的钥匙。小说家"我"渴望写下珂罗蒂雅的故事，但是他又觉得这些故事应该出自当事人之笔，由那些有逝者家庭的孩子亲自将其写下。然而，"在我看来，所有能说出来的事情都不值一提。"（84）年少时的懵懂在长大成人后变成了晚辈与父辈间的隔阂。"我们的父辈从未真正地展示过自己的面貌；我们也从未学会正视他们的容颜。"（7）

2. 成年后的追问

《回家的路》中个人经历与小说人物的故事纠缠在一处，看似稳定、和谐的家庭氛围与恐惧、不确定的社会现实格格不入。[①] 珂罗蒂雅与成年后的男孩回到他在迈普的父母家，两个独裁统治时期持不同政见的家庭碰面后，话题自然离不开政治。男孩"我"与父亲的对话针锋相对，谈到了正在举行的智利大选。父亲认为一旦右翼势力上台，珂罗蒂雅的父亲劳尔和那些曾经投身革命的左派人士的好日子就到头了。父亲的话很尖刻，像是故意挑起男孩的话题。父亲认为任何党派都是一丘之貉，独裁统治时期所有人都夹着尾巴生活，秩序对一个国家来说更重要。父亲强硬地表达着自己的观点，并最终说出男孩期盼又害怕且直逼其底线的话："皮诺切特的确是个独裁者，也杀过些人，但至少，那是个有秩序的年代。"（90）父亲的话代表了那个年代大部分家庭对时局的态度。桑布拉被称作"子辈一代"作家，泛指所有成长在独裁统治中、童年多少被国家暴力阴影所标记的象征性一代。他们的父母既不为军政府服务，更不同情地下反抗运动；他们的父母对政治不甚关心，但会在看报纸和电视时，偶尔发表意见，或简短几句对左派团体的咒骂；他们的父母既不是凶手也不是受害者，他们被称为偏右倾思维的旁观者。和多数同龄人一样，智利作家桑布拉也生长

[①] De los Ríos, Valeria. "Mapa cognitivo, memoria (im) política y medialidad: contemporaneidad en Alejandro Zambra y Pola Oloixarac". *Revista de Estudios Hispánicos* 48（2014）：146.

第四章　社会的问责：迷惘的一代　103

在这样的家庭。① 事实上，智利 1973 年发生军事政变之前，国内局势已经动荡不安，出现了工人非法占领工厂及农民暴力夺取土地的风潮，经济处在崩溃边缘。防止西半球出现第二个古巴、竭力维护美国在拉美的传统势力范围，成为白宫对该地区外交政策最重要的目标。② 当时的尼克松总统在智利大选时曾干预，想让主张社会主义道路的阿连德落选，但他最终当选也恶化了智利与美国的关系，美方转而支持反对党民主联盟，与人民团结阵线作对。实际上，推举阿连德作为候选人的人民团结阵线本就是个多党派组合，后期随着阵营内部出现分裂，某些党派单独采取了激进措施，内忧外患的智利在军事政变前出现物资短缺、高失业率及大规模工人罢工的混乱局面。同时，美国对智利信贷缩紧，致使阿连德政府无法解决棘手的问题，军事政变一触即发。

对于一个普通家庭来说，父亲的话或许不无道理，智利需要一个有秩序的社会。孩子对政治事件的了解是间接的，他们只能通过大人们的言行感受周遭的气氛，而成年后的男孩对父母在那个年代的态度依然不甚理解。谈话间，母亲试图缓和气氛，表达了自己并不赞同父亲的观点。或许是出于小说情节的考虑，"我"这一次没有停止追问。长大成人后的男孩"我"借着珂罗蒂雅在场和她特殊的家庭背景，问父亲是不是曾经支持皮诺切特。这个问题他曾无数次问起，已经变成了一种习惯，或是某种情结。"我"渴望得到回答，却也知道没有真正的答案。"我想不通他为什么不承认，为什么多年来一直否认，至今依然如此。"（91）父亲有自己的看法，他始终认为人民需要有最基本的生存权利，他们需要有饭吃，他也知道没有救世主，一切只能靠自己。独裁统治时期是个让人纠结、让人痛心的年代，但是已经过去了。"我"告诉父亲珂罗蒂雅的家人都已经去世了，虽然不是死于独裁，但是已经不在了。"'可你还活着。'父亲说，'我打赌你会把这段不错的过去写进书里。'"（92）像是在刻意报复一样，"我"告诉父亲不会写关于珂罗蒂雅的故事，反而会把父母写到书里。说这话的时候，"我"的嘴角挂着微笑。

当晚，"我"与母亲聊天，想为珂罗蒂雅讨回公道。在"我"眼

---

① 郑楠，《因为如此，过去从未过去》，《书城》，2016 年第 1 期，第 118 页。
② 贺喜，《美国对 1964 年智利总统选举的干涉探析》，《浙江外国语学院学报》，2012 年第 1 期，第 66 页。

里，独裁期间作为旁观者的父母没有谈论政治的资格。母亲显然比父亲要温和，她不想与儿子作对，但是也不满儿子的咄咄逼人。她坦诚，无论是对阿连德还是皮诺切特，他们都不曾支持或反对。"我"坚持自己的道理，认为没有人能做到与政治毫无牵连，独裁并不会自生自灭，需要有人去斗争。"我"认为置身事外就是支持独裁。"作为儿子，我讨厌一次次指责父母，可又免不了这样做。"（92）此处，可以认为作家桑布拉在借珂罗蒂雅的故事吐露深藏心底的话。他的指责不只是对父母，也是对当时社会的集体抨击。事实上，小说最终并没有按照人物与父亲赌气所说的那样发展，无论是珂罗蒂雅还是父母都被写进了"我"的虚构作品中。上一章中曾提到《回家的路》叙事结构的特殊设计，小说家"我"编造了男孩与珂罗蒂雅的故事，并把自己的家庭生活移植到了故事中，制造了生活与虚构合二为一的效果。在现实生活主线中，小说家"我"并没有与父母针对政治有任何尖锐的对话。对独裁统治时期父母态度的追问只出现在男孩"我"与珂罗蒂雅的故事中。这正是作家刻意安排的，因为这样的追问可能发生在任何一个当代智利家庭中，此处的情节代表一种普遍性。把桑布拉这几部小说的核心质问放在虚构的虚构中，又代表了作家对现实、历史与文学的态度，即历史是无法言说的，一旦讲出来就变成了虚构。如马克·柯里所说，历史只是一堆文本、档案，记录的是个确已不存在的事件或时代，留下来的只是一些纸、文件袋。① 作为读者，应该懂得正被呈现的这段历史只不过是一种创作，历史记录总是在文本之中。② 叙述者"我"与珂罗蒂雅的相识是文学中的相遇，仅仅是虚构情境下作家精心安排的桥段。如小说中所述："把我们联系在一起的，是为一个个'小人物'重建人生舞台的心愿。这些舞台曾遭人鄙弃、无足轻重，可我们一直努力，试图将它们复原。"（85）珂罗蒂雅的故事是作家桑布拉对他那一代青年人的交代，虽然他能重构的只是回忆，且这回忆对很多人来说已无足轻重，但是他用特殊的形式把回忆记录了下来。对于父辈，《回家的路》中不断提出问责："我看着父亲的眼睛，暗想，是从什么时候开始，父亲变成这样？

---

① 弗雷德里克·杰姆逊，《后现代主义与文化理论》，唐小兵译，北京大学出版社，1997年，第185页。
② 马克·柯里，《后现代叙事理论》，宁一中译，北京大学出版社，2003年，第75—77页。

或者他其实一直如此,一直都是?我使劲回忆,仿佛念着一句让人痛心的严肃的台词:一直如此吗?"(90)

第二节 写作:回家的方式

一、归家主题:家的意义

1. 客死他乡的埃米莉亚

桑布拉的作品中虽然只有《回家的路》从小说题目即指明"归家"主题,但无论是《盆栽》还是《树的隐秘生活》都隐含着主人公对回家的渴望及"家"在人物生活中的缺席。昆德拉曾把家园定义为有我的根的地方、我所属的地方。家园的大小仅仅通过心灵的选择来决定:可以是一间房间、一处风景、一个国家、整个宇宙。① 桑布拉"家"的概念显然与家庭成员有关,家人在的地方即是家。《盆栽》的极简主义叙事风格简化了大量有关人物家庭或生活背景的交代,只知道几位主人公同龄,男女主角享受着大学生活。除了对阿妮塔母亲感情生活只言片语的描述,读者不清楚女主人公埃米莉亚的家庭背景,对其童年与阿妮塔借物琐事的细述也未见其父母的出现。可见,父母和家庭对女主角来说是缺席的,或者是叙述者刻意隐藏了细节。埃米莉亚存在的意义与男主人公紧密相连,与胡里奥的爱情是她唯一的栖身之所。但和胡里奥分手之后,有关埃米莉亚的消息就逐渐消失了,读者只知道她独自去了西班牙,过着十分拮据且混乱的生活。阿妮塔与埃米莉亚的会面展现了她在西班牙生活的一个侧面——奇形怪状的室友和她游离的状态。读者再次也是最后一次获得埃米莉亚的消息是她的死讯。卧轨自杀是她选择的死亡方式,阿妮塔的丈夫安德烈斯告诉胡里奥这个消息的时候措辞含糊,对于她为什么选择自杀并没有给出明确解释,但是他唯一肯定的是埃米莉亚已经死了,她被葬在了马德里。亡灵

---

① 米兰·昆德拉,《小说的艺术》,董强译,上海译文出版社,2004年,第159页。

漂泊于异乡是埃米莉亚的结局,她的故事终结之后,《盆栽》的故事也随之结束。独自一人的胡里奥呼应了小说开场的预设,他也变成了作家桑布拉多次提及的孤独地养着盆栽的男人。作家与人物在虚构与现实的关系中融为一体,无法剥离。《盆栽》的结局是悲伤的,桑布拉评论这部小说的时候曾说唯一能够讲述这个伤感故事的方式,就是快乐地讲。① 显然"快乐"仅仅指形式上的超然,即将结局暴露于开端。女主角埃米莉亚在小说中本就没有家庭的依托,她死在异乡可以说是没有寻找到回家的方式,爱情或许是她回归的出路,但是她失去了爱情,《盆栽》演绎了客死他乡的埃米莉亚无果的归家旅途。

2. 下落无踪的维罗妮卡

《树的隐秘生活》的归家主题更加清晰,"家"的构成除了男女主人公胡利安与维罗妮卡外,还有女孩丹妮拉。女孩的出现增强了故事中"家"的概念,维罗妮卡的多重身份也体现在家庭环境中。首先她是家中的女主人,是丹妮拉的母亲也是胡利安的妻子。她与前夫费尔南多组建的家庭和与胡利安组成的新家庭形成了对比。丹妮拉通过童稚的视角概括了生父与继父形象上的不同,也在她的画中勾勒了新家庭的和谐生活。本书第二章探讨了《树的隐秘生活》这部小说碎片化的写作风格,胡利安当晚思绪随意游走在无意识间,生活中的各种回忆夹杂着他的文学创作片段扑面而来。但是,与丹妮拉的互动是他回归平静与现实的标志。等待维罗妮卡一整夜的时间里,丹妮拉的睡去与醒来都是把胡利安碎片式的意识流拉回正轨的节点。丹妮拉等待母亲归来,胡利安等待妻子归来,维罗妮卡的多重身份是构建完整家庭的要素。因此,在《树的隐秘生活》中家庭的概念也比《盆栽》要复杂,叙述者对于家庭日常生活的描写也更完整和丰富。家中的陈设和家的设计都有具体的说明,几个不同颜色的房间也具有家庭单位的功能区分。身为大学老师和作家的男主人、上绘画课的女主人和上小学的女孩构成了最基本也是最稳定的家庭组合。

但是,完整的家庭由于维罗妮卡的下落不明而面临瓦解的危机。胡利

---

① 《桑布拉:诗歌是智利的强项》(专访),澎湃网,https://www.thepaper.cn/newsDetail_forward_1520353,检索日期:2018 年 9 月 12 日。

安构想了维罗妮卡未归的理由,追忆着与维罗妮卡的点点滴滴,回想着家庭往事。不管维罗妮卡是因遭遇汽车事故死亡,还是她与情人远走高飞,她在家庭中的缺位是小说的最终结局。此处作家的设计显然不以揭露真相为目的,而是突出结果,即家中只剩下胡利安与丹妮拉,维罗妮卡像是人间蒸发了一般。事实上,小说对维罗妮卡当晚未归的叙述是模糊不清的,由她引出的核心叙事在建构的同时又不断被消解。有评论认为桑布拉的小说呈现了一种开放作品的格局。[1] 从维罗妮卡下落不明到对丹妮拉未来的臆想都体现了小说的开放性。"开放形式预防了叙事的封闭以及随之而来的意义的确定。"[2] 读者有理由怀疑人物的真实性,但作家构建了一个无法抹去的概念——家庭。小说中人物的故事均围绕家庭关系和家庭生活展开。小说结尾定格在胡利安与女孩丹妮拉相依为伴的画面上。虽然他们二人没有血缘关系,但是家庭把他们联系在了一起。维罗妮卡的消失代表了其归家的失败,但是《树的隐秘生活》这部小说建构了一个强烈的家庭观念,即"家"承载了过去、现在与未来。

3. 无家可归的珂罗蒂雅

《回家的路》中女主角珂罗蒂雅从美国返回智利探亲是这部小说最突出的归家主题,也是小说发展的一条重要线索。她的归来延续了男孩与女孩儿时的故事,是小说家"我"精心设计的情节。"珂罗蒂雅渴望回家的愿望绝不是作家刻意粉饰的一段历史,而是发自内心的带着乌托邦色彩的思乡之情。"[3] 家的意义对于男女主人公童年与成年后不尽相同,"家"在这部小说中有多重隐喻。小说开场便讲述了一段童年的归家经历,男孩六七岁时与父母外出,因为分神走散了。虽然感到很害怕,但当父母依旧在焦急寻找他的时候,他却赶在父母找到他之前找到了家。叙述者"我"发出了意味深长的感叹:"其实那天下午我倒是觉得,走丢的是他们。毕

---

[1] Masoliver Ródenas, J. A. "La vida del libro". *La vanguardia*. 18 de julio de 2012. p. 10. Consultado el 21 de marzo de 2018. http://hemeroteca.lavanguardia.com/preview/2012/07/25/pagina-10/60387312/pdf.html?search=Masoliver.

[2] 华莱士·马丁,《当代叙事学》,伍晓明译,北京大学出版社,1990年,第91页。

[3] Willem, Bieke. "Metáfora, alegoría y nostalgia: La casa en las novelas de Alejandro Zambra". *Acta Literaria* 45 (2012): 40.

竟，我可知道自己回家，而他们却没有。"（3）《回家的路》以男孩走失后归家开始了全篇的叙述，从小说的开头便突出了"归家"主题。由于男孩"我"的故事出自小说家"我"之笔，第一章仅仅交代了童年时男孩与珂罗蒂雅的相遇。监视任务是两个孩子互动中最浓墨重彩的一笔，其中一段归家故事正是围绕男孩的跟踪展开。本书第三章着重分析了虚构与生活之间的关系，其中谈到了由小说家"我"离家出走演绎出的男孩跟踪希美纳的曲折故事，而离家出走背后的原因也令人回味。当时，还是孩子的小说家"我"总是被父母管教，被强迫待在家中学习，不能随意出去玩。"我"对此很不服气，向大人抱怨自己宁愿当个孤儿也不愿再当小孩。对"我"的气话父母给出了回应，他们决定给"我"自由。不再有人问"我"去哪里，也没有人让"我"做作业。"我"虽享受了几周这样的特权，却逐渐变得绝望。"我"告诉母亲或许自己会去很远的地方，想引起她的关注，可母亲只是平静地让"我"不要忘记带箱子。于是"我"离家出走，随意上了公交车，一个多小时之后回家被父母大骂，却满心欢喜，因为"我"又找回了孩子的身份。这段离家出走又不得不回家的故事，经过小说家"我"的改造，虚构成了男孩"我"险象环生的监视行动。无论是原有的生活经历还是虚构的故事都突出了"归家"主题。

　　《回家的路》中作家以儿童视角勾画了家的概念，父母享有一家之主的地位，孩子既拥有属于他们的自由也有来自成人的约束。桑布拉的小说从未刻意雕琢独裁统治时期的政治氛围，只是通过他在当时那个年龄段特有的视角及通过家庭环境来展现社会现实。小说中有大量男孩与父母互动细节的描写，凸显家庭生活的琐碎。虽然与父母关系看似不是十分亲密，母亲与父亲的争吵也破坏了家庭的和谐气氛，但是男孩的家庭生活是完整且正常的，家中有欢笑有吵闹。这些细节突出了家的概念和家对于儿童所承载的意义，但同时也与珂罗蒂雅的童年生活形成对照。虽然整部小说以第一人称"我"讲述，叙述视角仅仅局限于"我"所能观察了解到的内容，属于有限的视点，无法做到全能叙事者对于各个人物故事的全局把握。但故事中珂罗蒂雅自己的讲述道出了家庭生活对她来说，从儿时起就是一种奢望。

　　珂罗蒂雅父亲从罗伯特到劳尔再回到罗伯特的身份转换，可以视作这个家庭动荡不安的标志。父亲特殊的身份让珂罗蒂雅在家庭生活中成为男孩的反面。独裁统治最初几年，珂罗蒂雅一家在拉雷纳过着相对安稳的生活。政变发生之前，母亲玛卡丽在教育系教英语，虽支持阿连德但并不参加政治运动。父亲罗伯特曾是职业军人，但同样不参加任何有风险的活动。碍于特殊的局势，家中也不曾谈论政治，像大多数家庭一样过着封闭的日子。但在1981年底罗伯特开始从事秘密活动，并很快从地下联络员升级为高级领导。随后，母亲玛卡丽搬去了迈普，也就是男孩家居住的小镇。"这是保护孩子的最好办法：远离一切，远离这个世界。"（69）几年间，罗伯特变换身份，从事极度危险的地下工作。母亲严肃地分别与两个女儿谈话，告诉她们不能再叫罗伯特爸爸而要叫他劳尔舅舅时，"珂罗蒂雅无法理解，但她知道必须理解。她还知道，其他所有人，包括姐姐希美纳，都懂得比她多"（82）。自此，珂罗蒂雅就如同真的失去了父亲一样。在她童年的印象中，父亲不敢长时间抱她，仿佛这种接触是见不得人的。看着与往常不一样的父亲，珂罗蒂雅想那个人不是爸爸，不是罗伯特，就是劳尔。她在渴望见到父亲的期盼与失望中生活，直到地震当天，她才知道父亲就住在附近。"她恨透了这些秘密，预感到会有层出不穷、说不清道不明的巨大危险。"（76）

珂罗蒂雅儿时对家庭的概念是模糊甚至存疑的。年幼的她无法理解父母的所作所为，也不能原谅姐姐比她更理解秘密。当时的她只有好人与坏人之分，她清楚父母是好人，但是大人们告诉她，好人也可能会因观念不同被追捕。可是"观念"为何物珂罗蒂雅并不清楚。当她终于可以与父亲相认，可以叫他爸爸时，场面是戏剧性的。曾经每次珂罗蒂雅忘记母亲的叮嘱，管劳尔叫爸爸的时候，母亲会投来责备的目光，而重逢的那一刻，母亲用同样责备的眼神催促孩子快叫爸爸。当时，父亲已经离开祖国多年，与流亡的人一同回乡。归家的人在亲人怀里放声大哭，但对珂罗蒂雅来说，"有一瞬间她觉得这些人同样是伪装，现在得到正名的，不是这些人本身，而仅仅是他们的名字"（83）。罗伯特重新找回了自己的真实身份，这预示着他在独裁统治期间从事的秘密工作取得了胜利。罗伯特是小说中顺利回到祖国的例子，但是他冒名顶替的劳尔，还有表兄纳丘医生都没有再重回智利。纳丘被捕后便音信全无，家人总觉得他还活着，但事实是他肯定早就去世了。

重新回归完整家庭后，珂罗蒂雅家的生活并不尽如人意。印象中只有20世纪80年代末的几年过了一阵平静的生活，那时候奶奶和父母都在，拉雷纳的家是唯一让她感到舒适的地方。但是，随着家人陆续去世，这个家便慢慢散了。《回家的路》没有提及罗伯特在智利恢复民主后的具体工作，读者只能从珂罗蒂雅归家的经历了解这个家当前的状态。姐姐希美纳对珂罗蒂雅充满敌意，认为她回家只是为了拿父亲唯一的遗产——拉雷纳的房子。希美纳坚决不想卖掉房子分遗产，姐妹的关系不断恶化。珂罗蒂雅深深意识到自己已经没有家了，房子是仅存的象征。曾经，家中常常开玩笑说姐姐和爸爸是革命人士，而珂罗蒂雅与母亲是反动派，因为她俩没有参与秘密活动。虽然是玩笑，但这让珂罗蒂雅一直都很伤心。现在看来，无论是哪一方都没有得到美好的结局。照顾父亲这些年间，希美纳付出了很多，她像是被父亲选中要被毁掉生活的那一个，因为父亲护着珂罗蒂雅。希美纳最想看到的正是珂罗蒂雅归来的时候满怀歉疚。独裁统治期间有抛弃子女的父母，但换一个角度看，也是子女抛弃了父母。心怀芥蒂的姐妹失去了所有的亲人，家已经面目全非。"我"用"可怕"来形容这个故事，但珂罗蒂雅却不同意这点，她说："我们的故事并不可怕。伤痛的确存在，我们没齿难忘，可我们同样不该忘记别人的伤痛。说到底，还是有人保护我们。有人承受过、也正在承受更大的痛苦。"（84）现在的珂罗蒂雅只想找寻一种平常的生活，安安静静过日子。对她来说，经历了太多的事情后，简单、宁静才是她渴望拥有的。"我"希望珂罗蒂雅能留恋这片土地，甚至爱上这里的生活，"我"还希望她能原谅自己，为曾经的逃离找到借口，总之，"我"渴望她能留在智利。但最终小说家"我"还是安排了让珂罗蒂雅离开。"不可能有其他结局了。"（98）智利没有让她留恋的任何事物，没有家、没有亲人、没有爱情也没有留下来的理由。无家可归是珂罗蒂雅命中注定的结局。

二、回家的"路"：记忆中的归乡

小说《回家的路》西班牙语原文名为 *Formas de volver a casa*，其中 formas 是复数阴性名词，有形状、方式、方法之义，没有道路之义。此处直接翻译应为"回家的方式"。小说英译本译为 *Ways of Going Home*[①]，英文中 ways 有方式及方法的意思，同样也有道路之义。或许是

---

① Zambra, Alejandro. *Ways of Going Home*. Trans. Megan McDowell. Farrar, Straus and Giroux, 2014.

受到了英文译名的影响，中文版本最终译为"回家的路"。我们可以把"路"看作翻译后的引申含义，西班牙语中的复数则代表了有多种回家的路。实际上，笔者认为小说的内容讲述的是作家心中多种"回家的方式"。珂罗蒂雅的归家旅程是小说的核心故事，也是最清晰的归家主题。这条道路是曲折的，无论是她的离开还是归来都带着旧时的伤痛，回家时家的概念早已模糊不清。在美国回智利的飞机上，珂罗蒂雅思绪万千，她想起母亲，想起曾经在智利的生活。但事实上，父亲刚刚病逝，母亲十年前也已离世，家只是记忆中的一个概念。看着身边陌生的人，珂罗蒂雅无法安静悼念两位老人，她只有倾诉的冲动。她渴望有人问她："你是谁？"并等待回答说："我叫珂罗蒂雅，今年三十三岁。"（71）桑布拉的小说有一个特点，即对故事时间的交代通常以人物年龄为标志，可以解读为不同年龄段暗示了多个特殊历史时期。珂罗蒂雅出生于军事政变后三天，因此很容易判断出她回智利是在 2006 年。21 世纪智利已经恢复民主十年有余，智利政坛在左翼党派、右翼党派间更迭，小说里也提到右翼党派有望赢得当年大选的时政消息。智利发生军事政变三十余年后，已经是成年人的出生于独裁统治时期的孩子们渴望讲述过去的事，仿佛所有伤痛已然痊愈，但是过去却始终在延续。

  对于珂罗蒂雅的故事，小说家"我"安排两位主人公成年后相遇是他深思熟虑的结果。他怀疑二十年之后人物是否还能认出彼此，岁月的痕迹是否已经让那些面孔遥不可及。两个人的生活本为没有交汇可能的平行线，相忘于江湖或是相见不如怀念才是最好的结果。但是没有相交也就不可能有后续的故事，于是小说家"我"安排了珂罗蒂雅回家，却又为她安排了无家可归的结局。这正是桑布拉想写出来的故事。"这是我这一代人的故事。"（68）那个年代有太多人置身事外，有隐姓埋名的英雄，更有党派的叛徒，他希望那些当事人能亲自写下这个故事，"我只希望做个读者"（39—40）是作家始终抱有的态度。最终这个故事并没有出自当事人之笔，而是成了"我"的虚构小说。讲故事的人并不想讨论其中的道理也不想议论是与非，只是想把这些故事公之于众。"一方面，我放任回忆泛滥，榨干记忆；另一方面，我也大肆编造。"（41）

  珂罗蒂雅回智利的旅行是回家的方式，而另一种方式则是在记忆中寻找回家的路。在智利逗留期间，"我"始终陪在珂罗蒂雅身边，二人所到之处看到的风景让他们总是能联想到过去的生活，想到童年和青春。他们同去迈普重游当年的街道，但身份仅仅是个游客。"……看尽风景，却又总是频频回首。回首之时，一声轻叹。"（97）珂罗蒂雅只能认出几处老屋，曾经的建筑物都已经变了模样。"我"与珂罗蒂雅找到了她父亲变换身份之后她与母亲居住的房子。楼已经被改换了颜色，俨然是别人家的模样。而对于珂罗蒂雅来说，这栋楼从来都不曾成为一个家。在迈普男孩"我"的家中，珂罗蒂雅慢慢翻看家庭影集，"我"暗想这些照片终于派上了用场。"它们让我们相信，我们有幸福的童年；也向我们表明，我们并不甘愿接受曾经的幸福。"（89）一整晚，珂罗蒂雅都贪婪地盯着那些旧照片，她的表情时而微笑，时而又严肃得让人害怕。

老宅无论是对男孩还是珂罗蒂雅来说都只存在于记忆中了，崭新的迈普已经没有了过去的痕迹，儿时充满谎言的世界随着孩子的成长变为匆匆的过往。迈普从一个偏僻的村庄变成了繁华的小都市，小时候常逛的商店如今成了银行或快餐店。迈普展现出 21 世纪都市的模样，但小说主人公却仍然在追忆往昔。回忆是《回家的路》中另一种回家的方式，虽然儿时的家再也回不去了，但是小说家"我"设计的珂罗蒂雅回到智利重回迈普的旅程唤起了儿时的记忆。这段归家旅程让两位主人公试图理清童年时无法理解的一切。他们的回归像是围观一场罪行，又或者自己早已卷入其中，是罪犯的同谋。"我们自以为清白无辜，抑或又觉得自己充满罪孽……"（97）"我"认为珂罗蒂雅在归乡的旅途中找回了她的过去，这样的话听起来让人莫名其妙，也太过刻意，仿佛所有人都会这样认为。珂罗蒂雅不置可否，认为这趟旅行让她回到了童年，也和男孩澄清了儿时隐瞒的家庭过往。珂罗蒂雅也道出男孩接近她的意图："我知道你在意我过去的事儿，不过你更在意你自己的过去。"（99）"我"觉得珂罗蒂雅的话太过尖刻，却又无力反驳。

实际上，作家桑布拉安排小说家"我"写下男孩与珂罗蒂雅的故事，正是他想让读者看到的"皮诺切特的孩子"那一代人矛盾的心理与真实的生存现状。两位年轻人童年时成长的家庭背景不同，也导致了成年后不同的命运。珂罗蒂雅童年遭遇父亲的缺席，承载了沉重的家庭秘密，成年后继续受到这段经历的折磨。她回家的方式一方面是身体上的归家，另一方面是精神上对家的探寻。但是，归家的旅途是曲折或者说是失败的，无论是形式上还是精神的家园早已不复存在，回家是内心的挣扎也是对过去伤痛的抚慰。失去的已经无法复原，而"家"只存于记忆中，于是记忆变成回家的方式。男孩为珂罗蒂雅的痛苦经历大声疾呼的时候是那么力不从心。带无家可归的珂罗蒂雅来到自己家中，这样的经历是儿时不曾有过的。当时的家庭是一道道藩篱，把人与人、家庭与家庭隔开，好让彼此享有各自的秘密。如今两个家庭相遇，男孩的家人都健在，却只能给珂罗蒂雅短暂的温馨，她唯一能做的是在家庭相册中重温孩童时幸福的模样。可见，珂罗蒂雅的指责并无道理，男孩所做的一切是在寻找自己的过去，他挣扎着想要一个解释过去的理由，而小说中人物内心的彷徨实则来自作家桑布拉本人。事实上，终极的回家方式是写作。"阅读就是掩饰面容，而写作则是揭开面纱。"（43）把珂罗蒂雅的故事编造成小说家"我"笔下的人物，安排人物的身份、编造故事情节和设计结局是属于作家桑布拉回家的方式，是他通往记忆中的归乡之路。

三、不能忘却的记忆：地震的隐喻

《回家的路》开场讲述了 1985 年发生在智利圣地亚哥的大地震，虽然迈普距离震中较远，但是人们依然感受到了恐慌。大家临时住到了院子里，邻居们自然地聚到了一起，这在那个年代是绝无仅有的事。在男孩看来，除却害怕，他甚至有些喜欢那晚发生的事，因为他遇到了珂罗蒂雅。小说以地震为开场是刻意安排的，本书曾提到在独裁统治期间人与人之间并不亲密。但在地震的那天晚上，所有人物都相遇了。男孩遇到了珂罗蒂雅，珂罗蒂雅遇到了父亲，邻居们也了解到劳尔亲人的存在。对地震的描写穿插在儿童与成人视角间，无忧无虑的孩子们玩的游戏单纯又残忍，男孩子们想出了立遗嘱的点子，女孩子们则假装洋娃娃是地震幸存者。聚在一起的大人们有说有笑，但是欢笑中带着隔阂与虚假的面具。

地震是对自然灾害的描写，同样也是对智利独裁统治的隐喻。孩子们盼望着能露宿更长时间，好享受整天打打闹闹的自由。然而他们未能得偿所愿，日子很快恢复了平静。小说细述了家中碎了八个杯子，这让母亲很心疼。琐事的描写是家庭迅速回归正常的预告，但是"我有种隐隐的直觉，觉得这才是真正的伤痛。如果说该有什么值得吸取的教训，我们其实压根儿没有学到。现在的我认为，对大地失去信任是件好事，我们应当懂得，一切都可能在瞬间轰然倒塌"（8）。此段议论显然是对智利军事政变的映射，真正的伤痛正是当时父辈们的那份漠然。在国家经历重大变故的时候，人们却早早回到了一成不变的生活。家作为生活的载体，叙述者通过地震的经历，带读者走进了那个时代的家庭。

桑布拉曾说，对他而言，儿时记忆是容易混淆的一片领域，所以这篇小说，也是关于一种归属感，对于一个国家、对于一个家庭，或者对于一座城市的归属感。①《回家的路》最后一章"我们都好"同样以地震为场景结束了整部小说的叙述。与艾米再一次分手后的小说家"我"当时已经独自生活了两年，"我"活成了当年独居的邻居劳尔的样子。地震时，"我"还没有睡着，瞬间感觉世界末日来临了。"我"随即联想到自己写的小说，惊觉小说就应该以另一场地震为结局收尾。至于为什么要把1985年的地震写进小说里，或许是因为"我"头一次意识到死亡的存在。对于当年迈普的孩子来说，死亡是遥远的事情，他们只懂得在街道上肆意追逐打闹，对身边发生的事情浑然不觉。只有地震当晚，"我"才意识到一切都可能在瞬间消散。此处既指地震所造成的危害又指智利军事政变曾让这个国家瞬间崩塌。"我"走到艾米家附近，听到了她熟悉的声音，我知道"我们都好"，随即离开。"我"顾不上自家屋内被地震洗劫后的乱象，执意回迈普的家看望父母。"我要陪着他们。"（121）地震后归家，小说结尾呼应开头，也呼应全书主题。"我"十五年前便离家，如今想着迈普家中新添的书柜，"我"曾经阅读的书籍、写过的作品与相册都放在柜中。"我的书和家人的回忆靠在一起，我觉得很美好。"（54）下午时分，小说家"我"开始写作，地震后的城市逐渐恢复平静。"我像个孩子般紧张地回味着这场伤痛。想着今天逝去的人们，想着南边的迈普，还想着过去的、将来的无数亡灵。我也想到了我这行当，神奇、卑微而高贵，永远不可或缺，又始终不尽如人意的行当：活着，边看边写。"（121）

第三节　桑布拉一代：无果的追寻

一、意义的找寻：以爱为名

我们处在一个爱不再等同于天长地久的时代，我们也处在一个性享乐

---

① 罗皓菱，《桑布拉对话张悦然：童年是进入历史很好的入口》，腾讯网，http://cul.qq.com/a/20160907/010608.htm，检索日期：2018年9月12日。

的时代。① 桑布拉的三部小说都十分明确地指向爱情主题：《盆栽》中埃米莉亚是胡里奥的唯一挚爱，《树的隐秘生活》中维罗妮卡与胡利安的爱情故事中穿插了各自与前任的感情纠葛，《回家的路》中无论是男孩"我"与珂罗蒂雅还是小说家"我"与艾米的爱情都是"归家"主题的重要铺垫。本书第一章谈论《盆栽》的极简主义风格时也提到了"盆栽"寓意爱情，比喻受困在爱情中的男女。爱情是几部小说主人公追寻情感及生活意义的途径。值得关注的是，作家笔下的爱情故事无一例外均以失败告终，男女主人公在恋爱关系中感受甜蜜的同时也在彼此折磨，本是追寻意义的爱情变得无意义可寻。性是桑布拉爱情关系中着重突出的主题，性也是小说人物间建立的相对稳定的情感连接。那些以既富诱惑力同时又有疏离感的、既撩人情欲又让人焦虑不已的方式表现女性性爱的艺术家们有意去反映当代文化中的性困惑。②《盆栽》中几次强调埃米莉亚与胡里奥是因偶然睡在一起，从一段意外的性爱关系逐渐发展成稳定的恋爱关系。"《盆栽》这部小说对爱情的描写不追求轰轰烈烈的情事，而是通过最小化的叙事表现男女关系。"③ 然而，性与阅读的结合则是这部小说的亮点，性与阅读完美的结合是情感的催化剂，也是两个人维系这段关系的出路。当性与阅读不再互相刺激，这段关系随即结束。

埃米莉亚本着摧毁原有生活的原则，试图通过爱情改变自己，寻求生活的意义，却深陷其中。男主人公胡里奥对感情始终没有积极面对，他是爱情关系中选择逃避的一方。"胡里奥总是逃避严肃的关系，他逃避的不是女人，而是那种严肃性……"（8）与埃米莉亚分手后，胡利安与女邻居玛利亚有过短暂的亲密关系。玛利亚与胡里奥的恋情也是突出性爱关系而忽略其他细节，叙述者透露她是英文教师，也从事翻译工作，胡里奥杜撰的《盆栽》中的女主人公也是个翻译。最终她离开了，去了西班牙，因为在这段关系中她看不到希望。当她在马德里地铁撞见埃米莉亚死亡的时候，"她想起她自己，曾有段时间，比现在悲伤，比现在绝望"（44）。胡

---

① 齐格蒙·鲍曼，《从朝圣者到观光客——身份简史》，《文化身份问题研究》，庞璃译，河南大学出版社，2010年，第31页。

② 简·罗伯森、克雷格·迈克丹尼尔，《当代艺术的主题：1980年以后的视觉艺术》，江苏美术出版社，2012年，第101页。

③ Morales Gamboa, Fernando Emilio. "Reseñas de *Bonsái*". *Letras Hispanas* 3 (2006): 170.

里奥与两个女人的爱情都没有善始善终，绝望是这段关系中女方最大的感受，而孤独则是爱情留给胡里奥的唯一纪念。爱情在小说男女主人公身上没有留下任何印记，他们也没有在爱情的追寻中找到意义的出口。这印证了在后现代语境中，情感并不能为我们提供理解生活世界意义的线索。①

在《树的隐秘生活》中，叙述者用"苟延残喘"来形容胡利安与卡尔拉的恋情，在这段关系中她更似胡利安的敌人。"和卡尔拉在一起的生活如同一片乌云，一潭湖水。"（76）从小说情节中读者或多或少可以发现这对情侣显然在沟通上出现了问题。卡尔拉对这段感情有颇多的疑问，而胡利安却结结巴巴无法作答。他错过了与卡尔拉缓和关系的机会，也不想修复爱情，他的主动性非常薄弱。两个人的对话总是会落入争论，这让彼此都十分厌恶。二人间早已没有了爱情。"在开始爱她的前一秒，他就不爱她了……与其说他爱上了卡尔拉，不如说他爱上了陷入爱情的可能性，然后爱上了爱情的紧迫性。"（76）二人世界中的彼此过得更像是住在同一屋檐下的陌生人，胡利安专心于他的工作——上课、写作或摆弄盆栽，忽略了与女朋友的沟通，没注意到她焦急等待的样子，从不问她的去向，以及她有什么朋友。胡利安忽略了很多男女相处中的细节，直到卡尔拉不再回家，他都不明白其中的原委。对于这段关系，胡利安是厌倦的、冷漠的，他从来都提不起兴趣去好好梳理感情。"和卡尔拉一起生活的那些年让他觉得很糟糕，糟糕且让人痛苦。"（81）在这段关系中，他是自私的，让爱情变成痛苦经历的是沟通的匮乏与一个自私的灵魂。在采访中，桑布拉曾说他的作品中最重要的是对于男性的建设，在关系中，希望男方能反思自己的行为。②

《树的隐秘生活》中胡利安与前女友卡尔拉恶化的关系是他追求维罗妮卡的诱因。事实上，胡利安对维罗妮卡的追求也可以理解为对性的渴望。小说中叙述者暴露的胡利安的想法无非是他不断幻想出的与维罗妮卡的肌肤之亲，在这些想象与假设中他不断接近女主人公，最终与之组建了

---

① 乔治·瑞泽尔，《后现代社会理论》，谢立中等译，华夏出版社，2003 年，第 252 页。

② Maristain, Mónica. "Alejandro Zambra: 'En Santiago de Chile, vivía en un cementerio'". *MDZ OnLine*. 18 de julio de 2017. Consultado el 25 de marzo de 2018. https://www.mdzol.com/nota/744528-alejandro-zambra-en-santiago-de-chile-vivia-en-un-cementerio/.

家庭。二人的亲密关系仿佛只停留在身体接触上，小说很少描写夫妻情感交流的其他形式。胡利安想象出的维罗妮卡未归的一个重要理由就是认为妻子因与其他男子偷情而耽误了归家的时间。

《回家的路》中珂罗蒂雅与男孩重逢后短暂相处时，性爱也是他们沟通的一种方式。"我"有时候甚至想把珂罗蒂雅留下来，但这是不切实际的奢求，"我"宁愿把这段时光看作一段广告，两个童年的朋友二十年后相遇，随后坠入爱河。"可把我们联系在一起的不是爱情。就算是，爱的也只是回忆。"（85）小说中的二人通过身体接触渴望达到心灵相通的目的，但这种关系最终只能臣服于对过去的追忆。但回忆又是那么缥缈与不真实，仅仅源自小说家"我"对艾米童年的虚构。"我"与艾米的恋情也是无疾而终，"我"想与艾米复合，怀念有她陪伴彻夜写作的日子，渴望她阅读新写的小说。艾米显然是"我"创作灵感的来源，也是"我"写作时重要的情感依赖。与艾米分手后再次约会，是"我"对修复这段感情做出的重要努力。没有她的日子，写作对"我"来说曾经异常艰难。"现在我又可以在她身边写作了。想到这里，我倍感幸福。"（41）但是，曾经的争吵与艾米离家出走时的场景还历历在目。复合后的二人对这段感情小心翼翼，他们想比从前更好，但艾米总是拒绝再次共同生活在一起。"我们希望在一起，可就为了这个，我们甚至不惜伪装自己。"（115）"我"新撰写的小说是二人的共同话题，当艾米得知小说中男女主人公并没有厮守终生时，她也看到了自己这段感情的结局。小说家"我"对感情天长地久的不屑，让她再度感到失望。

桑布拉几部小说的叙述者都宣称这是个爱情故事，但是每段爱情都无法善终，在感慨、绝望与痛苦中，男女主人公分道扬镳。在爱情中，年轻人没有追寻到爱的意义，遇见的只有性。但在失败中，他们又在不停追寻。如《回家的路》中所述："我们唯一真心爱过的，正是这一大堆荒谬的规则。"（117）性爱在桑布拉的小说中有多种功能，既可以燃起阅读的快感，也是唤起回忆的方式。作家在小说中不断构建、书写情爱，也不断消解性在爱情中的地位。性与爱情无关，是桑布拉传达的一个信号。后现代主义作家对人物的身份，事件的因果关系以及意义都持怀疑态度。[①] 小

---

① 戴维·洛奇，《小说的艺术》，王峻岩等译，作家出版社，1997年，第42页。

说中男女主人公随意的性关系体现了当代年轻人对爱情的态度。生产力高度发达的现代社会中，人类理性情感发展却显滞后。人与人之间缺乏情感交流与沟通，人们活在自己的世界中，是漠然与自私的。陈戎女在分析20世纪初德国哲学家西美尔（Georg Simmel）提出的女性文化理论中曾说现代个体最大的困境，是在爱欲中找寻与自身相当有关的自由和束缚之间的平衡。现代的爱欲好像指向爱的对象，但最终指向自我，是自我的心灵版图在扩展与收缩间平衡，跟爱的对象实质上无关。[1] 以自我为中心的爱也导致不稳定、不和谐的家庭关系，并影响着下一代的成长。在桑布拉的小说中，年轻人对于性爱的随便态度也缘于家庭情感的缺失。故事中的男女或爱得投入、用力，或爱得凉薄、自私，却都努力在爱，确切说是在性爱中寻找意义。但是意义在桑布拉的小说中又是缺失的，性爱不代表爱情，爱情不产生意义，小说中人物在爱情中展现的是一种无果的追寻。

二、社会的问责：亲情与友情的缺失

桑布拉的小说除了畸形的爱情，亲情与友情的缺失也是重要话题，更是造成当代青年迷茫与挣扎的原因之一。他的小说鲜见对友情的描写，给读者留有印象的仅有《盆栽》中埃米莉亚与阿妮塔从儿时建立的友谊。以"借物"为视角突出了两位女主人公成长中不断变换的心理轨迹。当双方都陷入爱情后，这段关系明显不再亲密，各自有了伴侣的二人开始为男性改变自己，男女关系成了主旋律。她们不再如儿时那样分享彼此的秘密，常常表现出针对对方伴侣的不满。阿妮塔走入婚姻生儿育女后更是与已经和胡里奥分手的埃米莉亚疏于联系。小说对二人关系的走向没有进行任何说明，又或者说细节描写的空白是对这段友谊最好的说明。虽然阿妮塔曾去西班牙看望过埃米莉亚，但是这段故事更加说明了友情在这对好友身上并没有留下深刻的印记。被家庭牵绊的阿妮塔几经犹豫，最后出于好奇去了西班牙。埃米莉亚在马德里的生活与在智利和阿妮塔同住时有着巨大反差。在智利的埃米莉亚同时拥有友情和爱情，享受着幸福的生活。但幸福总是短暂的，在西班牙的她与毒品缠身。与她同住的人均属于社会边

---

[1] 陈戎女，《女性与爱欲：古希腊与世界》，复旦大学出版社，2014年，第150—151页。

缘人，完全称不上是朋友，只是一些生命中的过客。埃米莉亚在西班牙的生活可以用穷苦甚至是落魄来形容，而阿妮塔的到来也不能唤起曾经的友谊。她们之间仅剩下一点点默契，留存了一丝对彼此的熟悉。"或许她们能放松地聊很长时间，或许不是这样，但说她们会和从前一样聊天肯定是不切实际的，因为之前她们互相信任，而现在连接她们的只有一种别扭感，一种内疚的亲切感，羞愧和空虚。"（29）阿妮塔唯一能做的是把身上所有的钱留给了埃米莉亚，这是她对这段友情最后的救赎，埃米莉亚也欣然收下了钱。"阿妮塔深谙这个笑容，一刹那这个笑容把她们连在了一起，但一会儿她们又分开了……"（30）阿妮塔下决心不关心埃米莉亚如何使用这笔钱，放弃对钱的关心，也是她终止对埃米莉亚的关心。

埃米莉亚离世的时候，远在智利圣地亚哥的阿妮塔正无奈地听着母亲唠叨着日常琐事及母亲的两性问题。身为女儿的她不得不为母亲分析感情困扰，同时她也庆幸这些问题不是自己的。但事实上，这些问题终将变成阿妮塔的问题。《盆栽》中虽对阿妮塔与母亲的关系鲜有提及，但读者还是能从只言片语中看到家庭不完整在后辈中的影响。她的母亲不断更换情感伴侣，甚至为了从零开始一段感情而不惜让女儿离家。"从零开始意味着没有儿女，而且，很可能一直没有儿女。"（23）父亲的缺席和母亲对女儿的疏忽让下一代继续重蹈父辈的覆辙。阿妮塔没有上大学，年纪轻轻未婚先孕，孩子的父亲当时还是个大四学生。26岁的时候，阿妮塔已经是两个孩子的母亲，生活对于这对年轻夫妇而言并不轻松。婚姻中阿妮塔不仅要面对丈夫的不成熟，还要忍受他对自己的不忠。最后，这段婚姻以离婚收场，阿妮塔独自带着孩子生活，重复着她母亲的故事。埃米莉亚也同样遭遇精神或家庭危机，她在友情与爱情中寻找依靠，当亲情与友情逐渐瓦解、缺失后，她也丧失了自己，最终丢了性命。《盆栽》极简的叙事风格并未展开叙述这一段段家庭故事，桑布拉在讲述这些青年人现状的时候十分克制，对于社会的问责仅在只言片语间，却给读者留下了无限的思考空间。从唯一几处家庭背景的交代中，读者可以看到年轻人混乱的现实与非正常的家庭关系脱不了干系。当今的时代，人类正向着后工业社会迈进，符码化、碎片化和市场化是社会特征。生活于其间的人们也变得碎片化了，异化与病态是人类情感的特征，人们表达的感情是肤浅和缺乏深度的。①

婚姻关系也是桑布拉小说中常见的话题，《盆栽》中的阿妮塔和《树的隐秘生活》中的维罗妮卡都是在 20 岁因意外怀孕而步入婚姻生活。婚姻并没有给她们带来稳定，反而带给她们更大的社会压力。《树的隐秘生活》中大学期间怀孕的维罗妮卡经历了内心痛苦的挣扎，最初她隐瞒了这个消息，这段沉默是她保留自己私密空间的最后一点奢侈，但是这种痛苦是一个年轻女孩无法独自承受的。她有很多朋友，但他们更像是陌生人，彼此间并未建立一种互信的关系。她能预见那种在他人异样眼光下的日子会十分艰难。"她想要融入的、能够融入的不是那个世界，远远不是。"（63）选择生下丹妮拉的维罗妮卡在 21 岁时与孩子的生父费尔南多结了婚。婚礼现场温馨、美妙，一对新人受到大家的祝福，6 个月大的丹妮拉也是其中的主角。当时的新郎与新娘同样持有美好的愿望，准备遵循传统幸福路线共组家庭。"那时候他们决定暂时冻结所有不同意见，像所有真正的夫妻那样。"（84）费尔南多曾预想随着时间流逝，他们会最终习惯生活在一起的。然而，事实上这段婚姻只维持了不到 3 个月。小说把这段时光比作一个笑话，一阵转瞬即逝、如过眼云烟的噪声。婚姻持续时间之短以至于双方都还未被生活琐事拖累就已经分道扬镳了。小说通过一件小事道出了维罗妮卡第一段婚姻失败的隐情。在费尔南多家，丹妮拉偶然看到了亲生父母婚礼的录像，画面中恩爱、和谐的场面让小姑娘感到疑惑与不安。出于录像对女儿造成了困扰，维罗妮卡陷入了与前夫费尔南多的争执，胡利安卷入其中充当调解人。小说形容费尔南多能够在工作、生活上应付自如，但在仅有百天的短暂婚姻中，他都来不及了解维罗妮卡，不知道她是什么样的人。疏于了解、缺乏共同语言及因为孩子的降生而草草结婚的二人只能预告离婚的结局。此后，费尔南多生意顺风顺水，越来越富有，不停更换身边的女伴。但他与女儿的相处仅仅停留在婚姻中共同生活的那 3 个月时间，虽偶尔会与丹妮拉见面，他更像是一起闲聊的陌生人。

关于胡利安与维罗妮卡的婚姻，小说中谈及最多的是他疯狂追求维罗

---

① 乔治·瑞泽尔，《后现代社会理论》，谢立中等译，华夏出版社，2003 年，第 252 页。

妮卡的情节。他们的婚礼简单了许多，在一间破旧的办公室中举行，5岁的丹妮拉是婚礼的见证人，也随即被动地进入了新组建的家庭。胡利安与女孩的相处十分融洽，小说中对这段的描写很温馨、细腻。相较与丹妮拉的互动，胡利安与维罗妮卡的日常生活小说中则鲜有提及。叙述者曾不经意提到过一次夫妻对话，似乎是对维罗妮卡结局的暗示。她曾对胡利安说如果她死了，希望丹妮拉和胡利安或者孩子的姥姥一起生活，而不希望她与生父在一起。想起这段话，胡利安对维罗妮卡的未归愈加焦虑。此处可以看作作家对维罗妮卡命运的暗示，但最终桑布拉并未揭开谜底。显然，在这段新的婚姻关系中，夫妻双方也有各自的秘密，制造了彼此无法了解的诸多障碍。桑布拉小说中描写的男女主人公的爱情、友情和婚姻是年轻人追寻的不同生活状态，他们渴望有自己的一席之地，渴望真挚的感情与真诚的友情，却没有得到自己期待的结果，很多人因此迷茫、堕落，最终在生活中随波逐流。

三、迷惘中的挣扎：青年人现状

1. 深陷毒品危机

法国社会学家埃米尔·杜尔卡姆（Émile Durkheim）用"迷惘"来形容急剧扩张的工业化城市中人们孤独、焦虑的情感。他所指的"迷惘"描写的就是那些在城市中生活，不属于任何集体的人的精神状态，一种很强的离异感、孤独感，相互之间谁也不认识，陷于不断的焦虑和不安中。[①] 桑布拉笔下的他这一代人，儿时受到智利独裁统治的影响，成年后又受到全球化的裹挟，他们在精神上受到了双重冲击。年轻时思想受到束缚，不能随便表达观点，成年后又遭遇各种社会危机。当代西方社会工业化、科技化进程迅速，智利也受到此风潮的影响，年轻一代人在加速的节奏中生活。李庆本谈到全球化带给人们的认同危机时曾说大工业化生产产生了人的异化，而信息时代所产生的人的孤独感一点也不比过去减少，甚至有加大的趋势。[②] 桑布拉自己曾说过《盆栽》是一本关于年轻人的书。书中的

[①] 弗雷德里克·杰姆逊，《后现代主义与文化理论》，唐小兵译，北京大学出版社，1997年，第171—172页。

[②] 李庆本，《跨文化阐释的多维模式》，北京大学出版社，2014年，第32页。

智利当代青年渴望信任些什么，努力追寻意义，虽然他们清楚这种追寻是无结果的，就像是明明知道爱情是不确定的，但依然要相爱。在亲情与友情严重缺失的年代，年轻人通过酒精或毒品麻痹自己。《盆栽》中的大学生在派对中沉溺于酒精，随后坠入混乱的性爱关系。胡里奥与埃米莉亚热恋期间在书籍、音乐和观念上寻找共同点的同时，也建立了共同的不良嗜好——吸毒。至于埃米莉亚的死亡原因，读者唯一知道的是她沉迷于毒品。她在家庭中得不到温暖，在爱情中追寻不到永恒，在友情上也得不到真诚的依靠。

杰姆逊曾说，如果说现代主义时代的病状是彻底的隔离、孤独，是苦恼、疯狂和自我毁灭，这些情绪如此强烈地充满了人们的心胸，以至于会爆发出来的话，那么后现代主义的病状则是"零散化"，已经没有一个自我的存在了。在后现代主义中，一旦你感到非爆发出来不可的时候，那是因为你无法忍受自己变成无数的碎片。"零散化"正是吸毒带来的体验；在吸毒中没有任何一个时刻是与其他的时刻联系在一起的，你无法使自我统一起来，没有一个中心的自我，也没有任何身份。[①] 不仅仅是逝去的埃米莉亚，《树的隐秘生活》中男主角胡利安的前女友卡尔拉也有同样的遭遇。"我没有父母，没有家人，我是一个人。"（76）每当有人问起，卡尔拉总是这样回答有关她家庭的问题。她的母亲很早便抛弃了丈夫和女儿去远方寻找某种神秘宗教，她的父亲也已经去世。与胡利安交往的时候，卡尔拉是个没有家人的孤儿。她对未来没有任何规划，学习上没有取得学位的计划，也不想工作。"她唯一想做的就是待在家里听音乐和吸大麻。"（77）生活对她来讲更像是一种任性，依靠定期的遗产收益，物质上她过得很富足。但从她与胡利安的关系上看，她一直都遭受精神的折磨。她逃避与人交往，把自己封闭在家中与世隔绝，胡利安是她唯一的交流对象。

但是在这段关系中，交流显然是不畅的，对于胡利安来说卡尔拉是个奇怪的女人，而胡利安之于卡尔拉也并不是可靠的伴侣。他很少关心女朋友，也不想花心思了解她的想法。卡尔拉处于一种病态的精神状态中："镇静剂与其说是她的嗜好，倒不如说是她必须服用的。"（77）在这段情

[①] 弗雷德里克·杰姆逊，《后现代主义与文化理论》，唐小兵译，北京大学出版社，1997年，第176页。

侣关系中，与卡尔拉截然不同的是胡利安对家庭的态度。在他眼中，没有家庭是卡尔拉的优势，而有父母双亲，有姐姐，以及一大群亲戚则是胡利安的劣势。与卡尔拉在一起是他逃避这些家庭成员的好方法。现如今，很多人装作有家人，他们忙碌于无聊的应酬中，假装自己过着正常的生活，而胡利安则恰恰相反。"很多年来，胡利安一直装作自己没有家人。"（70）此处对家庭成员的否认与小说中胡利安与同学谈及逝者家庭有千丝万缕的联系。这些家庭成员像是胡利安心中无法解开的结，他们的健在不断提醒他自己的父辈在独裁统治时期游离于政治之外的态度。对家人存在的否认也是他无法与父辈和解的证据。"他要逃避平庸，逃避不计其数的、被微不足道的人包围的时光。"（77）

2. 对教育的批判

桑布拉笔下的年轻人在现实生活中因追寻意义失败而产生迷茫、悲观的情绪，一方面，作家把责任归咎于独裁统治的后遗症；另一方面，在几部小说中作家都表现出了对智利教育的不满，并予以抨击。谈到教育问题，桑布拉曾说："教育改革十分必要，教师应该攻占社会上他们应该占领的位置。"[①]《盆栽》中阿妮塔把好友埃米莉亚选择智利大学文学系看作其一时冲动的表现，她知道这绝非埃米莉亚一生的梦想，只是因为当时她正在读某部文学作品。埃米莉亚并没有因为考上了梦想的大学而获得父辈期望的美好未来，而是在混乱的关系中渐渐陷入了深渊。《树的隐秘生活》中就读大学艺术专业的维罗妮卡没能继续学业，在她眼中，她的同学们在大学中得到的仅仅是对学院派话语的虚假模仿。年轻学子们争先恐后地申请各种政府奖学金，是填写表格和恭维评审团的好手，但当资助很快花光后，却又没有任何生存能力。这些自称或者被称作艺术家的青年人只能靠在社区教业余爱好者画画为生。那些更快获得成功的人，则把激情耗在了煞费苦心地迎合时局上，属于处心积虑的一群。个别混入艺术系教师队伍中的青年人，摇身一变成为品评学生作品的评论家，他们充满对真实的不

---

① Torres C., Damaris. "Alejandro Zambra: 'Escribir es salir del plan de redacción, es un dispositivo de libertad'". *Radio U Chile*. 20 de diciembre de 2014. Consultado el 8 de abril de 2017. http://radio.uchile.cl/2014/12/20/alejandro-zambra-escribir-es-salir-del-plan-de-redaccion-es-un-dispositivo-de-libertad/.

屑，在维罗妮卡眼中还不如商业画手更真诚。胡利安则认为人人都在夸张地活着。孩童时期的他是最单纯的，极少夸张；从10岁开始，"他一直致力于夸张事实"（65）；上大学之后，"他成了擅长各种夸张行为的专家"（65）。与维罗妮卡在一起的日子，他们过着不需要夸张的生活，也是他最自在的时候。胡利安不无自嘲地评论他大学老师的工作。他在圣地亚哥的四所大学教授美国文学、西班牙语美洲文学和意大利诗歌，虽然他并不会意大利语。他很想专攻其中一门，但是生存压力让他成为全能型人才。显然对于所教授的课程，胡利安抱着负责的态度认真研读了意大利诸多作家的文学作品：

> 他从来都不是意大利诗歌研究专家，但在智利，不懂意大利语的老师教授意大利诗歌算不上什么严重的事，因为圣地亚哥还有很多不懂英文却在教英文的老师，不会拔牙却在拔牙的牙医，还有体重超标的私人健身教练，以及在课前必须服大剂量抗焦虑药物才能上课的瑜伽教练。（65—66）

对自己大学教师身份的嘲讽勾勒了智利的教育及社会现状，名不副实的社会大环境让智利青年对未来愈加迷茫。造成这种现象的缘由还要追溯到独裁统治时期对这一代人的影响。作家桑布拉在智利国立中学就读时的教育氛围注定让他这一代智利青年徘徊在被束缚、禁锢又急于冲破阻碍的矛盾中。在短篇小说集《我的文档》开篇的同名小说中，作家说他于1988年3月进入国立中学就读，民主时期与他的青春期同时到来。"青春期倒是真的，民主就未必了。"（21）事实上，智利恢复的民主制面临巨大阻碍：时时警惕的军队由死不悔改的皮诺切特统帅，一个亲军队的司法部门，一个右派统治的参议院，左派和右派星星点点的恐怖主义活动，以及过去侵犯人权事件如何处理这种具有爆炸性的问题——这个问题具有点燃军民冲突的潜在危险。[1] 中学时代的教育是趋同的，学校派有军人代表严格管理学生。《国立中学》是《我的文档》中专门讲述作家中学阶段的短篇。这

---

[1] 托马斯·E. 斯基德莫尔、彼得·H. 史密斯、詹姆斯·N. 格林，《现代拉丁美洲》，张森根、岳云霞译，当代中国出版社，2014年，第329页。

所中学被誉为智利最好的学校，学生们整齐划一，老师按照学号称呼学生，同学只是一个个数字代码。老师对刚入校的学生灌输这所学校是他们今后进入上层社会的敲门砖。但在作家笔下，没有对老师任何正面的评价，"老师"不过是徒有其头衔的傀儡。老师不谈论政治只灌输知识，高淘汰率迫使学生屈从于学校的教育。学校里虽然有来自智利各阶层的孩子，但是教育于他们显然是不平等的。那些军事首领的孩子享有优渥的家庭环境，老师给出身高贵的学生开着小灶。教育在这所学校向上层社会倾斜，平民阶层的孩子难有容身之所。国立中学曾出过多位智利总统，但学校却刻意略去了萨尔瓦多·阿连德的名字。在最优质的学校，有着智利数一数二的老师，但教育出来的却是概念模糊的"男子汉"，"有时象征着勇气，有时却代表着冷漠"（《我的文档》107）。

桑布拉的小说对智利青年的描写很多出自作家的亲身经历。《盆栽》中胡里奥与埃米莉亚分手后生活十分拮据，毕业于智利大学文学专业的他靠打零工度日。租住在简陋的地下室，在嘈杂的环境中写作，他观察到的是处在同样状况下的人群。桑布拉本人在大学毕业后也是靠打工勉强度日，在陋室、蜗居中坚持文学创作。作为智利国立中学的学生，他并没有成为老师规划的智利上流社会中的一员，他选择的文学专业也曾遭到家人的反对。桑布拉的执着体现了他对智利教育现状的不妥协，虽然毕业后他的处境很长时间与小说中的人物十分相似，但正是这份坚持让他最后成为智利当代知名的青年作家。《树的隐秘生活》中女孩丹妮拉的存在是作家预见未来的一个出口。叙述者对丹妮拉今后几十年人生的洞见是作家眼中现在或未来的样子，对丹妮拉的描写也是智利社会变化的缩影。胡利安想象丹妮拉如何介绍自己的家庭：首先她会回答生父与生母的职业，而至于他这个继父，到了丹妮拉这一代，几乎所有的孩子都有继父或者继母，有时候甚至不止一个。对于这些生命中陆续出现的家人，有些人留下了印记，而有些则出现又消失了。显然丹妮拉算是幸运的，因为她只有一个继父，这说明她的生活很稳定。此处的描写有些讽刺意味却又道出了当代社会的现实。

以婚姻关系构建的家庭单位在当今社会越来越不稳定，从桑布拉笔下年轻人的婚姻现状也可以看到这一现象在当代的蔓延。然而，离婚在桑布拉父辈那一代还是极少的个例。《回家的路》中男孩得知珂罗蒂雅父母分居后很为朋友感到难过，因为在他的小伙伴中只有一个同学父母分居，在男孩看来这是种耻辱。到了作家这一代,阿妮塔与维罗妮卡这样年轻的离异母亲成了为数不小的群体,也就是说,桑布拉这一代年轻人正遭受着日益严重的婚姻危机。在这场危机中,孩子也成为直接受影响的一方。《树的隐秘生活》中女孩丹妮拉的遭遇就属于桑布拉晚辈的故事,其母亲维罗妮卡的下落不明,更像是作家有意虚化的事实,留下了无尽的可能性。这些可能性正是当代青年人正经历的多样人生、婚姻和家庭的选择。由于是对未来生活的设想,叙述者更多以当今智利社会现状为依据,惯性地预测了丹妮拉的将来。大学里她会学习心理专业,原因是在一段时间里心理医生是个有前途的职业。然而,由于瑜伽和灵性大师带来了新时尚,心理医生很快"下线"。在丹妮拉还在大学读书的时候,就已经看到未来工作希望的渺茫。一毕业即失业,她成了众多智利失业大学生中的一员。至于爱情,丹妮拉的恋爱体验也在延续父辈的命运。她会有位叫埃内斯托的男友,同是年轻人,他不得不为生计奔波,而丹妮拉对男友经常出差的状态十分不满,这段恋情很快将以和平分手收场。感情上她与父辈拥有同样的缺憾。"相爱是为了停止爱其他人,停止相爱是为了爱其他人,或者是为了保持单身状态,暂时单身或是永久单身。这就是生命的定律,唯一的定律。"(105)当然,丹妮拉的未来仅仅是作家的一种预测,小说结尾来到第二天清晨,胡利安带着丹妮拉去上学。读者可以理解为故事情节从一整晚的虚构与臆测回到了现实生活。丹妮拉依然是个 8 岁的孩子,她的未来还要等十几年甚至更长的时间才能真正到来。叙述者对于其未来的构想带有一些悲观甚至宿命论的揣测,但同时也抱有某种希望。如《树的隐秘生活》中所述:"未来是丹妮拉的故事。"(103)生命不断轮回又不断演变、更新,丹妮拉正是未来的希望。

第四节　桑布拉小说:"文学爆炸"的继承与反叛

一、桑布拉:拉美本土作家代表

21 世纪智利涌现了大批新作家,随着世界文学的潮流而动,智利小说创作题材也日益丰富。智利小说家、诗人埃尔南·里维拉·莱特列尔(Hernán Rivera Letelier)也擅长中篇小说创作,2009 年出版的《电影女孩》篇幅极短，类似宣传手册。主角是一位擅长表演、说唱电影的矿区女孩。小说通过她的故事展现了智利矿区人民的家庭生活，让读者思考其背后揭露的社会现状。《电影女孩》虽篇幅短小，但不能将其风格定义为极简。小说中莱特列尔并没有刻意规划叙事形式，而是按照传统线性手法讲述故事。简单的人物和短小的故事却也道出了作家渴望展现的荒原景象。专栏作家毛尖在此书中文版的序言中说，莱特列尔真正体现了南美小说的大气和淡定。这是经历过魔幻小说爆炸洗礼后的文学品质，岁月之长和时间之短熔于一炉，生活之惨和人生之美同一天地。① 智利作家及其他拉丁美洲小说家均有中篇小说问世，但在本书中仅仅将桑布拉的文学创作以极简风格论述，凸显他通过后现代手法将小说的内容与形式结合，创建的多主题、多视角下的多层次叙事特征。

悬疑小说在世界各地盛行的同时，智利的侦探文学创作也十分繁荣。罗伯特·安布埃罗（Roberto Ampuero）的系列侦探小说已被译成多国文字，其中《斯德哥尔摩情人》（*Los amantes de Estocolmo*，2003）、《希腊激情》（*Pasiones griegas*，2006）与《聂鲁达的情人》（*El caso Neruda*，2008）已被翻译成中文。《斯德哥尔摩情人》与桑布拉的小说在创作手法上有相似之处，都有元小说叙事痕迹。侦探故事中加入的大量叙事议论使小说情节更加扑朔迷离。故事讲述了移居斯德哥尔摩的一对智利夫妇的生活。与加勒比海的炎热形成强烈反差的波罗的海沿岸不仅气候寒冷，周遭冷漠的邻里关系也让这对拉美夫妇很不适应。故事发生在20世纪末，虽然智利已经恢复民主十年有余，但军事政变的影响依然存在。独裁统治期间女主人公马赛拉的父亲曾在军队任职，进入民主时期后，曾经指挥他的最高首领得以逍遥法外，他和家人却被众人唾弃，马赛拉被当作刽子手的女儿不得不移居海外。男主人公克里斯托瓦的父亲因为没有反对独裁统治而被排除在新的领导阶层之外，他的子女也因此没有好的出路。由于不同的政治原因走到一起的男女主人公在异国他乡艰难度日。这对夫妇主动"流亡"的被动状态是对智利政治现状的妥协与无奈的体现。

在瑞典，夫妻俩无意间卷入的一起谋杀案构成了小说的侦探元素，而

---

① 埃尔南·里维拉·莱特列尔，《电影女孩》，叶淑吟译，人民文学出版社，2012年，序言第3页。

男主人公正在撰写一部侦探小说,于是写作与现实合二为一。克里斯托瓦的作家身份与桑布拉几部小说男主人公的设计不谋而合。《斯德哥尔摩情人》结尾处公开了克里斯托瓦撰写的小说内容,由此揭开了故事中的一些谜团。事实上根本没有发生凶杀案,剧情源自出版商对作品的签约要求;克里斯托瓦对妻子马赛拉出轨的疑心是虚构出的情节冲突;为了制造悬念,现实生活的某些重要细节在小说中被隐瞒了。小说人物克里斯托瓦说自己打算把这一切变成虚构,打算把这些可以度量、可以验证的事件纳入本书的章节里去,打算抹去真实与想象的界限,表明了他对现实的全面冷漠。[①] 安布埃罗在作品中竭力制造迷惑,突出侦探小说的悬疑氛围。桑布拉在《回家的路》中同样揭露了现实生活在文字中的变形,但他通过叙事议论及戏中戏的手法将虚构与现实的关系悬置,避免给出答案。两位智利作家用相似的人物设计、不同的主题表达了自己对文学虚构的理解。元小说在写作中的应用并不鲜见,早在西班牙著名作家塞万提斯的《堂吉诃德》中便出现了人物在故事中提及该部小说的情节,正是这样的手法让这部作品成为现代小说创作的里程碑。当代小说创作也越来越多采用元小说手法,打破虚构与现实的界限,彰显了后现代背景下的不确定性。

值得一提的是,安布埃罗本人曾在德国居住十数年,后定居美国。海外经历使其文学创作的焦点分布在世界各地。安布埃罗的小说带着侦探故事的外壳,但是内容有对智利社会政治的映射。众多旅居海外的作家创作的一大特色即从外部视角观察智利乃至拉美本土。阿里埃尔·多尔夫曼(Ariel Dorfman)也是当代智利文学海外创作的代表。1998 年多尔夫曼发表长篇小说《往南,望北》(*Rumbo al sur, deseando el norte*),2012 年中文译本由明天出版社出版,是余华推荐系列中的一部。余华这样说:

> 1973 年 9 月 11 日,智利军队造反了,萨尔瓦多·阿连德总统头戴钢盔战死在总统府。我 13 岁,在当时的《参考消息》上读到这个至今令我难忘的事件。现在读到阿里埃尔·多尔夫曼的《往南,望北》时感慨万端,少年时代的模糊记忆在将近四十年

[①] 罗伯特·安布埃罗,《斯德哥尔摩情人》,赵德明译,长江文艺出版社,2005 年,第 214 页。

后竟然清晰了。①

《往南，望北》采用多线叙事手法，作家把家族迁徙的故事与智利政变发生时的亲身经历穿插叙述。语言是故事连接的载体，小说的副标题名为"一段双语旅程"。作为犹太人后裔，多尔夫曼的经历十分复杂。父母20世纪初从东欧移民到拉美，这个世代迁徙的家族渴望安定的生活，然而无论是父辈还是晚辈都受到命运的捉弄，没有逃出辗转迁移的轮回。多尔夫曼出生在阿根廷首都布宜诺斯艾利斯，西班牙语是其母语。然而由于政治原因，他的父亲不得不逃离阿根廷，多尔夫曼随父母移居美国。寒冷的纽约与炎热的布宜诺斯艾利斯形成对比，此处有关气候的反差在安布埃罗的《斯德哥尔摩情人》中也有描述。拉美湿热的气候特征成为一种身份认同，与之相对的则是"流亡地"寒冷的天气及"流亡者"受到的冷遇。两岁的多尔夫曼在抵达纽约时患上了肺炎，不得不与父母隔离住进了医院。医生和护士说着他听不懂的语言，无所适从的孩子在出院后选择了一种极端的方式逃避现实。从那一刻起，他固执地、坚定地、始终不渝地拒绝用生来就说的语言说一句话。他十年没有说过一句西班牙语（34）。萨义德（Edward W. Said）曾说，文化不但不是一个文雅平静的领地，它甚至可以成为一个战场，各种力量在上面亮相，互相角逐。② 慢慢地，英语驻扎进多尔夫曼的心，语言成为融入美国生活最好的敲门砖。同时，美国梦和美国文化不断影响着这个阿根廷男孩。

冷战时期信奉马克思主义的多尔夫曼的父亲又一次因政治原因不得不逃离美国，这一次他们到了智利。西班牙语逐渐渗透到他的生活中，很快他可以自如地应用英语和西班牙语。在这期间，多尔夫曼逐渐认识了智利和拉丁美洲，他加入智利国籍，参加了阿连德的政党，并在大选胜利之后在政府供职。然而，1973年的军事政变让他被迫流亡，而帮助他脱困的竟然是他熟练的英语。他是阿连德政权胜利与失败的见证者，《往南，望北》这部小说便是在作家的经历及智利政治危机的双线叙事中完成的。语言是

---

① 阿里埃尔·多尔夫曼，《往南，望北》，张建平、陈余德译，明天出版社，2012年，封底。
② 爱德华·W. 萨义德，《文化与帝国主义》，李琨译，生活·读书·新知三联书店，2003年，前言第4页。

每段故事的切入点，也是命运的转折点。多年之后，多尔夫曼与家人在美国流亡，他们的孩子经历了同样的困境，晚辈只想留在美国，而父辈们却一心想回智利。

《往南，望北》带有自传体性质，同时也具有时政小说特征。在写作手法上，双线叙事的技巧让读者时而体验政变时紧张的气氛，时而又回到娓娓道来的家庭生活。作家的经历也代表了智利当代文学创作的现状，即当初流亡海外的作家在智利恢复民主后，虽然重获返回祖国的机会，却因在外多年的漂泊，智利早已变成了异乡。勃兰兑斯（G. Brandes）曾说流亡文学是一种表现出深刻不安的文学。① 多尔夫曼出生在南美洲，童年在美国度过，青少年又回到南美，最后又定居美国的经历正切合了小说的题目——去往南方，却望向北方，彰显了作家矛盾的心理。西班牙语与英语间不断切换的双语旅程也体现了语言作为身份认同带来的困扰与迷惑。作家认为一个俘虏的最后结局总是成为别人的语言的俘虏。② 相较于桑布拉的小说，多尔夫曼的作品在形式上的追求显然不够大胆，双线叙事更像"文学爆炸"时期的结构现实主义手法。20 世纪 40 年代初出生的多尔夫曼使用与"文学爆炸"时期贴近的叙事手法不足为奇。亲历政变的他属于桑布拉的父辈，见证者的身份让他获得最直接的经验。在大众眼中，他才是最有资格书写那段历史的人。多尔夫曼小说中对历史的描写更加直接与趋近真实，而桑布拉的小说则避免直接谈论政治，将话题融入当代青年生活中，其对政治衍生后果的书写凸显了新的时代特征。

近年来罗伯特·波拉尼奥成为智利文学创作的标签式人物，也让世人开始更多关注智利的小说创作。智利著名作家豪尔赫·爱德华兹曾说波拉尼奥的小说是文学中的文学。③ 多年旅居海外的经历让他的小说带有世界主义特征，他写作的焦点集中在拉美大陆但同时也有对全世界时局的关注。罗伯特·波拉尼奥在其作品中展示了一种跨越地区、种族、性别、阶

---

① 格奥尔格·勃兰兑斯，《十九世纪文学主流——第一分册流亡文学》，张道真译，人民文学出版社，1980 年，第 201 页。
② 阿里埃尔·多尔夫曼，《往南，望北》，张建平、陈余德译，明天出版社，2012 年，第 49 页。
③ Edwards, Jorge. "Los detectives salvajes". La Segunda. Santiago：Talleres El Mercurio，8 ene. 1999，p13。

层、心怀全人类的悲悯。① 他把自己归为拉丁美洲作家而不仅仅属于智利，甚至说自己是"全球公民"②，认为他的小说是对全世界人类生存命运的思考。21世纪初才刚刚开始小说写作的桑布拉被认为是创作风格与波拉尼奥十分相近的青年一代作家，这对他来说是一种褒奖与肯定。但他与波拉尼奥相差22岁，处在不同的时代，与波拉尼奥在墨西哥和西班牙长期居住的经历不同，桑布拉文学作品的视线更多集中在智利，关注国内的社会生活。

谈及智利当代文学，"麦孔多一代"（McOndo）作家的代表人物阿尔贝特·弗戈特（Alberto Fuguet）也有自己独特的风格。出生于"文学爆炸"时期，创作于20世纪90年代的这一代作家渴望拥有自己的文学天地，不再受"文学爆炸"时期作家和作品的影响。他们不愿在欧美文学市场被标签化，也不想打着异域风情的招牌吸人眼球。他们期待突破"马孔多时代"，即"文学爆炸"时期的经典代表作《百年孤独》的故事发生地，戏谑地称自己为"麦孔多一代"。因为在全球化大背景下，他们被麦当劳、苹果手机和苹果电脑所包围。这一代作家的创作带有"去疆域化"的特征，与同时期墨西哥的"断裂一代"相似，其中很多作家有混血血统，或者如弗戈特一样曾在美国或国外度过童年。他们接受的是西式教育，作品大多不再以拉丁美洲大陆为主要元素，且不突出政治立场或意识形态。音乐与电影等流行元素，以及性、毒品、暴力等话题是其作品的重要主题。总之，他们是属于流行世界的创作群体。

桑布拉比"麦孔多一代"作家还晚出生十年，虽然同样受到全球化进程的影响，但桑布拉的作品更本土化。他的小说描写的是智利青年一代，他本人也没有在欧美长期生活的经历，作家认为自己的小说"很智利"。③ 他笔下的智利小镇、智利的教育体系、以地震为代表的智利突出的自然特征、智利人对民主满怀期待又充满怀疑的态度，以及离开智利的人

---

① 晏博，《西方社会危机意识的文学图像——智利作家罗贝托·波拉尼奥长篇小说〈2666〉解析》，北京外国语大学，2015年，第118页。

② Fernández Santos, Elsa y Roberto Bolaño. "El chileno de la calle del loro". *Paula* 782（1998）：88.

③ Maristain, Mónica. "Alejandro Zambra: 'En Santiago de Chile, vivía en un cementerio'". *MDZ OnLine*. 18 de julio de 2017. Consultado el 25 de marzo de 2018. https://www.mdzol.com/nota/744528-alejandro-zambra-en-santiago-de-chile-vivia-en-un-cementerio/.

渴望回归又无法融入的现状都是他对智利最内在的书写。作为本土作家，桑布拉始终在内部看智利。美国与欧洲等发达国家带来的世界同质的过程正是桑布拉这代智利青年所经历的，有些人放弃了理想、抱负或信仰选择离开，留下的人是不是也蠢蠢欲动不得而知。但可以肯定的是，桑布拉的本土青年作家身份是现在拉美文学创作中难能可贵的。他的小说以拉丁美洲为主题是对"文学爆炸"的一种继承，但他更渴望的是超越"文学爆炸"时期甚至是对其进行反叛。

二、拉美文学的希望：超越"文学爆炸"

谈论当代拉丁美洲小说创作，不得不谈及曾轰动一时的拉美"文学爆炸"。20世纪50年代，拉美小说创作在先锋运动的影响下逐渐开始在叙事语言、结构及手法上寻求创新与突破。20世纪60年代，魔幻现实主义、结构现实主义、心理现实主义等文学运动应运而生，形成了拉丁美洲的"文学爆炸"时期。中国读者熟悉的加西亚·马尔克斯是该时期的代表作家。那一时期，拉美文学被看作一个整体，"爆炸"一词形容当时拉美小说的销量呈井喷式爆发。商业手段推动了文学作品的销售，但不可否认的是"文学爆炸"让精彩的拉丁美洲小说如今已经牢牢地在全世界站住了脚。[①] 拉丁美洲的"文学爆炸"可以被认为是文学商业化的成功范例，时至今日，当时的代表作家的作品依然不断被再版发售。智利因为特殊的历史背景，在恢复民主后加速了商业化的进程。"上世纪90年代智利已经出现了文学融入市场化的趋势，智利的文学创作开始带有个人主义色彩以及职业化倾向。"[②]

文学市场化是硬币的两面：一方面为读者创造了阅读更多优秀书籍的机会，另一方面也加大了市场对文学作品内容与质量的主导性。爱德华多·拉巴尔卡（Eduardo Labarca）曾批评说文学出版商、出版社、广告商等决定着书的题目、内容、篇幅及风格，现在的书籍唯一遵循的原则就是

---

① 何塞·多诺索，《文学"爆炸"亲历记》，段若川译，云南人民出版社，1993年，第104页。
② Lillo C, Mario. "La novela de la dictadura en Chile". Alpha. 2009, n.29, p.46.

迎合读者的喜好，彻头彻尾变成了商品。① 如今，"畅销书"现象也在世界范围受到了广泛关注，拉美也不例外。拥有美国国籍的智利女作家伊萨贝尔·阿连德被认为是"文学爆炸"后小说家代表。她于2004年当选美国艺术文学院院士，2010年获得智利国家文学奖。近年来，她不断挑战小说新题材，从最初的魔幻现实主义到时政小说、侦探题材再到平行写作等。"她是位超级销售冠军，作品销售的册数达6500万册，并被翻译成35种文字。"② 然而，对于这位智利女作家的评价褒贬不一。尽管她作品的销售量毋庸置疑，但是有批评家认为她的作品是纯粹的商业文学，她个人完全是为了商业目的写作。波拉尼奥对她的批评十分直接，认为："伊萨贝尔·阿连德是个差劲的作家，或者都不能算是作家，只能是个写手。"③ 在桑布拉眼中，她的作品纯粹为了迎合市场，人们喜欢什么她就写什么，专注于市场的畅销题材。但是，不可否认的是这样的作家拥有广大的读者群，她的作品甚至是桑布拉母亲喜欢阅读的书籍。但显然那些畅销书并非桑布拉的喜好，他更喜欢那些不去取悦大众的作家。④

对于波拉尼奥现象，也有评论说他是人为制造的"神"，其在美国市场大获成功是美式商业运作的成果，而这种"神"一级别的标签塑造，能与波拉尼奥现象媲美的只有加西亚·马尔克斯的《百年孤独》。⑤ 纽约时报（*The New York Times*）和华盛顿邮报（*The Washington Post*）将《荒野侦探》列为2007年度十佳小说；《2666》得到了"国家图书批评奖"；时代

---

① Labarca, Eduardo. "Cómo escribir un *bestseller* en el siglo veintiuno". *Literatura chilena hoy*: *La difícil transición*. Madrid: Frankfurt/Main, 2002, p. 442.

② Tagarro, Ana. "Isabel Allende: ¡Las veces que he tenido amante ha sido rebueno!". *Revista XL Semanal*. el 24 de mayo de 2015. Consultado el 26 de septiembre de 2017. http://www.finanzas.com/20150524/magazine-portada-isabel-allende-8482.html.

③ Herralde, Jorge. "Vida editorial de Roberto Bolaño". *Para Roberto Bolaño*. Barcelona: Acantilado, 2005, p. 35.

④ Basavilbaso, Teodelina. "El chileno Alejandro Zambra escribe la novela que creía que no escribiría". *Fronterad*. 19 de junio de 2014. Consultado el 9 de abril de 2017. http://www.fronterad.com/?q=chileno-alejandro-zambra-escribe-novela-que-creia-que-no-escribiria.

⑤ Tarifeño, Leonardo. "Bolaño: la construcción de un mito". *La Nación*. 19 de septiembre de 2009. Consultado el 31 de enero de 2017. http://www.lanacion.com.ar/1174729-bolano-la-construccion-de-un-mito.

周刊（Time）将《2666》评选为年度小说。毫无疑问，波拉尼奥处在一个市场化的时代，尤其是他去世后，其作品得到了大量的宣传和译介。围绕波拉尼奥充斥着各类消息，各出版代理商都想尽办法挖掘他的遗作，波拉尼奥成为拉丁美洲文学的一个全球现象。当今社会，文学的推广似乎已经离不开商业运作。如果没有小说的版权售卖与翻译，一部文学作品无法在世界各地传播，也无法为广大读者熟知。上文中谈及的众多智利作家都曾经是销售冠军。《斯德哥尔摩情人》让安布埃罗成为当年的智利最畅销作家；莱特列尔的《电影女孩》中文封面上赫然写着"2009 年智利畅销书排行榜第一名"。拉美文学作品近年来在国内翻译成果颇丰，智利当代文学作品的译介也不断出新。诺贝尔文学奖获奖诗人米斯特拉尔及聂鲁达的诗歌作品、"文学爆炸"时期代表作家多诺索的小说、"文学爆炸"后代表人物伊萨贝尔·阿连德及斯卡尔梅达的小说在我国均有中译本。值得一提的是，波拉尼奥的小说几乎全部被翻译成了中文，他的诗歌作品《未知大学》(La universidad desconocida, 2007) 也于 2017 年 8 月推出，中文市场的开拓是拉美小说商业运作成功的标志。

但是，无论是国内还是国外对于拉美文学的认知仍停留在"文学爆炸"时期，人们谈论最多的是《百年孤独》，"魔幻"与"孤独"成了吸引眼球的噱头，却鲜有人真正了解其背后书写的是一部拉丁美洲百年苦难史。就连加西亚·马尔克斯本人也无法逃脱《百年孤独》带来的阴影，无论其后续作品如何，都会被评论无法与之相比。再达到这种程度的宏伟壮丽肯定会是一件极其困难的事情，也会使他感到乏味，当然，也会感到害怕。① 郑书九认为，拉丁美洲小说创作在 20 世纪 70 年代初达到巅峰之后逐渐走向低谷，进入了"转折期"。但是，拉丁美洲"文学爆炸"高潮后的这种"沉寂"也未必不是一件好事，它实际上是拉美次大陆叙事文学的一个新的积累孕育期。一批新人逐渐崛起，现实主义在新的形式、新的观念下"复辟"，创新成为拉丁美洲叙事文学发展的主流，也形成了"文学爆炸"后新的繁荣。②

---

① 何塞·多诺索，《文学"爆炸"亲历记》，段若川译，云南人民出版社，1993 年，第 99 页。

② 郑书九，《从"文学爆炸"到"爆炸后文学"》，《拉丁美洲"文学爆炸"后小说研究》，商务印书馆，2013 年，第 16 页。

作为拉丁美洲新一代小说家，桑布拉不喜欢把自己与"文学爆炸"或是"文学爆炸后"等概念联系在一起。多诺索曾表示"文学爆炸"时期的重要作家已经渐渐失去了光彩。[1] 波拉尼奥则把那一时期的作家群体称为"陈旧的，布满蛛网的私人俱乐部"[2]。桑布拉也持有同样的批判态度，认为那些作家的创作已经过时了，更不想借用他们的光环。桑布拉希望通过创新让拉丁美洲文学有新的作品征服世界。实际上，对"文学爆炸"的反叛亦是对它的继承。"文学爆炸"时期的小说之所以能够为大众所认可，很重要的一方面在于拉美作家对叙事手法的创新。新的形式加之拉美大陆特有的故事让人眼前一亮，读者开始注意到拉美文学的独特魅力。桑布拉对小说形式创新的追求正是继承了"文学爆炸"时期的拉美文学特色。此外，"文学爆炸"与20世纪50年代末古巴社会主义革命息息相关，当时的众多知识分子空前团结，是左翼运动的拥护者。那一代作家具有强烈的社会责任感，拉美本土故事是"文学爆炸"时期文学创作的主要方向。诺贝尔文学奖得主危地马拉作家米格尔·安赫尔·阿斯图里亚斯（Miguel Ángel Asturias）把拉丁美洲的小说视为"时代的见证"，认为它使用的都是美洲的材料，因此成为我们所处的历史时代的人类见证。[3] 可见，"文学爆炸"时期的小说能够引起世界关注与其本土书写是分不开的。

值得注意的是，"文学爆炸"时期的作家曾经因政治共识走到一起，后却又因不同的政治倾向而分道扬镳。智利当代作家也因政治身份不同在文学创作中表现出不同的立场。如今，智利是拉丁美洲经济最为稳定、发达的国家之一，人民也享有较高的社会福利。近些年，以智利首位女总统巴切莱特代表的中左翼政党及由皮涅拉（Sebastián Piñera）代表的右翼政党经过激烈的大选竞争呈现了轮流执政的态势，这一重要信息说明智利在不断巩固民主制度。在《回家的路》尾声，叙述者记录了2010年智利总统大选时激烈的竞争场面。右翼党派候选人皮涅拉形势更为有利，

---

[1] 何塞·多诺索，《文学"爆炸"亲历记》，段若川译，云南人民出版社，1993年，第95—96页。

[2] Castellanos Moya, Horacio. "Sobre el Mito Bolaño." *La Nación*. 19 de septiembre de 2009. Consultado el 4 de febrero de 2017. http://www.lanacion.com.ar/1176451-sobre-el-mito-bolano.

[3] 阿斯图里亚斯，《拉丁美洲的小说——时代的见证》，笋季英、刘习良译，《我们的时代——流亡者文丛·散文卷（B）》，贵州人民出版社，1999年，第21页。

"我"显然希望中左翼党派获胜,因为如果右翼上台,"我感到恐惧。看得出,我们的回忆就这样丢失"(113)。最终,皮涅拉获胜,成为智利恢复民主后第一任右翼党派的总统。现实中的桑布拉声称自己是"半个"智利中左翼党联盟成员,他说自己不喜欢智利从前发生过的事情,但现在发生的事让他更加不悦。桑布拉父亲在评论儿子的小说时曾说他不认为儿子在书中表现了对父辈的不满,也否认自己应当对那一时期的政治态度负责。他认为如果像儿子书中描写的那样去关注时局,今天的桑布拉根本不可能享受现在的平静生活。① 父亲的话印证了小说中"我"的父辈所说的至少现在的晚辈都是幸存者的话。本书不打算探讨智利党派孰是孰非,但无论是作家桑布拉本人还是他创作的文学作品都表现了他对智利政治时局的深切关注。

上文提及的智利作家安布埃罗曾经是左翼党派的拥护者,但后来选择退出转而支持右翼政党。2011 到 2014 年,他在皮涅拉执政期间任驻墨西哥大使和全国文化艺术委员会主席。随着皮涅拉在新一轮总统大选中获胜,2018 年 3 月安布埃罗开始担任智利外交部部长,并于 9 月到访中国。在智利,作家和艺术家通常很少担任政治职务,但有着强烈的政治责任感,这通常鲜明地表现在他们的作品中。② 虽然在担任政治职务上安布埃罗是个例外,但其文学创作也表达了他对智利政治社会的看法。《斯德哥尔摩情人》中指出,在智利有些昨天还是被迫害的人,今天就与军人妥协了(62)。男主人公曾经是坚定的左派青年,但在现实面前他逐渐意识到当年的军事政变与左派过于激进的行动不无干系,于是他成为变节分子。小说中晚辈因父辈的牵连在左派掌权的民主时期遭受不公正的待遇,是安布埃罗提供的另一看待智利政治的视角。多尔夫曼也曾经是阿连德的追随者,他撰写的反对新殖民主义的《怎样阅读唐老鸭》(*Para leer al Pato Donald*,1971)曾是 20 世纪 70 年代拉美畅销的散文集。知名乌拉圭作家爱德华多·加莱亚诺(Eduardo Galeano)曾说拉丁美洲是一个血管被切开

---

① Fluxá N, Rodrigo. "Formas de entender a Zambra". *Revista Sábado de El Mercurio*. 16 de julio de 2011. Consultado en 2 de marzo de 2017. http://diario.elmercurio.com/detalle/index.asp?id={826d1698-030f-439c-9d25-b7fcb1d3f8b6}.

② 约翰·L. 雷克特,《智利史》,郝名玮译,中国大百科全书出版社,2009 年,第 131 页。

的地区。自从发现美洲大陆至今,这个地区的一切先是被转化为欧洲资本,而后又转化为美国资本,并在遥远的权力中心积累。① 多尔夫曼在《往南,望北》中曾谈到拉丁美洲物华天宝,而大多数人民却在贫穷、苦难和邪恶的枷锁下呻吟,贫穷、苦难和邪恶成为他们无法抗拒的归宿(155)。然而,在智利政变后流亡的日子里,他辗转回到儿时生活的美国,并最终决定留在那里成为美国公民,且不再想重回智利。

有评论曾指出拉美远离国内的小说家是一种"没有根基的世界主义"②。桑布拉以内部视角看待智利社会问题,是对"文学爆炸"时期作家社会责任感的继承,而他追求的更是突破"文学爆炸",通过对小说形式的创新寻求超越。事实上,"文学爆炸"也是西方工业化所带来的一系列价值观的危机在文化领域的反映。③ 当今社会对青年人的冲击更加剧烈,桑布拉在后现代语境下通过解构、元语言和碎片等形式力图反叛"文学爆炸"时期以"现实主义"为突破的小说创作。拉美文学需要新的声音,多诺索早已表达了"文学爆炸"给拉美文学带来的负面影响,曾说加西亚·马尔克斯的盛名几乎使哥伦比亚的其他小说完全失去光彩。④ 桑布拉所做的正是打破"文学爆炸"的阴影,寻求拉美文学的新突破。此处所指的并不是在销售量或是知名度上的超越,不是吸引眼球更不是哗众取宠,而是指拉丁美洲文学摆脱"文学爆炸"的阴影,发出自己独特的声音。

---

① 爱德华多·加莱亚诺,《拉丁美洲:被切开的血管》,王玫等译,人民文学出版社,2001年,序言第2页。
② 何塞·多诺索,《文学"爆炸"亲历记》,段若川译,云南人民出版社,1993年,第49页。
③ 郑书九,《从"文学爆炸"到"爆炸后文学"》,《拉丁美洲"文学爆炸"后小说研究》,商务印书馆,2013年,第15页。
④ 何塞·多诺索,《文学"爆炸"亲历记》,段若川译,云南人民出版社,1993年,第50页。

结　语

> 我们为文字苦恼，我们这些作家。文字有所表。文字有所指。文字是箭。插在现实的厚皮上的箭。
>
> ——苏珊·桑塔格[①]

第一眼看上去，它是如此简单，然而，事物从来不像它们看上去那样简单。[②] 这段美国艺术评论家霍尔·福斯特（Hal Foster）对极简主义的评价与米兰·昆德拉的观点不谋而合。昆德拉说简化的蛀虫一直以来就在啃噬着人类的生活，小说也受到了简化的蛀虫的攻击。蛀虫不光简化了世界的意义，而且还简化了作品的意义。[③] 此段话针对在全世界范围扩大的媒体传播对于人类社会乃至文学创作所造成的影响有感而发。然而，昆德拉同时也表明小说的精神是复杂性。每部小说都在告诉读者事情要比他想象的复杂。[④] 简化背后蕴含着复杂，而桑布拉小说的极简更多是一种风格，不是创作目的。他的小说在叙事中常省略事实，但从片段与看似无意义的叙述中读者可以窥见当代青年的日常，进而了解政治与社会变迁对他们造成的影响。他的小说夹杂了对其他文学作品的阅读、引用，与自身创作相互呼应，多种互文关系增加了小说内容的广度与深度。创作中采用的元小说形式引导读者探究内容的同时主动思考文学创作的内涵。几部小说

[①] 苏珊·桑塔格，《同时：随笔与演说》，黄灿然译，上海译文出版社，2009年，第149页。

[②] 哈尔·福斯特，《实在的回归：世纪末的前卫艺术》，杨娟娟译，江苏凤凰美术出版社，2015年，第46页。

[③] 米兰·昆德拉，《小说的艺术》，董强译，上海译文出版社，2004年，第23-24页。

[④] 同上，第24页。

中男主人公的作家身份、戏中戏及小说中的小说的写作手法让叙事呈现多层次的主题。从虚构到现实再回到虚构的无缝衔接打破了文学虚构与现实生活的界限。互文性、元小说与碎片是十分明显的后现代文学写作特征。"后现代小说的出现伴随的一个重要特征即历史小说的终结以及鸿篇巨制走下神坛。"[1] 虽避免对历史描写的鸿篇巨制,但是后现代并非拒绝描写历史。"后现代艺术需要与过去对话,因为正是意识到过去的重要性,才能保障其延续性。"[2] 桑布拉的作品用后现代的创作手法讲述历史,使历史碎片化,其中虚构与真实的交织体现了小说创作的绝对自由,同时也以作家的方式还原了历史。当然,并不能简单地把桑布拉的小说仅仅归纳成后现代创作。后现代主义成了一个包罗万象的术语。后现代主义风格不存在单一性。[3] 后现代是一种大的文化背景,大多后现代理论家也不急于把文学形式定义为某种固定概念。热奈特曾说希望自己提出的一套叙事术语,在明天将变成最土里土气的词语,被扔进诗学包装物的垃圾堆。[4] 本书也尽量避免标签化,着力于发现桑布拉叙事文学创作中的特殊性。

在当代文学创作实践中,小说家们总是倾向于避开那些已经成为"小说"创作公式的技巧和成规。[5] 桑布拉的文学创作在追求形式创新的同时还保留了政治书写的传统。他是近些年致力智利本土文学创作的作家,他的小说避免直接描述事件而更看重事件的衍生结果。桑布拉出生在智利独裁统治正酣之时,他们这一代在特殊的政治环境下成长。他们被父辈剥夺了发言的权利,也不被新一代年轻人所接受。父辈眼中桑布拉这一代人不可能、不应该也没有资格对那段历史品头论足,因为他们当时还是孩子。孩童的他们不曾为了反抗独裁统治浴血奋战,也未曾亲眼看到军政府对反

---

[1] Lillo C, Mario. La novela de la dictadura en Chile. *Alpha*. 2009, n.29, p.47.

[2] Garrigós, Cristina. "Introducción", en John Barth. *Textos sobre el postmodernismo*. León: Universidad de León. 2000, p.14.

[3] 简·罗伯森、克雷格·迈克丹尼尔,《当代艺术的主题:1980年以后的视觉艺术》,匡骁译,江苏美术出版社,2012年,第35页。

[4] 热拉尔·热奈特,《叙事话语 新叙事话语》,王文融译,中国社会科学出版社,1990年,第187页。

[5] 华莱士·马丁,《当代叙事学》,伍晓明译,北京大学出版社,1990年,第49页。

对派的残酷杀戮,更无法直接感受独裁统治在父辈间传播的种种危机,但幼小的心灵对父辈们讳莫如深的态度十分敏感。大人们隐藏的秘密演变成孩子们私下的游戏,故作神秘的孩童伎俩是对当时政局的间接反映。但是,桑布拉的小说绝不是单纯描写童年故事,他曾说,"我们这代人不能只谈论童年而不谈论独裁统治那件事"①。

　　墨西哥作家卡洛斯·富恩特斯(Carlos Fuentes)认为,在拉丁美洲政治与文学这二者是不可分割的。② 美国知名文艺评论家、作家苏珊·桑塔格(Susan Sontag)在耶路撒冷奖获奖演说中曾说,作家的首要职责不是发表意见,而是讲出真相,以及拒绝成为谎言和假话的同谋。③ 萨义德谈及知识分子的政治立场时也曾说最不应该的就是知识分子讨好大众;总括来说,知识分子一定要令人尴尬,处于对立,甚至造成不快。④ 桑布拉对他这一代青年生存现状的书写是他社会责任感的体现。小说中作家政治立场的鲜明表达与父辈的漠然态度形成强烈对比,勇于表达政治观点是桑布拉所呼吁的,也是他身体力行的。詹姆斯·伍德在《纽约客》(*The New Yorker*)上评论桑布拉时说:"作为一位有社会责任感的天才作家,桑布拉做到了最好。"⑤ 如今,桑布拉自认为对于文学创作他已经不再年轻,因为

---

① Coreaga C, Roberto. "Alejandro Zambra：'Tenía la necesidad de recuperar el paisaje de la infancia y los 80'". *La Tercera*. 23 de abril de 2011. Consultado el 24 de marzo de 2017. http：//diario.latercera.com/2011/04/23/01/contenido/cultura-entretencion/30-66718-9-alejandro-zambra-tenia-la-necesidad-de-recuperar-el-paisaje-de-la-infancia-y-los.shtml.

② 何塞·多诺索,《文学"爆炸"亲历记》,段若川译,云南人民出版社,1993年,第38页。

③ 苏珊·桑塔格,《同时:随笔与演说》,黄灿然译,上海译文出版社,2009年,第155页。

④ 爱德华·W·萨义德,《知识分子论》,单德兴译,生活·读书·新知三联书店,2002年,第17页。

⑤ Wood, James. "Story of my life：The fictions of Alejandro Zambra". *The New Yorker*. June 22, 2015. Consultado el 24 de marzo de 2017. https：//www.newyorker.com/magazine/2015/06/22/story-of-my-life-books-james-wood.

时间是不留情面的。① 2017 年他与墨西哥女作家结婚，有了新的归宿，他们的孩子也已经降生，如今的他成了父辈。在写作中，桑布拉也慢慢开始明白，童年时期觉得成年人"无趣"，是因为他那时并不理解人们对当时的社会怀有恐惧。桑布拉不愿意谈起自己和父亲现在的关系是否还像从前那样一团糟，但他说"人总会回家的"②。或许如《回家的路》中作家预言的丹妮拉的未来生活一般，在某一天，晚辈会阅读父辈的小说，了解父辈的故事，我们期待桑布拉能交出满意的答卷。

---

① Maristain, Mónica. "Alejandro Zambra: 'En Santiago de Chile, vivía en un cementerio'". *MDZ OnLine*. 18 de julio de 2017. Consultado el 25 de marzo de 2018. https://www.mdzol.com/nota/744528-alejandro-zambra-en-santiago-de-chile-vivia-en-un-cementerio/.

② 刘之瑶，《桑布拉：我曾把自己当成没有家人、没有房子、没有过去的人》，腾讯网，http://cul.qq.com/a/20160930/004782.htm，检索日期：2018 年 9 月 12 日。

参考文献

中文著作

阿皮亚，2012. 世界主义——陌生人世界里的道德规范. 苗建华，译. 北京：中央编译出版社.

埃科，2015. 埃科谈文学. 翁德明，译. 上海：上海译文出版社.

安布埃罗，2005. 斯德哥尔摩情人. 赵德明，译. 武汉：长江文艺出版社.

安布埃罗，2008. 希腊激情. 赵德明，译. 北京：人民文学出版社.

安布埃罗，2015. 聂鲁达的情人. 赵德明，译. 上海：上海译文出版社.

巴尔，2015. 叙述学. 谭君强，译. 北京：北京师范大学出版社.

巴塞尔姆，1994. 白雪公主. 周荣胜，等译. 哈尔滨：哈尔滨出版社.

巴什拉，2009. 空间的诗学. 张逸婧，译. 上海：上海译文出版社.

波拉尼奥，2009. 荒野侦探. 杨向荣，译. 上海：上海人民出版社.

波拉尼奥，2011. 赵德明，译. 上海：上海人民出版社.

波拉尼奥，2013. 护身符. 赵德明，译. 上海：上海人民出版社.

波拉尼奥，2014. 地球上最后的夜晚. 赵德明，译. 上海：上海人民出版社.

波拉尼奥，2014. 美洲纳粹文学. 赵德明，译. 上海：上海人民出版社.

波拉尼奥，2016. 遥远的星辰. 张慧玲，译. 上海：上海人民出版社.

勃兰兑斯，1980. 十九世纪文学主流——第一分册流亡文学. 张道真，译. 北京：人民文学出版社.

布斯，2017. 小说修辞学. 华明，胡晓，周宪，译. 北京：北京联合出版公司.

常大利，2013. 世界侦探小说漫谈. 北京：知识产权出版社.

陈戎女，2014. 女性与爱欲：古希腊与世界. 上海：复旦大学出版社.

陈世丹，2010. 美国后现代主义小说详解. 天津：南开大学出版社.

陈晓明，2003. 后现代主义. 开封：河南大学出版社.

程殿梅，2011. 流亡人生的边缘书写——多甫拉托夫小说研究. 北京：中国社会科学出版社.

程锡麟，王晓路，2001. 当代美国小说理论. 北京：外语教学与研究出版社.

查特曼，2013. 故事与话语——小说和电影的叙事结构. 徐强，译. 北京：中国人民大学出版社.

多尔夫曼，2012. 往南，望北——一段双语旅程. 张建平，陈余德，译. 济南：明天出版社.

多诺索，1993. 文学"爆炸"亲历记. 段若川，译. 昆明：云南人民出版社.

费雷拉，2016. 拉美科幻文学史. 穆从军，译. 天津：百花文艺出版社.

费伦，2002. 作为修辞的叙事. 陈永国，译. 北京：北京大学出版社.

弗兰克，等，1991. 现代小说中的空间形式. 秦林芳，译. 北京：北京大学出版社.

弗里斯比，2003 年. 现代性的碎片. 卢晖临，周怡，李林艳，译. 北京：商务印书馆.

福斯特，2015. 实在的回归：世纪末的前卫艺术. 杨娟娟，译. 南京：江苏凤凰美术出版社.

格拉夫，2004. 自我作对的文学. 陈慧，徐秋红，译. 石家庄：河北人民出版社.

哈桑，2015. 后现代转向. 刘象愚，译. 上海：上海人民出版社.

海明威，2012. 午后之死. 殷德悦，译. 郑州：河南文艺出版社.

赫尔曼，2002. 新叙事学. 马海良，译. 北京：北京大学出版社.

赫尔曼，费伦，拉比诺维奇，等，2016. 叙事理论——核心概念与批评性辨析. 谭君强，等译. 北京：北京师范大学出版社.

赫云，2014. 乔伊斯流亡美学研究. 南京：南京大学出版社.

黄哲真，2014. 推理小说概论. 厦门：厦门大学出版社.

霍尔，杜盖伊，2010. 文化身份问题研究. 庞璃，译. 开封：河南大学出版社.

霍夫曼，2002. 现代艺术的激变. 薛华，译. 桂林：广西师范大学出版社.

加莱亚诺，2001. 拉丁美洲：被切开的血管. 王玫，等译. 北京：人民文学出版社.

杰姆逊，1997. 后现代主义与文化理论. 唐小兵，译. 北京：北京大学出版社.

詹姆斯，2001. 小说的艺术 亨利·詹姆斯文论选. 朱雯，等译. 上海：上海译文出版社.

卡佛，2009. 大教堂. 肖铁，译. 南京：译林出版社.

卡佛，2010. 当我们谈论爱情时我们谈论什么. 小二，译. 南京：译林出版社.

凯尔纳，贝斯特，2011. 后现代理论——批判性的质疑. 张志斌，译. 北京：中央编译局出版社.

柯里，2003. 后现代叙事理论. 宁一中，译. 北京：北京大学出版社.

昆德拉，2004. 小说的艺术. 董强，译. 上海：上海译文出版社.

莱特列尔，2012. 电影女孩. 叶淑吟，译. 北京：人民文学出版社.

兰瑟，2002. 虚构的权威：女性作家与叙述声音. 黄必康，译. 北京：北京大学出版社.

朗西埃，2016. 沉默的言语：论文学的矛盾. 上海：华东师范大学出版社.

雷克特，2009. 智利史. 郝名玮，译. 北京：中国大百科全书出版社.

李保杰，2014. 当代美国拉美裔文学研究. 济南：山东大学出版社.

李春辉，苏振兴，徐世澄，1993. 拉丁美洲史稿. 北京：商务印书馆.

李工真，2010. 文化的流亡——纳粹时代欧洲知识难民研究. 北京：人民出版社.

李庆本，2011. 跨文化美学：超越中西二元论模式. 长春：长春出版社.

李庆本，2014. 跨文化阐释的多维模式. 北京：北京大学出版社.

里蒙-凯南，1989. 叙事虚构作品. 姚锦清，等译. 北京：生活·读书·新知三联书店.

林贤治，1999. 被驱逐的人——流亡者文丛·流亡者档案卷（A）. 贵阳：贵州人民出版社.

林贤治，1999. 我们的时代——流亡者文丛·散文卷（B）. 贵阳：贵州人民出版社.

林贤治，1999. 我们的信仰——流亡者文丛·流亡者档案卷（B）. 贵阳：贵州人民出版社.

林贤治，1999. 钟的秘密心脏——流亡者文丛·散文卷（A）. 贵阳：贵州人民出版社.

林贤治，1999. 子夜的哀歌——流亡者文丛·诗歌卷. 贵阳：贵州人民出版社.

刘象愚，杨恒达，曾艳兵，2002. 从现代主义到后现代主义. 北京：高等教育出版社.

龙迪勇，2015. 空间叙事学. 北京：生活·读书·新知三联出版社.

卢卡奇，2013. 小说理论. 燕宏远，李怀涛，译. 北京：商务印书馆.

罗伯森，迈克丹尼尔，2012. 当代艺术的主题：1980年以后的视觉艺术. 匡骁，译. 南京：江苏美术出版社.

洛奇，1998. 小说的艺术. 王峻岩，等译. 北京：作家出版社.

美国《巴黎评论》编辑部，2012. 巴黎评论 作家访谈1. 黄昱宁，等译. 北京：人民文学出版社.

马丁，1990. 当代叙事学. 伍晓明，译. 北京：北京大学出版社.

马拉斯，2015. 拉丁美洲与和平幻象. 刘捷，苟淑英，林瑶，译. 北京：当代中国出版社.

门罗，2009. 逃离. 李文俊，译. 北京：北京十月文艺出版社.

米斯特拉尔，2003. 卡夫列拉·米斯特拉尔诗选. 赵振江，译. 石家庄：河北教育出版社.

米勒，2002. 解读叙事. 申丹，译. 北京：北京大学出版社.

纳博科夫，1991. 文学讲稿. 申慧辉，等译. 北京：生活·读书·新知三联书店.

奈保尔，2014. 大河湾. 方柏林，译. 海口：南海出版公司.

皮格利亚，2016. 艾达之路. 赵德明，译. 北京：中央编译出版社.

普林斯，2011. 叙述学词典. 乔国强，李孝弟，译. 上海：上海译文出版社.

普林斯，2013. 叙事学——叙事的形式与功能. 徐强，译. 北京：中国人民大学出版社.

普鲁斯特，1989. 追忆似水年华（1）在斯万家那边. 李恒基，徐继曾，译. 南京：译林出版社.

热奈特，1990. 叙事话语 新叙事话语. 王文融，译. 北京：中国社会科学出版社.

阮炜，张晓红，李小均，等，2015. 英国跨文化小说中的身份错乱——奈保尔、拉什迪、毛翔青小说研究. 上海：上海三联书店.

瑞安，2014. 故事的变身. 张新军，译. 南京：译林出版社.

瑞泽尔，2003. 后现代社会理论. 谢立中，等译. 北京：华夏出版社.

萨义德，1999. 东方学. 王宇根，译. 北京：生活·读书·新知三联书店.

萨义德，2002. 知识分子论. 单德兴，译. 北京：生活·读书·新知三联书店.

萨义德，2003. 文化与帝国主义. 李琨，译. 北京：生活·读书·新知三联书店.

萨义德，2013. 来自第三世界的痛苦报道. 陈文铁，译. 上海：上海译文出版社.

塞巴格，2007. 超现实主义. 杨玉平，译. 天津：天津人民出版社.

桑塔格，2009. 同时：随笔与演说. 黄灿然，译. 上海：上海译文出版社.

桑布拉，2016. 盆栽. 袁仲实，译. 北京：人民文学出版社.

桑布拉，2016. 回家的路. 童亚星，译. 北京：人民文学出版社.

桑布拉，2016. 我的文档. 童亚星，译. 北京：人民文学出版社.

沙维特，2016. 我的应许之地——以色列的荣耀与悲情. 简扬，译. 北京：中信出版社.

申丹，韩加明，王丽亚，2005. 英美小说叙事理论研究. 北京：北京大学出版社.

施特劳斯，2012. 迫害与写作艺术. 刘锋，译. 北京：华夏出版社.

斯基德莫尔，史密斯，格林，2014. 现代拉丁美洲. 张森根，岳云霞，译. 北京：当代中国出版社.

斯科尔斯，费伦，凯洛格，2015 年. 叙事的本质. 于雷，译. 南京：南京大学出版社.

斯坦纳，2013. 语言与沉默：论语言、文学与非人道. 李小均，译. 上海：上海人民出版社.

索杰，2005. 第三空间. 陆扬，等译. 上海：上海教育出版社.

索飒，1998. 丰饶的苦难——拉丁美洲笔记. 昆明：云南人民出版社.

滕威，2011. "边境"之南——拉丁美洲文学汉译与中国当代文学（1949－1999）. 北京：北京大学出版社.

托多罗夫，2013. 征服美洲：他人的问题. 卢苏燕，陈俊侠，林晓轩，等译. 北京：北京大学出版社.

托多罗夫，2014 年. 我们与他人. 袁莉，汪玲，译. 北京：北京大学出版社.
王彤，2010. 从身份游离到话语突围——智利文学的女性书写. 成都：巴蜀书社.
维特根斯坦，2014. 文化和价值. 黄正东，唐少杰，译. 南京：译林出版社.
温玉霞，2013. 索罗金小说的后现代叙事模式研究. 北京：人民文学出版社.
伍德，2015. 小说机杼. 黄远帆，译. 郑州：河南大学出版社.
武跃速，2004. 西方现代主义文学的个人乌托邦倾向. 上海：上海社会科学院出版社.
西门尼斯，2005. 当代美学. 王洪一，译. 北京：文化艺术出版社.
徐世澄，2006. 拉丁美洲政治. 北京：中国社会科学出版社.
徐世澄，2010. 拉丁美洲现代思潮. 北京：当代世界出版社.
徐世澄，2012. 当代拉丁美洲的社会主义思潮与实践. 北京：社会科学文献出版社.
亚里士多德，1996. 诗学. 陈中梅，译注. 北京：商务印书馆.
阎连科，2012. 他的话一路散落. 北京：中国人民大学出版社.
阎连科，2012. 丈量书与笔的距离. 北京：中国人民大学出版社.
杨仁敬，等，2003. 美国后现代派小说论. 青岛：青岛出版社.
伊格尔顿，2000. 后现代主义的幻象. 华明，译. 北京：商务印书馆.
伊格尔顿，2015. 文学阅读指南. 范浩，译. 郑州：河南大学出版社.
张翠容，2009 年. 拉丁美洲真相之路. 台北：马克孛罗文化出版.
张家唐，2016. 全球视野下的拉丁美洲历史研究. 北京：人民出版社.
赵德明，2002. 20 世纪拉丁美洲小说. 北京：北京大学出版社.
赵德明，赵振江，孙成敖，等，2001. 拉丁美洲文学史. 北京：北京大学出版社.
赵振江，滕威，2004. 山岩上的肖像——聂鲁达的爱情·诗·革命. 上海：上海人民出版社.
郑书九，2015. 当代外国文学纪事 1980—2000 拉丁美洲卷：上、下卷. 北京：商务印书馆.
郑书九，等，2013. 拉丁美洲"文学爆炸"后小说研究. 北京：商务印书馆.
郑书九，周维，2017. 拉丁美洲文学教程（文史篇）. 北京：外语教学与研究出版社.

中文期刊、论文

毕晓，2014. 论萨特的"介入文学"与罗兰·巴特的"作者之死". 国外文学（2）：3—11.
蔡春露，2003. 论奥布赖恩小说的不确定性与元小说模式——评《他们携带的物品》和《如何讲述真实的战争故事》. 外国文学（1）：39—43.
陈李萍，2013. 白皮肤、白面具——《藻海无边》中的身份认同障碍. 当代外国文学（2）：119—126.

陈民，2009. 德国移民文学的发展. 当代外国文学（3）：121—129.

陈世丹，2009. 论冯内古特的元小说艺术创新. 国外文学（3）：97—104.

陈永国，2003. 互文性. 外国文学（1）：75—81.

范一亭，2013. 从"批评"到"批判"——福柯的《何为批判》与文学批评者的身份探求. 国外文学（4）：3—10.

高孙仁，2010. 元小说：自我意识的嬗变. 国外文学（2）：3—8.

何成洲，2007.《苏菲的世界》与元小说叙述策略. 当代外国文学（3）：143—149.

贺喜，2012. 冷战时期美国对智利阿连德政府的政策. 国际政治研究（2）：143—159.

贺喜，2012. 美国对 1964 年智利总统选举的干涉探析. 浙江外国语学院学报（1）：65—71.

贺喜，2012. 美国对智利阿连德政府的经济封锁. 拉丁美洲研究（1）：54—59.

黄芙蓉，2014.《热气球上的漂泊》中的空间书写与离散身份. 当代外国文学（4）：106—112.

纪燕，2016. 认知语言学视角下莫言文学作品中的"色彩变异"研究. 中北大学学报（社会科学版）（6）：92—95.

江宁康，1994. 元小说：作者和文本的对话. 外国文学评论（3）：5—12.

蒋翃遐，2011. 戴维·洛奇小说中的元小说策略. 国外文学（3）：67—74.

蒋天平，王婷婷，2015. 帝国优生学与《三个女人》中的殖民思想. 外国文学研究（1）：80—90.

克里斯蒂娃，黄蓓，2014. 互文性理论与文本运用. 当代修辞学（5）：1—11.

李公昭，2005. 论卡弗短篇小说简约中的丰满. 当代外国文学（3）：121—128.

李琳，2015. 碎片之美与另类真实——论罗伯特·库弗的"立体派"元小说. 当代外国文学（1）：28—34.

李玉平，2004. "影响"研究与"互文性"之比较. 外国文学研究（2）：1—7.

李玉平，2004. 巴塞尔姆小说《白雪公主》互文性解读. 外国文学研究（6）：67—71.

梁晓晖，2017. "真实"与"虚构"之外——《法国中尉的女人》的可能世界真值. 当代外国文学（2）：112—121.

刘白，2012. 论《已知世界》中的身份建构. 当代外国文学（4）：105—112.

刘英，2016. 美国现代文学的地方主义与世界主义. 外国文学（2）：3—11.

刘英，2017. "文如其城"——约翰·多斯·帕索斯《曼哈顿中转站》空间叙事的背后逻辑. 国外文学（3）：62—68.

柳东林，2001. "冰山理论"与海明威的小说创作. 东北师大学报（社会科学版）（1）：83—86.

罗婷，2000. 论克里斯多娃的互文性理论. 国外文学（1）：9—14.

孟昭毅，2012. 重读泰戈尔与世界主义. 外国文学研究（2）：57-62.

綦亮，2012. 民族身份的建构与解构——论伍尔夫的文化帝国主义. 国外文学（2）：67-76.

秦海鹰，2004. 互文性理论的缘起与流变. 外国文学评论（3）：19-30.

秦文华，2002. 在翻译文本新墨痕的字里行间——从互文性角度谈翻译. 外国语（2）：53-58.

邱蓓，2018. 可能世界理论. 外国文学（2）：77-86.

尚必武，胡全生，2007. 语言游戏、叙事零散、拼贴——论《大大方方的输家》的后现代创作技巧. 四川外语学院学报（4）：14-19.

沈杏培，2005. "巨型文本"与"微型叙事"——新时期历史小说中儿童视角叙事策略的文化剖析. 南京师范大学文学院学报（3）：49-55.

宋丽丽，2004. 文学世界主义·文化多元主义·文化融合. 清华大学学报（社会科学版）（增1）：36-40.

唐伟胜，李君，2010. "极简主义"的叙述困境及其解决：《洗澡》与《一件好事儿》比较. 当代外国文学（1）：142-151.

童明，2015. 互文性. 外国文学（3）：86-102.

童燕萍，1994. 谈元小说. 外国文学评论（3）：13-19.

王建平，2010. 世界主义还是民族主义——美国印第安文学批评中的派系化问题. 外国文学（5）：49-58.

王珺鹏，2014. 川端康成作品中的色彩研究. 济南：山东大学.

王辽南，2003. 移民文学的文化多重性和世界主义倾向. 外国文学研究（5）：30-34.

王宁，2014. 世界主义. 外国文学（1）：96-105.

王宁，2014. 世界主义、世界文学以及中国文学的世界性. 中国比较文学（1）：11-26.

王晓燕，2004. 智利——拉美新自由主义改革的先锋. 拉丁美洲研究（1）：29-36.

王雅华，2018. 西方文学中现实主义的含义及其嬗变. 国外文学（1）：9-18.

王宜青，2000. 儿童视角的叙事策略及心理文化内涵. 浙江师大学报（4）：19-22.

吴其尧，2001. 一个按传统方式进行造反的人——约翰·巴思及其《曾经沧海：一出漂浮的歌剧》. 外国文学（4）：89-92.

吴晓东，倪文尖，罗岗，1999. 现代小说研究的诗学视域. 中国现代文学研究丛刊（1）：67-80.

许克琪，马晶晶，2015. 空间·身份·归宿——论托妮·莫里森小说《家》的空间叙事. 当代外国文学（1）：99-105.

晏博，2015. 西方社会危机意识的文学图像——智利作家罗贝托·波拉尼奥长篇小说

《2666》解析. 北京：北京外国语大学.

杨娟娟，2017. 极简主义：反叛和对抗. 艺术当代（7）：44—47.

杨玲，2010. 因《2666》而永久在场的波拉尼奥. 外国文学动态（1）：4—7.

杨晓霖，2015.《激情》的极简主义空间叙事. 山东外语教学（5）：76—85.

殷企平，1994. 谈"互文性". 外国文学评论（2）：39—46.

虞建华，2012. 极简主义. 外国文学（4）：89—96.

张力，2008. 流亡与后流亡——马里奥·贝内蒂文学硬币的两面. 解放军外国语学报（1）：91—95.

张跣，2007."流亡"及其二律背反——试论萨义德关于流亡知识分子的理论. 外国文学（5）：107—111.

章汝雯，2012. 莫里森作品经典化问题的后殖民审视. 外国文学研究（6）：82—90.

郑楠，2016. 因为如此，过去从未过去. 书城（1）：117—122.

郑雯，2014. 罗伯特·波拉尼奥《护身符》的解读. 外国文学（6）：79—86.

郑雯，2017.《斯德哥尔摩情人》中真实与虚构的游戏. 外国文学（1）：30—38.

周怡，2005. 诺贝尔奖关注的文学母题：流亡与回乡. 文史哲（1）：117—122.

外文著作

AA VV，1983. Del cuerpo a las palabras: la narrativa de Antonio Skármeta. Madrid: Literatura Americana Reunida.

BARTH J，2000. Textos sobre el postmodernismo. León: Universidad de León.

BARTH J，1996. Further Fridays: Essays, Lectures and Other Nonfiction, 1984—1994. Boston: Back Bay Books.

BORGES J L，1977. Ocampo, Silvina y Bioy Casares, Adolfo. Antología de la literatura fantástica. Barcelona: EDHASA.

BOYM S，2001. The Future of Nostalgia. New York: Basic Book.

CHILVERS I，GLAVES-SMITH J，2009. A Dictionary of Modern and Contemporary Art. Oxford and New York: Oxford University Press.

CODDOU M，1986. Los libros tienen sus propios espíritus. México: Universidad Veracruzana.

CODDOU M，1988. Para leer a Isabel Allende: introducción a *La casa de los espíritus*. Concepción: Lar.

CONDE M Á，2016. Bolaño metafísico: una teodicea fronteriza. Ph. D. Universidad de Murcia.

GARAY C S M，2011. Memoria y exilio a través de la obra de escritores chilenos exiliados en Alemania (1973 — 1989): una apertura al otro. Ph. D. Madrid: UAM.

GODOY G E, 1991. La generación del 50 en Chile. Historia de un movimiento literario. Santiago de Chile: La Noria.

HÉCTOR J B M, 2016. La poética del delirio en Roberto Bolaño. Tesis parcial. Universidad Nacional de Colombia.

HERRALDE J, 2005. Para Roberto Bolaño (I edición). Barcelona: Acantilado.

KOHUT K, MORALES S J, 2002. Literatura chilena hoy: La difícil transición. Madrid: Frankfurt/Main.

LEMAITRE M, 1990. Skármeta, una narrativa de la liberación. Santiago de Chile: Ed. Pehuèn.

LILLO C M, 2013. Silencio, trauma y esperanza: novelas chilenas de la dictadura 1977—2010. Santiago: Universidad Católica de Chile.

MADARIAGA M, 2010. Bolaño infra: 1975 — 1977: Los años que inspiraron "Los detectives salvajes". Santiago de Chile: RIL Editores.

MARÚN G, 2006. La narrativa de Roberto Ampuero en la globalización cultural. Santiago: Mare Nostrum.

MCCAFFERY L, 1982. The Metafictional Muse. Pittsburgh: University of Pittsburgh Press.

MEYER J, 2000. Minimalism. London: Phaidon.

PI O L E, 2009. El dictador latinoamericano en la narrativa. México: Instituto Mexiquense de Cultura.

PIGLIA R, 1999. Conversación en Princeton. Princeton: PLAS y Princeton UP.

PRINCE G, 1988. Dictionary of Narrative. Lincoln: University of Nebraska Press.

RAPOSO G A, 2016. Roberto Bolaño, 2666: poderes sobre a vida e potências da vida. Ph. D. Universidade de Brasília.

RIVERA H R D, 2012. Symbolic and Global Violence in Contemporary Mexican and Spanish Crime Fiction. Ph. D. The Ohio State University.

SALAS C P P, 2016. 2666: en búsqueda de la totalidad perdida. Ph. D. University of Pittsburgh.

SÁNCHEZ V I, 2010. El neopolicial chileno de las últimas décadas: teoría y práctica de un género narrativo. Ph. D. Madrid: UAM.

SANTOS O N, 2016. Salir de casa para volver a casa: Lectura de la genética autoficcional de Alejandro Zambra (2006—2011). M. A. Université de Montréal.

SKOLODOWSKA E, 1992. Testimonio hispanoamericano: historia, teoría, poética. Nueva York: Peter Lang.

SOAZO A C A, 2013. Una historia "salvaje": reversión de la modernidad, vanguardia y globalización en la obra de Roberto Bolaño. Ph. D. Universität Freiburg.

SYMONS J, 1993. Bloody Murder: From the Detective Story to the Crime Novel: A History. New York: Mysterious Press.

TEODOSIO F, MILLARES S, BECERRA E, 1995. Historia de la literatura hispanoamericana. Madrid: Ed. Universitas.

TIMOTHY F W, 1993. On the margins, the art of exile in V. S. Naipaul. Amherst: University of Massachusetts Press.

VALLE A J E, 2005. Siete novelas para una historia: El caso chileno. Valencia: Tirant Lo Blanch.

Zambra A, 2011. Formas de volver a casa. Barcelona: Editorial Anagrama.

Zambra A, 2012. No leer. Barcelona: Alpha Decay.

Zambra A, 2014. Mudanza. Valencia: Contrabando.

Zambra A, 2014. Ways of Going Home. Trans. Megan McDowell. Farrar, Straus and Giroux.

Zambra A, 2015. Facsímil. Madrid: Sexto Piso.

Zambra A, 2016. Bonsái & La vida privada de los árboles. Barcelona: Editorial Anagrama.

外文期刊、论文

ARECO M M, 2014. Imaginario especial en la narrativa chilena reciente: El acuario como representación de la intimidad en relatos de Contreras, Zambra y Bolaño. Alpa, 38: 9—22.

BARRAZA C L F, PLANCARTE M M R, 2016. Memoria y naufragio en *Formas de volver a casa* de Alejandro Zambra. Perífrasis: Revista de Literatura, Teoría y Crítica, 7 (13): 99—112.

BOTTINELLI W A, 2016. Narrar (en) la "Post": La escritura de Álvaro Bisama, Alejandra Costamagna, Alejandro Zambra. Revista chilena de literatura, 92: 7—31.

CANDIA C A, 2010. Todos los males el mal. La "estética de la aniquilación" en la narrativa de Roberto Bolaño. Revista Chilena de Literatura, 76: 43—70.

CANEPA G, 2007. El desierto como basurero en *El alemán de Atacama* de Roberto

Ampuero: ecoliteratura en los tiempos de globalización. Polis, 17: 1—13.

CRUZ N, 2008. Roberto Ampuero, la historia como conjetura. Reflexiones sobre la narrativa de Jorge Edwards. Historia, 41: 217—220.

DAZA D P, 2014. Reseñas de *Mis Documentos*. Alpa, 38: 291—288.

DE LOS R V, 2014. Mapa cognitivo, memoria (im) política y medialidad: contemporaneidad en Alejandro Zambra y Pola Oloixarac. Revistas de Estudios Hispánicos, 48: 145—160.

DÍAZ E R, 2001. Una mirada desde la narrativa policial. *Cormorán*, 2: 65—72.

EDWARDS J, 1999. Los detectives salvajes. La Segunda. Santiago: Talleres El Mercurio, 8 (ene): 13.

FERNÁNDEZ S E, ROBERTO B, 1998. El chileno de la calle del loro. Paula, 782: 86—89.

GALGANI J, 2011. Poner en marcha la verdad: Emile Zola y la novela social en Chile. Atenea, 504: 95—110.

GARCÍA-CORALES G, 1996. *¿Quién mató a Cristián Kustermann?* by Roberto Ampuero. Hispania, 79: 82—83.

GARCÍA-CORALES G, 1998. La novela policial y la narrativa chilena de los noventa: Una conversación con Roberto Ampuero. Fall, 14 (1): 155—162.

GONZÁLEZ D, 2016. Personajes secundarios sembrando un Bonsái relatos minúsculos de la historia y la memoria en la narrativa de Alejandro Zambra. Literatura y Lingüística, 34: 11—33.

LILLO C M, 2009. La novela de la dictadura en Chile. Alpha, 29: 41—54.

LÓPEZ M J M, 2009. Bolañismo: 2005—2008. Iberoamericana, 33: 191—200.

MOODY M, 1999. Roberto Ampuero y la novela negra, una entrevista. Fall, 15 (1): 127—141.

MORALES G F E, 2006. Reseñas de*Bonsái*. Letras Hispanas, 3: 170—172.

OLIVER F, 2017. Alejandro Zambra: El cultivo del relato literario. Verba hispánica, 24 (1): 217—229.

OPAZAO C, 2009. Anatomía de los hombres grises: Rescrituras de la novela social en el Chile de postdictadura. Acta Literaria, 38: 91—109.

PAZ O M, 2012. Digresión y subversión del género policial en*Estrella distante* de Roberto Bolaño. Acta Literaria, 44: 35—51.

PETERS T, 2016. Roberto Bolaño en Londres. Revista chilena de literatura, 92: 273—281.

POHL B，2014. Bolaño en Göttingen. Revista Chilena de Literatura，86：259—261.

SCHULZ-CRUZ B，1994. Jorge Edwards：Las novelas escritas bajo la dictadura. Actas Irvine-92，4：243—250.

SILVA C M，2007. La conciencia de reírse de sí：Metaficción y parodia en*Bonsái* de Alejandro Zambra. Taller de letras，41：9—20.

TAPIA C，2015. La mirada miope de Roberto Bolaño：Escritura de lo in/visible y lo in/significante. Acta Literaria，50：11—31.

VIDAL B C I，2017. Pilar García：Mito-historia. La novela en el cambio de siglo en Chile. Revista chilena de Literatura，95：247—257.

WILLEM B，2014. Narrar la frágil armadura del presente：La paradójica cotidianidad en las novelas de Alejandro Zambra y Diego Zúñiga. Interférences littéraires，13：53—67.

WILLEM B，2012. Metáfora, alegoría y nostalgia：La casa en las novelas de Alejandro Zambra. Acta Literaria，45：25—42.

网页资料

陈众议，2012. 《2666》是与非. 中国作家网. 2012-03-16［2017-09-01］. http：//www. chinawriter. com. cn/2012/2012-03-16/121448. html.

戴锦华，2014. 戴锦华谈波拉尼奥：我们自认生活在小时代，还洋洋自得. 观察者. 2014-08-06［2017-09-02］. http：// www. guancha. cn/Dai-Jin-Hua/2014 _08 _06 _253481. shtml.

慷慨，2011. "波拉尼奥狂潮"一个庸俗的神话. 凤凰网读书. 2011-12-03［2017-09-01］. http：// book. ifeng. com/shupingzhoukan/special/duyao62/wenzhang/detail _2011 _12/03/11078893 _0. shtml.

慷慨，2011. 《2666》与波拉尼奥：毒品、谎言和新经典. 凤凰网读书. 2011-12-03［2017-09-01］. http： // book. ifeng. com/shupingzhoukan/special/duyao62/wenzhang/detail _2011 _12/03/11077635 _0. shtml.

林培源，2014. 波拉尼奥的虚构与美洲的现实. 凤凰网读书. 2014-06-16［2017-08-31］. http：// book. ifeng. com/shupingzhoukan/teyueshuping/detail _2014 _06/16/170443 _2. shtml.

刘之瑶，2016. 桑布拉：我曾把自己当成没有家人、没有房子、没有过去的人. 腾讯网. 2016-09-30［2018-09-12］. http：// cul. qq. com/a/20160930/004782. htm.

罗皓菱，2016. 桑布拉对话张悦然：童年是进入历史很好的入口. 腾讯网. 2016-09-07［2018-09-12］. http：// cul. qq. com/a/20160907/010608. htm.

桑布拉, 2016. 诗歌是智利的强项. 澎湃网. 2016-08-28［2018-09-12］. https：//www.thepaper.cn/newsDetail_forward_1520353.

佚名, 2015. 李克强出访拉美四国. 新华网. 2015-05-18. ［2017-09-29］. http：//news.xinhuanet.com/video/sjxw/2015-05/18/c_127814959.htm.

ACOSTA D. Zambra edita en Buenos Aires y prepara novela sobre el Instituto Nacional. La Tercera. 10 de septiembre de 2012. Consultado el 21 de marzo de 2018. http：//diario.latercera.com/2012/09/10/01/contenido/cultura-entretencion/30-118104-9-zambra-edita-en-buenos-aires-y-prepara-novela-sobre-el-instituto-nacional.shtml.

AGENCIA E. Isabel Allende Named to Council of Cervantes Institute. Latin American Herald Tribune. Octubre de 2009. Consultado el 26 de septiembre de 2017. http：//www.laht.com/article.asp?ArticleId=346023&CategoryId=13003.

BARTH J. A Few Words about Minimalism. New York Times Book Review. 28 Dec, 1986, p.1. Consultado el 24 de marzo de 2017. https：//archive.nytimes.com/www.nytimes.com/books/98/06/21/specials/barth-minimalism.html?_r=2.

BASAVILBASO T. El chileno Alejandro Zambra escribe la novela quecreía que no escribiría. *Fronterad*. 19 de junio de 2014. Consultado el 9 de abril de 2017. http：//www.fronterad.com/?q=chileno-alejandro-zambra-escribe-novela-que-creia-que-no-escribiria.

CASTELLANOS M H. Sobre el Mito Bolaño. La Nación. 19 de septiembre de 2009. Consultado el 4 de febrero de 2017. http：//www.lanacion.com.ar/1176451-sobre-el-mito-bolano.

COREAGA C R. Alejandro Zambra：Tenía la necesidad de recuperar el paisaje de la infancia y los 80'. La Tercera. 23 de abril de 2011. Consultado el 24 de marzo de 2017. http：//diario.latercera.com/2011/04/23/01/contenido/cultura-entretencion/30-66718-9-alejandro-zambra-tenia-la-necesidad-de-recuperar-el-paisaje-de-la-infancia-y-los.shtml.

DEZAMBRA L N. El Mercurio. 22 de mayo de 2011. Consultado el 12 de marzo de 2017. http：//diario.elmercurio.com/2011/05/22/al_revista_de_libros/critica/noticias/F1F970BC-CE38-4387-8CBB-1AEDF3E05E06.htm?id={F1F970BC-CE38-4387-8CBB-1AEDF3E05E.

ERLAN D. Alejandro Zambra：Quiero trabajar sobre la ilusión literaria. Revista Ñ. 29 de marzo de 2008. Consultado el 27 de marzo de 2017. http：//edant.revistaenie.clarin.com/notas/2008/03/29/01638473.html.

FLUXÁ N R. Formas de entender a Zambra. revista Sábado de El Mercurio. 16 de julio de 2011. Consultado el 2 de marzo de 2017. http://diario.elmercurio.com/detalle/index.asp?id={826d1698-030f-439c-9d25-b7fcb1d3f8b6}.

FRIERA S. Aprendimos que no hay que confiar tanto en los libros. Página 12. 5 de junio de 2007. Consultado el 16 de marzo de 2017. https://www.pagina12.com.ar/diario/suplementos/espectaculos/4-6551-2007-06-05.html.

GAMBOA S. Roberto Bolaño: diez años sin el autor que conquistó a los jóvenes escritores. El País. 14 de julio de 2013. Consultado el 6 de febrero de 2017. http://cultura.elpais.com/cultura/2013/07/14/actualidad/1373822271_822714.html.

LIBERTELLA M. El tono le permite todo. Clarín. 19 de mayo de 2014. Consultado el 21 de marzo de 2017. http://www.clarin.com/ficcion/alejandro-zambra-entrevista_0_BJSrVG65Pmx.html.

Los mejores escritores menores de 39 años. 28 de abril de 2007. Consultado el 29 de septiembre de 2017. https://tigrepelvar.com/2007/04/28/los-39-mejores-escritores-menores-de-39-anos/.

MARISTAIN MÓNICA. Alejandro Zambra: En Santiago de Chile, vivía en un cementerio. MDZ OnLine. 18 de julio de 2017. Consultado el 25 de marzo de 2018. https://www.mdzol.com/nota/744528-alejandro-zambra-en-santiago-de-chile-vivia-en-un-cementerio/.

MARISTAIN MÓNICA. La última entrevista a Roberto Bolaño: Estrella distante. Playboy México. 23 de julio de 2003. Consultado el 5 de mayo de 2012. http://www.elortiba.org/bolano.html.

MARKS CAMILO. Necesidad de melodrama. Revista de Libros de El Mercurio. 26 de junio de 2011. Consultado el 26 de septiembre de 2017. http://diario.elmercurio.com/2011/06/26/al_revista_de_libros/pagina_abierta/noticias/E33C363E-EE21-44ED-83DA-15F25E9B6025.htm?id={E33C363E-EE21-44ED-83DA-15F25E9B6025}.

MASOLIVER RÓDENAS J. A. La vida del libro. La vanguardia. 18 de julio de 2012. Página 10. Consultado el 21 de marzo de 2018. http://hemeroteca.lavanguardia.com/preview/2012/07/25/pagina-10/60387312/pdf.html?search=Masoliver.

MAXIMILIANO TOMÁS. Alejandro Zambra: Bolaño desordenó la literatura chilena. Terra Magazine. 21 de abril de 2008. Consultado el 8 de marzo de 2017. http://www.ec.terra.com/terramagazine/interna/0,,OI2762674-EI8870,00.html.

RAMÍREZ CHRISTIAN. Bonsái: Mundo fuera de compás. El Mercurio. 20 de abril de

2012. Consultado el 8 de marzo de 2017. http：// diario. elmercurio. com/2012/04/ 29/artes ＿ y ＿ letras/artes ＿ y ＿ letras/noticias/FDCC8146-0D14-4189-81E7- AB729CC66969. htm？ id＝ {FDCC8146-0D14-4189-81E7-AB729CC66969}.

ROJAS VALDÉS CONSTANZA，DORFMAN ARIEL. Mi destino es de exiliado permanente. El Mercurio，14 de diciembre de 2014. Consultado el 13 de febrero de 2018. http：// diario. elmercurio. com/2012/12/14/actividad ＿ cultural/actividad ＿ cultural/noticias/EAC3A099-DCD2-4106-80C9-C7E8F7DA57B5. htm？ id＝ {EAC3 A099-DCD2-4106-80C9-C7E8F7DA57B5}.

TAGARRO ANA. Isabel Allende：¡Las veces que he tenido amante ha sido rebueno!. Revista XL Semanal. 24 de mayo de 2015. Consultado el 26 de septiembre de 2017. http：// www. finanzas. com/20150524/magazine-portada-isabel-allende-8482. html.

TARIFEÑO LEONARDO. Bolaño：la construcción de un mito. La Nación. 19 de septiembre de 2009. Consultado el 31 de enero de 2017. http：// www. lanacion. com. ar/ 1174729-bolano-la-construccion-de-un-mito.

TORRES C DAMARIS. Alejandro Zambra：Escribir es salir del plan de redacción，es un dispositivo de libertad. Radio U Chile. 20 de diciembre de 2014. Consultado el 8 de abril de 2017. http：// radio. uchile. cl/2014/12/20/alejandro-zambra-escribir-es-salir-del-plan-de-redaccion-es-un-dispositivo-de-libertad/.

WADELL ELIZABETH. *Bonsai* by Alejandro Zambra. Quarterly Conversation. Consultado el 30 de marzo de 2017. http：// quarterlyconversation. com/bonsai-by-alejandro-zambra.

WOOD JAMES. Story of my life：The fictions of Alejandro Zambra. The New Yorker. June 22，2015. Consultado el 24 de marzo de 2017. https：// www. newyorker. com/ magazine/2015/06/22/story-of-my-life-books-james-wood.

ZAMBRA ALEJANDRO. Árboles cerrados：A propósito de Bonsái. N 12. En agosto de 2007. Consultado el 21 de marzo de 2018. http：// www. piedepagina. com/ numero12/html/alejandro zambra. html.